U0662305

国家电网有限公司职工文学重点选题作品

风再起时

长篇小说

袁宁廷 ⊙ 著

中国电力出版社
CHINA ELECTRIC POWER PRESS

图书在版编目（CIP）数据

风再起时／袁宁廷著．—北京：中国电力出版社，2019.4
ISBN 978-7-5198-3017-5

Ⅰ．①风…　Ⅱ．①袁…　Ⅲ．①长篇小说—中国—当代　Ⅳ．①I247.5

中国版本图书馆 CIP 数据核字 (2019) 第 054438 号

出版发行：中国电力出版社
地　　址：北京市东城区北京站西街 19 号（邮政编码 100005）
网　　址：http://www.cepp.sgcc.com.cn
责任编辑：胡堂亮　高　畅
责任校对：黄　蓓　闫秀英
装帧设计：赵丽媛
责任印制：邹树群

印　　刷：三河市航远印刷有限公司
版　　次：2019 年 4 月第一版
印　　次：2019 年 4 月北京第一次印刷
开　　本：710 毫米 ×980 毫米　16 开本
印　　张：13.25
字　　数：197 千字
定　　价：52.00 元

目录

第一章

我　回头再望某年
像失色照片乍现眼前

西藏，许多人都会说，一辈子总要去一次。无论是连绵不绝的茫茫雪山、碧蓝的天空、清澈的雪域圣湖，还是大昭寺里星星点点的酥油灯，总有那么一瞬间，会让你爱上她。因为爱上她就决定留下来，并且陪伴她一生的人，在袁野工作的国网西藏电力就有许多。但是，也有人因为她那不温柔的一面转身离开，她那不温柔的一面可以是恶劣的自然环境，也可以是陪在她的身边，就必须远离家乡，远离亲人。当然，还有一些人为她献出了自己的生命，就像风一样，行走在云端，留在了那远离繁华的荒芜中。

袁野坚持到现在一直都没有离开，可能是因为待久了，也就习惯了云端里的荒芜。艾灵是袁野的妻子，怀孕之后，身体开始越来越不适应西藏的环境，坚持了大半年的艾灵每次产检都会因长期缺氧出现各种各样的问题，直到最后一次产检时，医生开了张适宜乘机证明，建议艾灵尽快回内地，否则胎儿和大人都会有危险。袁野只好把艾灵一直在拉萨经营的咖啡馆托朋友转让出去，向公司请了几天假，送艾灵回内地待产。请假时，袁野的主任赵建华本来是不准备批假的，原因是青藏电力联网工程马上要开工建设了，国网西藏信通公司可能会承担会议保障工作，眼看着就要忙起来了。不过袁野讲了艾灵的状况后，赵主任马上签了字，还把自己的车钥匙给了袁野并说道："你订完机票叫方铭送你俩去机场，我还要开会，给他准半天假去送你。"袁野不敢再作耽误，立刻订了两张机票，叫上跟自己同时参加工作的方铭，三人直奔机场。

到了机场后，艾灵嘴唇的青紫色加重了许多，袁野一路小跑到柜台办理登机牌，又用适宜乘机证明借了轮椅，在机场工作人员的帮助下，推着艾灵到了登机口。登机前机组人员看艾灵挺着大肚子，再次查看了怀孕 32 周以上孕妇乘机必备的适宜乘机证明，并且要求袁野再签一份艾灵乘机期间发生任何意外机组免责的协议，才同意两人登机。

袁野对签协议虽有不满，但为了让艾灵尽快登机，只好无奈地叹了口气，从机组人员手里接过纸和笔，用潦草到只有自己看得清的草书签了字，搀扶着艾灵上了飞机。艾灵在座位上艰难地坐下后，疲惫地靠在袁野的肩膀上，直到所有乘客登机，飞机关上舱门，机舱密闭开始加压准备起飞的那一刻，艾灵一直略有些急促的呼吸才开始变缓。等飞机滑行起飞，几十秒的推背感过后，飞机离开地面，艾灵才长舒一口气，对袁野说："终于不觉得胸闷了，突然好困，我想睡会儿。"

袁野一直让艾灵以最舒服的姿态靠着自己，飞机在西藏地区稀薄且极不稳定的气流中结束爬升，袁野握着艾灵的手已经微微汗湿。在飞机达到巡航高度后，袁野极力保持被艾灵靠着的那半边肩膀不动的同时，按亮机舱顶部的服务指示灯，要来一条毯子小心翼翼地为艾灵盖上。这时候袁野注意到艾灵的嘴唇从之前的青紫色变得红润了许多，呼吸节奏平缓顺畅，没有之前在拉萨时那么急促了。袁野把头转向旁边不大的窗口，望着窗外一望无际的雪山，吞咽了几口苦涩的唾液，用撑着艾灵的那半个肩膀微微用力调整了一个能让艾灵继续熟睡的姿势。

下午四点十五分，袁野和艾灵乘坐的航班安全降落在长沙黄花国际机场，飞机在机场平稳地滑行了一段时间，驶出跑道，慢慢地向候机楼的升降梯口靠近。直到这时候，袁野才感觉自己已经离开了那些仿佛永远都走不出来的巍巍大山。艾灵醒来的第一眼就看到了窗外绿色的大地，她轻轻地问袁野："我睡了很久吧？你胳膊一定都酸了。你也不知道叫醒我，不过这一觉睡得真香。"艾灵微微伸了个懒腰，可正当胳膊向上伸起的时候突然不动了，惨白瘦弱的小脸略有些兴奋地对袁野讲："亲，快把手放到我肚子上，宝宝这一脚把我的肚子都踢了个包，以前从来没这么有劲呢。"袁野听后马上把手放在艾灵肚子上，在这之前从没有感受到小家伙充满力量的小脚，想起之前在拉萨每次产检都是胎心频率过高，只有在艾灵刚吸过氧的时候胎心频率才会正常，那时候袁野心中充满了无奈。因为西藏地区空气稀薄，即便是风，也没办法为艾灵和肚子里的孩子带来含氧量充足的空气，除了送艾灵离开，袁野再也想不出其他办法。

当飞机舱门打开的那一瞬间，袁野明显感到机舱外空气的含氧量比西藏充足了许多。袁野等其他乘客都离开机舱，才搀扶着艾灵起身往外走，艾灵深深地吸了一口浓密湿润的空气，随着这一口气的呼出，在西藏时因为缺氧导致的种种不适感一起排出了体外。

袁野的父亲很早就在机场等着他们了，他们回到家还不到吃晚饭的时间。袁野的母亲已经为他俩准备了一大桌好菜，艾灵吃了没几口就开始犯困，于是到卧室休息，刚躺下就睡着了，而且一觉睡到了第二天清晨，袁野感觉这是艾灵怀孕以来睡得最久的一觉。

吃完早饭，袁野的父母就陪着他俩一起去妇幼保健院给艾灵检查身体。一进医院，袁野最直观的感受就是长沙的医疗条件和医生水平都比西藏要高许多。等到检查结果出来，艾灵除了运输氧气的红细胞数量偏高外其他各项指标都低于正常值，而且胎位不正，需要打几天安胎营养针，医生当时就要她留院做个 24 小时的胎心监测。袁野的父母看完检查报告，一直皱着眉头沉默不语。袁野不敢吭声，他能从父母的眉宇间感受到他们对自己的责怪，毕竟当初艾灵怀孕后不忍让袁野一个人待在举目无亲的拉萨，坚持要陪着他，袁野也不顾父母的反对同意了。此时，袁野手里攥着艾灵的检查报告，心里塞满了沉重的愧疚，如果当初他想得周全一些，那么艾灵今天也许就不会遭这份罪，也不会躺在医院里打安胎针加强营养了。袁野在给艾灵办入院手续的路上一直狠狠地责怪自己，当初为什么要把艾灵留在拉萨。

还没办完手续，袁野就接到了赵主任的电话。电话那头，赵主任先是关心地询问："媳妇儿怎么样了？回老家应该就没问题了吧？"没等袁野回答，就急忙忙地接着道："刚刚接到国网信通公司的通知，青藏联网开工仪式需要咱们配合。你把媳妇儿安顿好就赶快回来。"

袁野听完赵主任这一连串的话，心中顿时百感交集。接下来他又以最快的速度把赵主任刚才说的话一股脑儿地在脑袋里重复、分解、消化了一遍，最后心里迅速地作出一个决定，然后用略带着一点无奈的语气回复赵主任："赵主任，入院手续还没办完，这边有我父母照看，我后天就订机票回去。"说完，一股泪水顿时冲出眼眶。都说男儿有泪不轻弹，此时他真想狠狠地抽自己两个嘴巴子，心里道："媳妇肚子这么大了，却不管人家了。我还算什么男人？！找什么媳妇？！"

赵主任叹了口气说："咱们在西藏工作也只能这样了，老婆孩子适应不了西藏的环境，也没办法啊。这开工仪式可是大场面，要上《新闻联播》的。还是明天回来上班吧。"

袁野挂断电话，迎着柜台里护士同情的目光，抬手擦干了眼泪继续办理入院手续。直到手续办完，袁野又擦了擦已擦了无数遍依然泛红的双眼，他很不想让艾灵看到他流过泪，只能拖着沉重的脚步，走进产科病房。

父母一直对他黑着脸，但对艾灵则是一直保持着慈祥与温柔。等艾灵躺在床上打上了安胎针，戴上了胎心监测仪，两位老人才肯回家收拾东西，准备给艾灵炖些温补的鸡汤送过来。袁野特地嘱咐母亲煲汤的时候放几根虫草，那些虫草都是袁野在那曲巡检的时候，跟国网那曲供电公司唯一的一名光杆司令——通信班班长次旺师傅一起去那曲查龙电厂附近的向阳潮湿、土质松软肥沃的山坡上亲自挖的。整整一天，袁野跟着次旺班长趴在草地上仔细观察，一直沿着山坡向上寻找，也只挖到了 30 根。

袁野的父母离开病房后，袁野坐在艾灵的脚边，一直帮艾灵揉着浮肿的双脚，直到艾灵睡着。他明天就要回拉萨上班的事还没有跟艾灵讲。

等父母煲好汤送到医院，袁野叫醒艾灵，盛了一碗鸡汤，特意把保温饭盒里的两根虫草盛到了碗里，让艾灵靠在自己怀里，舀起一勺带一根虫草的汤喂给艾灵。艾灵只是喝光了勺子里的汤，把那根完整的虫草留在勺子里轻声对袁野说：“平时你都不舍得吃，今天咱俩一人一根，我跟宝宝不能在西藏陪着你了，你要多注意身体，你回去上班，没人给你做饭，一定要自己照顾好自己。”说完把袁野手中的勺子推向袁野嘴边，看着袁野放进了口中才露出笑容。艾灵看着袁野把整根虫草吃完，接着说：“晚上你就别陪我了，你就请了两天假，晚上我一个人待在医院，你回家好好睡一觉，回趟家吸氧也不容易，拉萨的机票又不打折。”

袁野咽下那根虫草，温柔地对艾灵说：“没事，我晚上就租张折叠床睡在你旁边。”说到这里，袁野停顿了一下，然后一脸愧疚地对艾灵道：“我想多陪你和宝宝一晚上。刚才接到赵主任的电话说青藏联网开工仪式会上《新闻联播》，我答应他明天回拉萨，到时说不定你能在《新闻联播》里看到我。”

艾灵听了脸色微微变了一下，但她很快就把微变的脸色藏了起来。她知道袁野说的青藏联网工程，那是一项能改变西藏地区缺电历史的重要工程，青藏联网开工仪式的通信保障任务极其重要，袁野是信通公司的青年骨干，这个时候，单位需要他回去，作为袁野的妻子，她纵然有万般不舍也不能在袁野面前表现出来，那样袁野会更加愧疚和不安。艾灵努力朝袁野挤出一个微笑，然后假装开心地说：“你回去吧，不用担心我，这里有爸妈呢。”

袁野用手轻轻地抚了下艾灵的头发，用满是愧疚的口气对艾灵说：“我对不起你和宝宝，我不在你们身边的日子你要照顾好自己，想吃什么，就跟爸妈说。”

艾灵一边点头一边努力做出快乐的样子朝袁野微笑，袁野也装着一副很轻松的样子回应着艾灵。但在内心深处，此刻袁野的心就像被针扎了一般疼，他分明看见，有一汪泪水被艾灵硬生生地藏在了那双明亮的眸子里。

晚上袁野把折叠床挨在艾灵的病床旁边，挨着艾灵踏踏实实地睡了一晚。等到 24 小时的胎心监测做完，胎儿心率刚刚达到正常值，袁野的父母才放下心来，接两人回了家。回家后，艾灵吃过饭就开始犯困，医生说艾灵的红细胞数量有点高，刚从高原回来，孕妇醉氧很正常，袁野就早早地陪艾灵休息了。

第二天一大早，袁野亲了亲微闭双眼的艾灵的额头，悄悄拿起背包离开了家。其实，习惯袁野在身边陪自己入睡的艾灵一夜都没睡踏实，生怕醒来就再也见不到袁野。艾灵听到轻微的响动就会惊醒，她努力地克制自己，不想此时此刻情意缠绵地去拖袁野的后腿。袁野推开房门走出房间时，眼眶里一直涌满泪水，心中的无奈和不舍如利刃插在心上，心脏每跳动一次，痛感就随着血液涌向全身。袁野的父亲开车送他去机场，听到身后传来克制的抽泣声，咬牙咽下心头的酸楚，双手握紧方向盘，盯着前车的尾灯，故作平淡地说："回家找份工作一样可以养活一家人，没必要再回西藏。"

袁野不知如何回答，少时，亦淡淡地只回答道："爸，知道了。"

袁野坐在车里，看着清晨的街头满是匆匆忙忙的行人，生活节奏比西藏快很多，忽然间，内心滋生出一种可怕的感觉来，似乎自己与街道上的行人有很大的不同，可能自己已经无法适应内地的生活了。曾经在内地生活过的袁野，根本不会注意到自己身边围绕着高楼大厦以及密集的人群和车流。在西藏，看不到高楼大厦，一眼望去只有高不可攀的山峰，除了大昭寺和布达拉宫附近，其他地方也看不到密集的人群，一眼望去只有苍茫的大地与广阔的天际。这一刻，袁野感到迷茫，难道自己真的在西藏待得太久了？

袁野回到西藏，下了飞机，刚走出出口就看到了早已在机场等候的方铭，方铭开的依旧是赵主任的那辆显得有些破旧的国产帝豪小轿车，这车开了还不到 5 年，就被西藏特有的跳跃路况折磨得除了喇叭不响，其他地方到处响。

袁野上了车，感受着稀薄的空气带给身体的不适感，振作起精神给艾灵打了个电话。艾灵正在医院打针。艾灵告诉他，自己已经感觉身体好多了，就连羊水都达到正常值了。听到这个消息，袁野一直提着的心才放了下来。袁野又叮嘱了艾灵一些注意事项，然后依依不舍地挂了电话。

路上，方铭对袁野说："你回内地吸了两天氧，爽吧？最近我可忙死了，咱们运检中心又辞了两个，都是去年入职的新大学生，听说都考上了家所在地的公务员。对了，你送嫂子回内地的来回机票花了有一万没？"

袁野愣了一下，然后回答道："嗯，有一万，一个半月的工资就这么没了。回内地才两天，再一回来就感觉有点儿胸闷头疼了，现在我终于理解你每次休假回来总跟我讲的那句‘一来一回感觉都不适应’的话了。你说辞职回去还能适应内地的生活不?”

方铭回答道：“想那么多干吗? 地球离了谁都得转，唯独离了太阳转不了。别愣着了，现在大学生遍地都是，只有找不到工作的，没有招不到人的。走，吃饭去，公司旁边才开的渝味晓宇火锅，你还没去过吧，带你去尝尝啊。”

袁野只好先放下心中的纠结，默默告诉自己：在当下的岁月里要珍惜每一位还在身边的人。

袁野跟着方铭来到那家新开的渝味晓宇火锅店，虽说现在还没到午饭时间，但一楼大厅里已经坐满了人，两人只好跟着服务员上了二楼，在大厅的角落找了个四人桌坐了下来。方铭告诉袁野：“这家店火得很，晚饭时段根本没有位置，下班以后再来都要排号等座。”

两人点了个特辣红锅，还点了不少牛羊肉，素菜只点了土豆片和茼蒿两种。虽说店里人不少，但是没几分钟锅和菜都上来了，两人边烫菜边聊天。袁野问方铭这两天在忙啥，方铭讲道：“去年七月份来的十几个应届大学生你又不是不知道，6 个分到了运检中心，剩下的都被其他部门要走了，前两天还辞了两个。人根本不够用，没转正的又不能去现场工作。这两天跑现场的基本只有我一人，马德隆那小子前天得了一个小感冒就打了休假申请，没想到赵主任还批准了。”

袁野又问方铭：“赵主任说青藏联网工程要开始了，就指望这么几个人把通信设备从西藏接到青海去?”

方铭叹口气说：“先吃菜，锅都开了。”说完又喊服务员上了两瓶拉萨啤酒。

方铭闷头吃了一阵菜，等啤酒上来自己先喝了一大口，才对袁野说：“咱们的工资水平你又不是不知道，年年都说要涨，这么多年也没动静，一年攒的钱都不够休假回趟家的花费，青藏联网工程还没开始，就走了俩，所说最近不少人都买了学习资料准备考公务员。”

袁野一口喝光了杯子里的啤酒，叹了口气对方铭说：“工作环境本来就艰苦，身体一年不如一年，工资也不比内地高多少，水果和蔬菜还比内地贵了好几倍，我老婆现在又在内地待产，唉!”

方铭端起杯子和袁野碰了下，催着袁野喝酒，不让他继续想那些不开心的事，然后立马对袁野说：“现在运检中心的班长名额空出来了几个，符合三年一线经历的人又没几个，咱俩也都满足条件，可以试一试。不过当了班长一定会更累。”

两人又聊了些开心的事，吃完火锅喝完啤酒就一起回了办公室。

下午上班时间刚到，赵主任就来到运检中心大办公室叫两人去会议室开会。赵主任一进办公室就闻出了两人身上的火锅味和酒味，板着脸“批评”他俩说：“你们两个太够意思了，中午去吃火锅也不知道请领导，还想不想混了?”

方铭打趣道：“上午找你借车去机场接袁野，你又不是不知道，你自己说过中午吃食堂，然后加班写资料的啊。”

赵主任有些生气地对两人说：“下午要开会，我不准备材料，难道还指望你俩跟领导汇报工作啊。一会儿开会坐得离领导远点儿，大中午的一身酒味，别找骂!”

袁野赶紧对赵主任说：“老赵主任，晚上方铭继续请客，我要攒钱养儿子。”

方铭立马瞪眼道：“我女朋友都还没着落，你中午已经蹭了我一顿，我还要攒钱找媳妇儿哩!”

赵主任板脸道：“马上就要开会了，你俩还想让领导等着？对了，青藏联网工程要开始了，公司决定把国网那曲供电公司的次旺调过来给你俩当班长!”

两人听了一起嘀咕：“唉，当班长，又泡汤了。”进会议室前，袁野突然感觉自己好像真的已经适应了西藏的生活，到内地后会莫名其妙地产生一种拘束感，回到熟悉的办公楼，反倒自在了许多。

袁野、方铭两人跟着赵主任进了会议室，特意坐在了离公司领导最远的最后一排，等人到齐了公司领导就宣布会议开始。国网西藏信通公司根据国网信通公司的部署安排，需要协助配合国网信通公司做好在拉萨市林周县朗塘换流站举行的青藏联网工程开工仪式会议现场保障工作。国网西藏信通公司保障组的工作负责人是公司的通信总工程师赵建华，也就是运检中心的赵主任，袁野和方铭自然要跟着赵主任去会场开展工作。会议保障主体是国网信通公司，西藏信通只是配合会议保障相关工作的开展。然后公司领导又宣布了人事调动的决定，就是把国网那曲供电公司的次旺调到国网西藏信通公司担任运检中心的班长。

开完会，赵主任对袁野和方铭说："你俩去了现场手脚要勤快些，争取多学点儿东西。这次主要是配合工作，你俩要跟国网信通公司的专家好好学。"

此后，袁野和方铭跟随赵主任坐上皮卡，从拉萨颠簸两个小时赶到林周县。

早上七点，拉萨的天还没亮透。保障工作第一天，袁野、方铭跟着赵主任坐着空间狭小的皮卡前往位于林周县以西三公里处，被泛着青黄色的草地包围着的朗塘换流站，赶到时正好是西藏的工作时间 9 点 30 分。现场只有一个以钢结构为骨架，以夹芯铝塑板为围护材料搭建的移动板房作为项目部，周围是刚刚平整过的土地。袁野和方铭爬出皮卡就跟着赵主任参加了由国网信通工程处组织的会议保障现场工作会议，两人应该是参会人员中最年轻的了。会议从头到尾的两个多小时里，总指挥只是在快结束的时候提了句国网西藏信通公司负责传输通道的保障工作。开完会两人找赵主任要来了保障方案，仔细看了一遍，仍没发现有国网西藏信通公司多少工作，但赵主任依然表情严肃地对两人说："刚刚会上你俩也听到了，这次会议现场的音视频要传到人民大会堂。西藏电网的光传输通道还没跟国网连通，一直都是租用电信的通道，开会时要将拉萨会场的音视频信号传输到格尔木，再由格尔木走咱们电网自己的通道传到人民大会堂去。你们俩每天都必须来会场学习人家是怎样把这个会场搭建起来的，过几天国网信通公司会从北京派过来一辆卫星通信车作为会场的应急通信保障，你们俩用点心，多学些东西。"

现场工作会结束，已经到了午饭时间，现场总指挥安排大家去林周县的一家川菜馆吃午饭。饭馆很破旧，墙面上刷着 20 世纪八九十年代流行的蓝绿色的墙裙。

赵主任出生于 20 世纪 70 年代初，和袁野同籍，是湖南人，17 岁的时候入伍参军到西藏当兵，被分配到了那曲，退伍后就留在了西藏。赵主任干起工作来非常拼命，吃完午饭就带着袁野和方铭回到会场，等地面硬化刚完成，就让他们帮着输变电公司的人搭建会议保障的临时板房，一直干到了凌晨一点才回拉萨。说是地面硬化，其实只是拉来了几车碎石铺在地面的土地上，在搭建板房的同时需要将一条12芯的ADSS光缆和取电用的电缆分开铺在碎石下，从临时会议保障板房处铺到项目部。方铭和袁野拿着锄头和铲子刨开碎石，一直把光缆埋到了项目部。一百多米的距离，两个人轮着挖，吃完午饭一直忙到深夜，晚饭都没吃，才把光缆埋好，等坐着皮卡回到拉萨已是午夜。天空又下起了小雨，袁野跟方铭感觉都快累瘫了。两人敷设光缆的时候老赵一直在项目部里熔纤。虽说赵主任已步入中年，可精力明显比两个年轻人充沛得多，一路开着皮卡，哼着歌，带两人去吃夜宵，在市区转了半天，才找到一家通宵营业的蒸汽牛肉面馆，吃了碗面，就送两人回去。袁野回到家已经凌晨三点多了，虽然艾灵不在身边，但还是给艾灵发了条短信："我到家了，晚安。"

第二天上午十点，袁野被手机铃声吵醒，是赵主任打来的。隐约记起早上八点多手机闹铃响过，但自己太困了没理会，一觉睡到了现在。赵主任让袁野赶快穿好衣服下楼。十几分钟后袁野到了楼下，方铭还没下来，赵主任让袁野去买三笼包子路上吃。等袁野提着包子回来，方铭才顶着鸟窝似的乱发下了楼。看到方铭的样子，赵主任笑道："就知道你们两个小子早上起不来，让你俩多睡了会儿，今天工作可要好好干啊！"

方铭挠挠头回答道："哎呀，早上闹钟响了都没听见，昨晚回来得太晚了。"

等方铭上了皮卡后，袁野问赵主任："现在离开工仪式还有半个月呢，咱们没必要那么急吧？"

赵主任回答："青藏联网工程可是国家西部大开发23项重点工程之一，经国务院批准，有'天路'之称，是目前海拔最高、线路最长、施工难度最大的输变电工程。会议当天会有不少重要领导来现场。会议保障设备今天就到，我们通道没搞定，人家设备到了也没办法开展调试，这不是耽误整体工作进度吗？今天工作没那么多，把板房里的光缆熔了就没其他事了。"趁着皮卡还没开出市区，袁野和方铭吃完上车前在路边买的包子，就在后排打起了盹儿。赵主任一路上不停地接电话，等车开出了市区，手机没了信号，车内才静了下来，只剩下袁野和方铭的鼾声，夹在皮卡车身发出的金属摩擦声里，发动机的轰鸣声在高原的公路上跳跃着。

三人赶到朗塘换流站时已经十一点多了，施工队已经搭好了四间临时板房，每间有 30 多平方米，门窗也安装好了。皮卡一直开到板房前，袁野和方铭下了车，从皮卡货箱里提下光纤熔接机、工具箱和尾纤接头盒，戴上安全帽，走进了前一天埋了光缆的那间板房。赵主任撸起袖子准备亲自上阵，袁野马上阻拦道："这 12 芯的光缆，我和方铭来熔就行了，您在旁边指导就行。"

赵主任说："那好吧，你俩来。我去项目部转转，看电信的通道接到项目部了没有。你俩注意熔接质量，熔完了要做收发光测试，衰耗大了必须返工。"说完就朝着项目部走去。

袁野和方铭一起剥好光缆，摆好熔接机就开始熔光缆了，两人相互配合着，用了 20 分钟就熔完了 12 根纤芯，每一个熔接点的衰耗都控制在 0.02dB 以内。盘纤时两人都小心翼翼地，不到一个小时就完成了板房里的工作。

收拾完工具，方铭问袁野："一条通道只占一收一发两根芯，熔 12 芯不是浪费吗?"

袁野回答道："多熔几芯，走业务的时候也好挑衰耗最小的两芯，到时候传输信号也不会丢包嘛，多熔的就当备用通道了。"

熔完光缆，袁野留在板房里用光源按 1—12 芯顺序发光，方铭拿着光功率计去项目部收光。

等方铭到了项目部，袁野开始从第一芯发光，方铭用光源找出有光的尾纤，做好记录，每根纤芯的衰耗都在国网的标准值以内。两人测试完光缆，清理干净熔接现场后，赵主任还没回来，时间已经到了饭点，给赵主任打电话却没人接，两人只好向项目部的人打听赵主任去哪里了。打听一圈后得知赵主任跟电信的工作人员去林周县的机房里跳纤了。项目部的人看两人是国网西藏电力公司的人，同是来干活儿的兄弟，就叫两人在项目部食堂一起吃午饭。吃饭的时候，袁野和方铭听项目部的人介绍，才知道换流站的建设单位是国网山东送变电公司，施工队的队员都是山东人。袁野端着手里的面说："怪不得面做得这么好。"

一起吃饭的人听了这话，说道："这面可是咱们从山东过来的厨师用高压锅煮的，厨师刚来的时候不知道这里的开水只有八十几度，煮出来的面都夹生，你俩运气不赖，昨天我们刚去拉萨买了个大高压锅给兄弟们煮面，你俩就赶上了。”

吃完面，项目部的人给两人让烟，方铭不抽烟，就摆了摆手。一上午没抽烟的袁野接过烟，感激地问道：“工地不是不允许抽烟吗？”项目部的人抽着烟回答：“咱们办公室里可以抽，工地的工人大多都抽烟，不过只能在项目部休息室或者宿舍里抽，施工现场不能抽，监理看到一个烟头就要罚款100块钱。你俩就在这儿凑合休息会儿，我们回宿舍休息，在高原地区干活儿可不比内地，不干活都觉得累。”

两人准备趴在桌子上休息一会儿。袁野给艾灵打了电话，艾灵说她刚做完产检回到家，她跟宝宝的情况基本稳定，只是羊水在打完那几天的营养针后，又开始变少，医生让她每天多喝水来补充羊水。艾灵挂电话前跟袁野抱怨了一句：“每次产检都是你妈陪着我，其他孕妇都有老公陪着。懒得理你，我要睡午觉了。”

袁野一个劲儿地跟艾灵道歉：“对不起，对不起，老婆你最好了。”

下午的时候，卫星通信车到了，是一辆丰田酷路泽改装的卫星车，从北京开到西藏的距离差不多相当于横穿了整个中国，花了将近一个星期的时间。车到了以后，司机和保障人员就准备去林周县里的宾馆休息了，毕竟是开车走完了全长3922公里的109国道。走之前，卫星通信车的运维组长陈彪听说袁野和方铭是国网西藏信通公司的人，就把车钥匙交给了两人，用一口地道的京腔说道：“下午请你们帮帮忙，测试下车辆设备是否有问题。一路上我这把老骨头都快散架了，就怕设备也经不起长途跋涉。嗨，顺便找根水管帮我们洗洗车。测试的时候自发自收就行，车里有操作手册，按步骤一步一步来。不懂就给我打电话，我的电话号码操作手册上有。你们实在做不好的话，我们明早再测试，不过看你俩都是大学生，脑子应该好使吧。”

陈彪的话让袁野、方铭听了心中一阵不爽，但碍于陈彪是北京来的，加之陈彪年龄看上去比他俩年龄加起来都要大，方铭便说了句：“看您这年纪也快退休了，以后就叫您老陈，您看行不行？”

老陈不快地道："退什么休？咱北京要六十好几才能退，我还得干十来年呢！你俩以为跟你们西藏一样，五十就能退啊。"

老陈讲完就把车钥匙抛给袁野，走之前还说了句："别乱开、乱动车里的线路啊，洗车的时候关好车内门窗啊，车内设备可不能沾水啊，这车加设备跟兰博基尼的价格相当啊。"

老陈吆喝得一声比一声高，那几个"啊"字就像指令。"还是北京来的牛。"袁野心肝一颤，说："钥匙您先收着，您休息好再来调试。"这句话被老陈刚上的项目部那辆车的发动机声淹没了，想必老陈没有听到。袁野和方铭望着老陈坐车离去，车上的老陈极不放心地回头望了眼，把还在震惊这辆车价值的两位年轻人留在了卫星车旁的灰尘里。

方铭和袁野两人面面相觑，决定还是先给赵主任打电话汇报一下情况，听听自己的直接领导怎么说。电话接通后，赵主任第一句就是："对不起！忙得都把你们俩给忘了。纤熔好了吧？中午饭吃了没？我还没顾上吃饭呢。"

袁野回道："熔好了。饭已经在项目部吃过了。卫星车到了，现在交给我和方铭了。有个姓陈的老头儿让我俩帮他洗下车，还让我俩测试下卫星车上的设备。"

赵主任说："这样啊，你俩弄就行了，别搞坏了就行。我这边还在忙，先不说了。"

袁野挂了电话，方铭马上问："啥情况？"

袁野大声地说："弄！"

方铭吓得一愣，说："搞坏了咱俩在西藏干一辈子也赔不起啊。"

袁野无奈道："赵主任也让咱俩弄，你说咋弄。"

方铭说："这个车肯定是防水的，那边工地有水管，先拉过来冲一冲，我看这车屁股后面可挂着 V8 呢，光车就得值一百多万了。"

于是两人向附近的施工队借来水管拖到车跟前，接好水龙头，把开关拧到最大，捏着水管口往车上冲水。估计老陈他们从北京开到拉萨跑完 109 国道都没洗过车，不过工地的水管水压比较大，没多久就把车冲干净了，两人也没有毛巾，等车上水渍晾干，才打开车门研究起来。后备厢里装满了各种设备，后排的座椅虽然还在，但座椅上也放满了各种各样的设备。两人在卫星通信车的手套箱里找到一本四十多页的操作手册，大概翻了一下，才明白了老陈为何敢放心让两人操作，虽然手册上印着是“简易操作手册”，但是每一步的操作方法都写了出来，而且还配了需要操作的设备截图。这辆车开进现场时由于车顶装了卫星天线收发装置，早就引起了大家的注意，正当两人打开了车门开始按照手册一步步地操作时，附近已经围了一小圈人，就连项目部的经理都过来了。

袁野和方铭一起按照手册开始操作，每一步两人都是各自确认一遍才开始操作。由于设备面板上都是英文，两人又确认了一遍设备状态同操作手册上写的一致，才把最后开启的功放打开。不过打开功放以后收发信号灯的状态并不正常，只有 TX 发送灯是亮的，RX 接收灯并不亮。于是两人就给老陈打了电话，老陈说：“你俩行啊，以前没接触过就差不多能操作到最后一步了啊。脑子不笨啊。看来设备这一路颠簸过来应该没什么问题啊。没有接收信号可能是频率被其他卫星便携站占用了啊，明天联调下就知道有没有问题了啊。”然后老陈又问了车内其他设备的情况，确认了其他设备都没什么问题，强调了关设备收天线的注意事项，才挂了电话。

“啊，啊，啊啥呢！”袁野笑道，“同是国网人，你还以为你国网北京老陈比国网西藏小袁、小方能强多少。”

袁野和方铭两人准备收设备的时候，赵主任坐着皮卡回来了。在两人按照手册一步步地关设备时，赵主任亲自测了遍两人熔的 12 芯光缆，还用螺丝刀打开盘纤盒看了下，检查过后才算放心，对两人说：“你俩不赖啊，以后独立工作没什么问题了，咱们地面通道今天差不多都弄完了，明天起你俩要跟着老陈多学习学习卫星通信了，他可是专家，将来咱们西藏公司也会配卫星通信系统的了。”说完就带着两人收工回拉萨了。

袁野心里很是好笑：你国网北京老陈一句话后爱带个“啊”，我国网西藏老赵爱带个“了”，真是彼此彼此。

回去的路上方铭跟袁野嘀咕：“这个卫星通信车也没啥难度，咱俩初次接触，看着手册也搞定了啊。”

袁野小声回答："话可不能这么讲啊。人家手册编得好啊。再说就算按步骤操作，出了问题咱俩也解决不了啊。明天开始还是得好好学学啊。"

方铭举起大拇指："啊啊啊。袁野，你简直就是国网北京老陈了！"

第二天一早，袁野和方铭去公司综合部要了皮卡，等赵主任一起去现场。赵主任比较忙，就让方铭、袁野两人自己去会议保障现场配合老陈开展工作。说白了，两人现在就是老陈手下的兵。在去找老陈的路上，袁野一问，大家都没有吃早饭，于是在司机的建议下，三人到路边的一家藏餐馆里吃了早饭，司机点了两碗藏面，方铭、袁野都点的牛肉汤泡饼，味道不错，比拉萨市区的饭馆给的肉要多。两人赶到会议保障现场，老陈也刚到没一会儿，正在项目部的食堂里喝稀饭。看到两人来了，立马叫两人一起吃早饭。虽说两人都吃饱了，可还是坐到老陈身边陪老陈一块儿吃。老陈听两人讲早上吃的牛肉汤味道还不错，特地问了详细地址，说下次去拉萨路过时一定要去尝一尝。两人陪着老陈吃完饭，三人就一起去了卫星车停放的位置——会议保障室背后，开始跟着老陈做联调。调试前老陈直夸两人洗车手艺好，洗得挺干净的。支设备的活儿还是袁野和方铭来，两人是第二次支设备，昨天的步骤基本上都记住了，也没怎么看手册，遇到问题老陈就过来纠正，不到10分钟两人就把所有设备都启动好了。两人操作时老陈就跟北京联系好了，在设备都运行正常后把频率改成了跟北京收发相反。改好频率后收发灯都是绿色的，老陈又检查了一遍操作面板，说："设备应该没什么问题了啊。你俩行啊，脑子挺好使的啊，挺牛 × 的啊，我在北京教徒弟大半天还没你俩溜啊。"然后老陈打开了车顶的高清摄像头，连接视会终端，跟北京呼叫接通后，就在车上跟北京建立起点对点的音视频通信来。他跟北京的同事讲了几句话，确认声音和图像都正常后，才跟袁野、方铭说："咱们通道是否建立就看信号收发灯是否是亮的啊，如果频率都是对的啊，收不到信号或者发不出信号就得用频谱仪来看信号具体的参数啊。回头再教你俩啊。现在已经可以确定收发装置跟图传、调音设备都是正常的啊。"

袁野不自在地说："陈老师傅，您能不能不要'啊啊'的了。"

老陈说："好啊！"拍了下袁野的头，接着说："今天的工作基本上就没了。”对袁野笑了笑，“这次我可没有说‘啊’字。”

袁野对老陈举起大拇指又点了点头。

老陈继续道：“啊，剩下的就是等国网四川电力公司提供的会议调音台、高清摄像机和音视频切换矩阵到了以后，啊，开始搭建会场的音视频采集播放系统了。啊，我估计今天应该能到位。啊，下午要跟国网信通的人开个会，啊，把会场布置的具体情况定下来。啊，反正现在咱们地面通道和卫星通道都有了。啊，就等总指挥部决定用哪条通道了。啊。”

袁野望着老陈，欲言，被方铭一手捂住了嘴。

老陈交代完，就让两人收设备，不到十分钟两人就收好了。正好到午饭时间，老陈说：“从现在开始，我保证不再带‘啊’字，省得你浑身不自在。听着，你们俩一直到会议保障结束前就跟着我，我、我可能还得去那曲的会场指导我手下那帮小子弄卫星便携站，希望他们别发生什么问题。那曲海拔那么高，我来的时候睡了一晚上，那家伙，难受坏了。中午就请你俩吃顿好的，你俩可得给我好好干，咱们这个会议可是要上《新闻联播》的啊!”

袁野、方铭为老陈鼓掌叫好。两人听了要上《新闻联播》，马上惊讶道：“真能上《新闻联播》啊！这么牛!”

老陈道：“开玩笑，这么大的工程，还有好几个世界之最，能不上《新闻联播》吗？啊，我可是听说会议当天要来好几个大领导。”

袁野马上对老陈说：“老陈师傅啊，你抽空跟会议总指挥说说啊，到时候咱们这个卫星通信车放主席台旁边啊，真上了《新闻联播》也能跟着露个脸啊。”

“你啊个屁!”老陈说，“你俩好好干，开会的时候你俩就待在车里做保障，到时候咱们国网自己的记者也要来会场，其中跟我关系好的记者有的是。我推荐他们报道报道你俩。啊!”

袁野和方铭一听，干劲十足，方铭马上说：“陈老师傅，午饭我俩请了，到时候您让我俩露露脸就行。”

午饭两人请老陈去县城里吃串串香。可能是由于海拔高、沸点低，食物没煮熟，三人吃得又急，吃完出了门肚子就开始不舒服，下午频频进出厕所。还好下午没什么重要工作，不然肯定受影响。开会的时候，总指挥定下了会议保障的传输方案，地面通道主用，卫星通道备用，但是会议进行时卫星通道也得传地面通道相同的音视频画面，一旦地面通道出了问题，可以立即切换到卫星通道上，毕竟会议直播时和人民大会堂有互动。开完会，老陈耐不住县城的寂寞，况且会场的音视频设备确定晚上才能到，就算到了也是明天一早开始搭建设备，于是决定跟袁野、方铭一起去拉萨，反正老陈的住宿标准也够住在拉萨了，之前没去是怕来回跑不方便，现在有两人跟着自己，还开着一辆皮卡，也算蛮方便了，林周县县城里连个像样的网吧都没有。

在回拉萨的路上，老陈说那曲作为分会场可能会加进来，说不准过几天他就要去那曲的会场帮忙。袁野一听马上跟老陈讲："那曲我冬天去过，条件赶林周县差远了，而且撒泡尿都头晕啊！"

老陈听完只是回答："这点苦我还能忍受，只要不是让我去那曲架铁塔，我这身板应该挺得住。我可是侦察连连长出身，西藏我年轻的时候就来过。"

袁野说："怪不得您来了西藏一点高原反应都没有，原来是'老西藏'啊。"说完三人坐上皮卡离开了会场。

到了拉萨，老陈说先去吃点好的，中午吃得让人难受了一下午。司机把三人送到天海路附近，就开车回公司了。

天海路算是拉萨最繁华的地方，附近宾馆也多，老陈晚上就打算住这附近了。晚饭吃了家云南腊排，三人还点了几瓶啤酒。喝了点酒，老陈问两人干吗来西藏工作，袁野只说了句："既来之，则安之。"

方铭听了却说："安不了的嘛，我妈这阵子又住院了，都是我姐在照顾，要不是我姐告诉我，我还不知道呢。我打算这次会议保障结束了就休假，回去好好陪陪我妈，顺便相个亲，家里催得厉害。"

老陈听了说道："你们休假时间挺长的，听说有两个月。不过像你们这样的在西藏工作的汉族人，父母子女一般都在内地，上不能尽孝，孝敬父母，下不能教子，教育子女，何必呢！"

听了老陈的话，两人终于觉得有人说了句实在话。之前大家都多少有这种感觉，可是没人说出口。这顿饭本来袁野和方铭要请客的，可是老陈觉得两人能来西藏工作已经很不容易了，说就当是他这个北京国网人小小慰问一下西藏的两位国网年轻人，硬是抢着买了单。袁野、方铭情不自禁地拥抱了老陈，仨人异口同声地感叹：“知音啊——”这个“啊”字拖得格外长。

第二天一早，司机开着皮卡先去接上袁野和方铭，之后又去接老陈。在去会场的路上，老陈尝到了那家惦记了好几天的牛肉汤。吃完早饭赶到会场已经十点多了，会场边上已经停了两辆挂着川牌的大货车，一辆装了整车一米见方的LED显示屏，另一辆装的是几个大大小小的黑箱子。老陈告诉两人，这些都是会场所需的设备，是国网信通公司从四川电力公司借来的，四川电力公司不但痛快，而且鼎力配合，还派了四川省信通公司的人过来帮忙，也算是对青藏联网工程的支持了。这些设备真要在西藏找起来，估计连西藏的电视台都找不全。

卸完货刚好到午饭时间，大家就在项目部里吃面条，吃完也没休息就开始继续干活儿。一下午的时间LED屏就拼好了，不过后面的线都还没接。袁野和方铭看着后面密密麻麻的信号线，每根都做了防水处理，全部串接起来足有千米长。

在拼LED大屏幕的同时，调音台和混音系统也在最靠近主席台的板房里组了起来。方铭跟袁野一下午都在围着调音台转悠，一张两三平方米的面板上有上百个大大小小的按钮，让人看着就头晕。调音台旁边就是视频矩阵和效果器，两人问了半天才知道效果器的作用是在现场直播视频画面切换时进行效果控制。大家一直忙到了天快黑才停工。会议总指请所有保障人员去县城的那家有着蓝绿色墙裙的川菜馆里吃了饭，算是犒劳一下大伙儿。第二天下午，钢管搭建的主席台以及所有设备就要开始布线连接了，这时大家才发现音频线和视频线长度不够，无法接到控制室里，会场总指想到了西藏电力信通公司，让袁野和方铭隔天来会场时一定要带上足够长的音视频线，然后根据现场的实际情况连接设备。

次日上午，袁野和方铭把几卷音频线和视频线从皮卡车上搬到会场主控室，交给四川电力公司负责会场音视频搭建的工作人员，然后两人就和大家一起放线，把线埋在地面碎石下的土壤里。四川电力信通公司的人一看就是专业的，都是先在主控室里焊好对应的接线头，才从主控室向音箱、摄像机和

LED 显示屏处放线，留出足够的长度后才把放好的线剪断，再焊另一侧的接头。两人也跟着老陈学了下各种接头的焊接，大致跟通信常见的 2M 线的焊接方法类似，只是 2M 线焊接的只有一芯，而音视频线焊接多了几芯。

会场总指给大家的任务是今天把所有设备间的线都布好，即便加班也要完成，明早 9 点准时开始设备调试工作。傍晚七点多的时候，所有线缆只放了三分之二，总指让大家先去项目部吃饭，吃饱了再继续工作。布线和做接头很简单，耗时比较短。更加耗时耗力的就是把线埋到碎石下的土壤里，碎石层有将近十厘米厚，之前敷设光缆时方铭和袁野已经领教过刨开碎石有多费劲了，眼看天快黑了，而且又下起了小雨，大家赶快把已经摆到预定位置的音箱、摄像机搬进了保障室里。虽说都是防水的设备，但是在高原淋了雨，谁也不敢保证设备不出问题。对于放到位的接头，大家想了个防水的办法，就是先在空矿泉水瓶上割个口子，再把接头挤进去。大家淋着雨把碎石表面的线缆都埋到了土里，如果明早没埋好，被现场施工车辆轧断了，线就得重放。大家两人一组分段埋线，到晚上十点多终于把所有线缆布放到位，负责刨沟埋线的年轻人上衣全都被打湿了，还好大家都戴着安全帽，头发是干的。会议总指怕大家着凉感冒，刚开始下雨时就安排人买来可乐和生姜，用烧水壶给大家煮姜汁可乐驱寒。回拉萨的路上，瘦高瘦高的老陈说有点饿了，于是请一车人吃烧烤、喝啤酒。

第二天一早，会场总指要求所有设备开始做联调工作，老陈再次仔细跟袁野、方铭讲了一遍卫星通信车里每样设备操作的注意事项后，就去那曲的分会场帮忙了，按照最终的保障方案，会议当天袁野和方铭两人只有一项工作，就是待在卫星通信车里，一直盯着卫星通信设备，以便及时处理可能出现的问题。卫星通信车按照保障方案藏在板房背后，从会场和主席台的各个角度都看不到。袁野和方铭鼓起勇气问总指为什么不能放到主席台附近，得到的回答是："卫星通道是备用线路，还是放到领导看不到的地方比较好。"

两人听了这个回答，也没法反驳这位来自国网信通公司的总指，到现在两人也没弄清楚这位总指是国网信通公司里的什么级别的领导，反正会场中的所有人都得听他的。卫星通道每天从早上建立起来直到晚上调试结束，基本没有出现过大问题，顶多是丢包和音视频偶尔的顿卡，并不影响整体的流畅度；而地面通道是租用的电信运营商的设备，很不稳定，几乎每天调试时那曲分会场的画面都会出现问题，还出现过只有图像没有声音的情况，直到会议正式开始的前两天，总指决定让卫星通道做主用传输通道，地面通道改为备用传输通道，这让袁野、方铭两人压力倍增。

2010 年 7 月 29 日，历经 5 年全面论证、精心筹备的青海—西藏 750 千伏 / ±400 千伏交直流联网工程正式开工。袁野作为拉萨开工仪式会场保障工作人员，在奠基现场，把方铭留在车里，自己跑进主控室，亲眼目睹了来自国家发改委、国家能源局、西藏自治区党委、西藏自治区政府以及国家电网公司的大领导们，一起手持系有红绸的新锹为奠基石培土，直至整块奠基石被完全埋进了青藏高原平凡而坚实的黄土中，在最开始的地方默默守护着这条从雪域高原通向北京的“电力天路”。

工程启动会议圆满结束后，国网信通公司的领导特意来到卫星通信车前肯定了袁野、方铭两人的工作，硬是把备用通道保障成主用通道。会议结束后，青藏联网工程启动会议保障组的所有工作人员都身着外观不同但都印着国家电网公司标识的工作服，胸前挂着会议保障人员的工作证，在还未拆除的主席台上挺身而站，在“青海—西藏 750 千伏 / ±400 千伏交直流联网工程正式开工仪式”的红色条幅下，在高原独有的清爽微风中拍下了一张宝贵的合影。按照规定，会议结束后工作证是要上交会务组的，但是袁野和方铭还是要回了工作证，用来纪念这一段宝贵的经历。

袁野和方铭拍完合影，走回卫星通信车开始收设备的时候，有一位身材高挑、胸前挂着记者证、手里拿着单反相机的短发女记者来到卫星通信车前，喘着大气，满是埋怨地对两人喊道：“喂，你们两个先别收，摆拍个调试设备的姿势，我拍张照片。我是《国家电网报》的记者，老陈非逼我来给你俩写篇报道。因为答应了老陈，我都没去那曲的会场。我们领导要我来西藏是让我去海拔最高的那曲会场的，我如果去那曲，你们公司必须安排车和人陪我一起去。”

袁野感觉这位脾气不小的大记者的声音听起来有些耳熟，正准备从车里钻出来看看老陈请来的是何方神圣，方铭已经满脸笑容地握住大记者的手寒暄道："好久不见！"

袁野钻出卫星通信车看到记者的脸，一句"我靠！"脱口而出，方铭赶紧松开了握着大记者的手，怕袁野以为自己想占大记者的便宜呢。大记者看见袁野，比方铭多愣了一瞬，然后就是一句："我靠，没想到遇到的是俩熟人啊！"

袁野走到大记者跟前给了她一个拥抱："陈丹阳，济南培训一别两年有余，别来无恙啊，我跟你讲，艾灵都快生了，你这么凶残，肯定还没有男朋友吧？"

陈丹阳呵呵一笑："你小子不愿做我的男朋友么"，推开与自己差不多高的袁野，"嘿，速度够快啊！你怎么黑成这了？上大学那时候你可比我白啊！"

袁野叹气道："唉，亏你还是工科生，你不知道西藏紫外线很强啊。"

陈丹阳一拍脑袋道："我可是涂了 PA+++ 的防晒霜呢。等会儿，我得喘会儿，早上刚下飞机，跟你讲几句话就头晕得厉害。"说完就钻进卫星通信车里，坐在驾驶席上掏出手机打起电话来："老陈，你安排的活儿我接了，别忘了你答应我的徕卡相机啊！"说完就挂了电话。

方铭这才愣了一下，也来了一句："等等，我理一下思路，你俩不只是济南的同学，还是大学同学啊！"

袁野马上对方铭说："对啊，这是我大学同班同学陈丹阳，从大一的第一次物理实验开始我就跟她一个组，之后四年所有的实操都跟她在一起，被折磨了四年啊！"

陈丹阳走下车，瞪了袁野一眼说："袁野，一见面就说我的黑历史，不仗义啊！"

方铭恍然道："在济南你俩也不说，还以为大家都是在济南培训才认识的呢。"

陈丹阳这才说道："先别聊天了，我还'高反'着呢，快去工作，我给你俩抓拍几张工作中的照片，对了，戴上安全帽，工作服上国家电网的标识注意转向我啊！"而后端起相机一直断断续续地拍到两人把车收好。

等收完车，袁野才问陈丹阳："你跟老陈啥关系啊？他还得给你买部相机你才肯帮我俩写报道啊！"

陈丹阳不耐烦地道："没啥关系，他欠我的，应该的！以后别在我面前提他！多吉在拉萨吧？一会儿跟你俩一起回拉萨，让他请我吃藏餐！"

方铭问："多吉，哪个多吉？"

袁野回答："电科院那个，开会时老跟我们信通公司较真儿的那个，他跟我和丹阳是同系不同班的同学。"

方铭惊奇地看着袁野道："你小子把关系隐藏得够深的。这么久了，我都不知道你跟多吉和陈丹阳是大学同学。"

袁野无奈地道："在济南培训时给你说过的。瞧你这人。贵人多忘事呗。"

方铭回答："对哦，当初在济南培训时，我就一直在好奇，陈丹阳咋那么帮咱们西藏电力公司的同学呢，我还以为她喜欢你呢！"

袁野作势要打方铭道："别乱说啊，我跟陈丹阳是哥们儿！"

会场所有设备的搭建和调试用了半个多月，而拆除打包仅用了半天的时间，清理完会场后，所有会议保障人员在林周县里第一次吃饭的那家川菜馆里吃了顿庆功宴，陈丹阳也跟着袁野和方铭一起去了庆功宴。这一次桌上摆了啤酒和白酒，大家都喝了几杯，能喝的喝白酒，不能喝的喝啤酒，过了今晚大部分人都会回原单位继续做自己原来的工作，四川的回四川，北京的回北京。唯一遗憾的是袁野、方铭两人没能跟老陈当面喝一杯庆功酒，老陈在会议结束当天就离开那曲忙其他工作去了，卫星通信车交给了青藏联网工程指挥部做应急通信保障车。庆功宴结束后，袁野和方铭两人带着陈丹阳回了拉萨。回拉萨的路上，袁野给多吉打了电话，告诉他陈丹阳来拉萨了，约了他明晚请陈丹阳一起吃藏餐。

在陈丹阳的要求下，袁野和方铭用公司的小皮卡把她送进了在拉萨价格数一数二的香格里拉大酒店。袁野在读大学时就习惯了陈丹阳的挥金如土。方铭不了解陈丹阳，离开酒店在回公司的路上问袁野："你同学啥来头？这么牛×，香格里拉大酒店一晚上的房价上千了啊。"

袁野告诉方铭："我也不知道，大学的时候跟她关系还不错，我知道她来自北京，那时候她就很土豪，经常换手机，且都是最新款的。"

方铭惊讶道："牛×，她肯定是北京的官二代，当初她可是在咱们国网技术学院通信班里的同学，现在又成了记者。呃，陈丹阳她姓陈，她和老陈是不是父女啊?”

袁野摇头道：“别那么八卦行不行，她在大学里跟我讲过，她从小就没见过自己的父亲。”

方铭还想继续问袁野，可是皮卡已经到了国网西藏信通公司的院子里。

袁野回家后用笔记本电脑跟艾灵视频聊天时告诉她陈丹阳来西藏的事情，艾灵马上跟袁野发脾气：“袁野呀袁野，你们俩大学的时候天天勾肩搭背的，做个破实验又天天在一起，别以为我不知道你们大学的事。当初带我爬个破华山你还要带着她，现在她又去西藏见你，你想气死我啊？！我肚子疼得厉害，晚上不准关视频，我要看着你在家里待着!”

不等袁野解释，艾灵就捂着肚子气呼呼地从椅子上起来，转身离开了书房。袁野只好大声对着笔记本电脑喊道：“老婆别生气了，你放心，我不关视频，你早点休息。”

没过多久袁野就接到老妈的电话：“你干啥了？气得艾灵肚子疼。都这么大的人了，能不能懂点儿事!”

袁野很无奈。他心里明白，自己跟陈丹阳在大学里只是哥们儿，但却不知道怎样向艾灵解释。直到第二天上班前，袁野才关了视频，给艾灵发了一条消息，告诉她自己去上班了。

第二天一上班袁野就接到陈丹阳的电话：“喂，你们公司在哪条路啊，我过去找你领导要辆车，那曲我一定得去一趟的。”

袁野惊奇到：“你还真去啊，又不是旅游景区。”

陈丹阳敷衍道：“问那么多干吗？我有事!”

袁野只能回答：“行行行，你的事儿最重要，我让小皮卡去接你吧。”

陈丹阳嫌弃道：“就你们公司那破车？算了吧，颠得人难受。酒店有车，你以为五星级酒店是白住的呀!”

袁野只好回答：“行，你让酒店的车送你去那曲吧。”

陈丹阳提高嗓门儿：“你别没事找事啊，我来是有工作的!”

袁野不再多说，赶快告诉陈丹阳自己公司的地址。

不到十分钟陈丹阳就到了国网西藏电力信通公司。袁野一见到陈丹阳，发现她眼眶发青，嘴唇也有些发紫，正准备帮她拿好几斤重的相机，方铭不知从哪儿蹿出来，抢先一步接过陈丹阳的相机："丹阳姐，昨晚没休息好吧？看你气色不太好啊。"

陈丹阳有气无力地道："昨晚给你俩写完通讯稿就开始头疼，一晚上都没睡好，破酒店的弥散供氧一点儿都不靠谱。"

说话间，三人进了电梯。袁野也不知道该带陈丹阳去找哪位领导，只好带她去了赵主任的办公室。

一进门，赵主任正忙着处理文件，一看袁野和方铭带着个大姑娘进了办公室，马上停下了手头的工作，面带微笑地问："有什么事啊？"

不等袁野开口，陈丹阳上前坐在办公桌前唯一的一把椅子上，很热情温柔地对赵主任说："您就是赵主任吧。我是《国家电网报》的记者陈丹阳，昨天刚给咱们卫星通信保障组写了篇报道，今天就能见报。是这样的，我们英大传媒的领导派我来西藏是为了让我去一趟最艰苦的那曲地区，写一篇有关那曲的报道，想为咱们青藏联网工程后续的报道做一下铺垫。"

赵主任一听，满脸笑容道："这样啊，刚好我们明天就要开始对各地市进行巡检了，我去跟我们书记说说，看能不能把他的专车派给你去一趟那曲，还要麻烦你多报道报道我们在边疆地区工作的同志。"说完，赵主任就去找书记了。

袁野惊奇地对陈丹阳讲："嘿！没想到你还有这么温柔的一面啊，认识你这么多年，第二次见你这样说话。"

陈丹阳将头伸到袁野脸旁，轻声地："第一次呢？"

袁野有点羞涩地道："就是那……跟你去北京……男、男朋友……"

陈丹阳做了个手势："打住。"摆摆手，"本学友让你二两姜，你别以为妹妹不识秤。"

袁野一本正经地："真的，我感动了好多天。"

陈丹阳瞪了原野一眼。方铭看气氛有些紧张，赶快给陈丹阳倒了杯水。

赵主任没过几分钟就回来了，微笑着对陈丹阳道："我跟书记说了，我们书记非常支持，安排了专车配合你的工作，明天一早就出发。我带小袁坐皮卡去那曲巡检。我看你嘴唇发紫，高原反应比较严重吧？那曲的海拔比拉萨要高得多，我让小袁多准备几个氧气瓶，路上你就吸着。对了，我们书记让我问问你在拉萨住的地方怎么样，要不要给你安排个住的地方，晚上再请你吃个饭。”

陈丹阳面带微笑地起身，握住赵主任的手说：“太感谢您了，我已经找好住的地方了。吃饭就算了。我头疼得厉害，就先回酒店休息了。”

赵主任对袁野和方铭道：“方铭你跟综合部说用一下书记的车，让袁野送陈记者回酒店。”又对陈丹阳道，“陈记者先回酒店好好休息，到那曲要跑一整天，明早七点我们准时去酒店接你。”

赵主任送陈丹阳到了电梯口，直到袁野陪着陈丹阳进了电梯，电梯门完全合上，他才转身离去。

电梯里，袁野对陈丹阳竖起大拇指：“还是京城来的大记者厉害，谢谢你帮我和方铭写报道。我记着你的好。全在心里。”

陈丹阳道：“可别哪天说了梦话让艾灵听见找我的茬儿。”

袁野俏皮地鞠了个躬：“谢谢陈丹阳学友。”

出了电梯，陈丹阳只觉身子摇晃，便把胳膊搭在袁野肩膀上：“咱俩都老同学了，说什么谢啊。不行了，真的头疼得厉害，我回酒店吸氧歇着了，在西藏工作还真不容易！昨天刚下飞机感觉身体还好，到了晚上翻来覆去地睡不着，脑袋都快炸了。”刚说完，方铭从楼梯上跑下来，主动要求送陈丹阳回酒店去。

袁野回到赵主任办公室，问赵主任干吗要亲自去那曲巡检，赵主任回答道：“那曲公司的次旺同志不愿意来咱们公司，我去那曲再劝劝他。”

一会儿工夫，方铭送陈丹阳到了酒店就返回来了。赵主任安排袁野、方铭去做巡检前的准备工作。袁野和方铭找综合部要了皮卡车，国网西藏信通公司配了一辆丰田越野车。两人又去拉萨的综合市场买回一卷油纸布，用途是盖在皮卡货厢上给设备防尘防雨。又安排去年新来的大学生小刘、小任准备巡检所需的设备，打印各站点的巡检表，下班前就得把设备装到皮卡车上并且盖好油纸布，明早六点五十分准时出发。等油纸布买回来，小刘和小任已经把设备都放到皮卡车上了，四人一起协作把买回来的一卷油纸布裁成比货厢大的几块，然后盖在货厢上，用废旧尾纤绑扎固定。

固定尾纤的时候，袁野对小刘、小任说："你俩年轻，手劲够大，谁要是能徒手把这尾纤扯断，我给谁 100 块钱，你俩一起扯都行，扯断了给 200 块。"话刚说完，小刘、小任真拿起一根尾纤试了试，两人把尾纤缠在手上作拔河状，手都勒出红印也没拉断。

方铭看到了哈哈大笑道："你俩也上当了啊，可别把手勒坏了，当初我跟袁野也上过赵主任的当。别拉了，尾纤里的尼龙加强纤维跟防弹衣的尼龙材料相同，要是能徒手拽断就见鬼了。"

小刘、小任两人把尾纤从手上绕下来，看着手上的两道红印直甩手，然后叹气道："袁哥真会玩儿，跟赵主任学的损招就往我俩身上用。"

袁野拉了拉固定油纸布的尾纤，确定绑得够牢靠了才对两人说："这不是教你俩知识吗，你俩记住了，也找机会教给今年来的大学生呗。实践经验是需要传承下去的，以前我和方铭去巡检，车陷在雪地里，没有拖车绳，只用了四根尾纤就把车拖了出来。"

小刘、小任听了，看了看手上的红印还没有消退，都表示相信。

等赵主任看到东西都收拾妥当了，就叫运检中心通信班的全体成员去会议室开会，把大家分成四组，明天赵主任带袁野去那曲地区巡检，方铭带小任、小刘巡检山南和日喀则两个地区，又把其他年龄较大的老同志分成一组，去林芝地区巡检，检查西藏电网所辖各站的信息通信机房内设备是否正常。本次巡检是青藏联网工程前的特巡，要确保工程期间在运通信设备可靠运行。如果设备有告警，要与网管配合进行告警消缺，同时还得对 UPS 系统进行充放电实验。充放电实验耗费的时间较长，在此期间要对机房内的所有设备除尘清灰。等开完会，方铭还找到赵主任问自己能不能和袁野换一换，赵主任对方铭讲："以前怎么没见你抢着去那曲啊？"

方铭只好无奈地嘿嘿一笑："老袁不是都快有儿子了吗，我连女朋友在哪都还不知道呢。"

老赵听了边摇头边说："你是想把人家留在西藏，还是想跟着人家跑到北京去啊？别乱想了，好好建设祖国边疆吧！”

还不到下班时间，多吉已经从电科院开车来到了国网西藏信通公司门口，等着和袁野一起去找陈丹阳。袁野问方铭要不要一起和陈丹阳吃晚饭，方铭道：“你们四年半的同学，我就不掺和了。”

袁野拉着方铭的胳膊说：“少来这一套啊，好歹大家在济南都是追风少年啊！”

袁野硬拉着方铭上了多吉的大众途观。多吉看见方铭被袁野拉到车上，调侃方铭：“咋了，我请客吃藏餐，还不愿意啊，追风少年！”

方铭挠挠头回答：“没有没有，我是不想打扰你们老同学聚会。”

多吉对方铭哈哈一笑：“你这就不够意思了啊，当初追风你可是领头人啊！”又问袁野，“去哪儿接陈丹阳？她怎么跑西藏来了，不会是专门为了大学毕业时我对每个人承诺的那句‘以后来西藏玩，我请大家吃藏餐！’吧？”

袁野回答多吉：“她可比你还豪，肯定不会为了一顿饭专门来西藏，陈丹阳现在是《国家电网报》的记者，来西藏采访的。去香格里拉接她。”

多吉惊讶道：“住的这么贵的酒店，是比我豪，还好意思要我请客。”

方铭坐在后排：“你可是拉萨真正的地主啊，你请客是应该的！”

多吉嘟囔道：“又不是打‘斗地主’。再说我也没说不请啊。”一脚油门冲了出去，吓得袁野和方铭立马系上了安全带。虽是下班高峰期，但拉萨市的机动车保有量还不如内地的一个县多，所以并不拥堵，加上多吉开车又猛，不到10分钟就到了香格里拉大酒店。

车进了酒店的停车场，袁野很自觉，给陈丹阳打电话的同时就从副驾跑到了后排，和方铭坐在一起。等了十几分钟陈丹阳才打着哈欠从酒店大堂走出来，一上车见到多吉的第一句话就是：“混得不错啊，都换四轮了。去哪儿吃藏餐啊？我午饭都没吃，等你一下午了。”说着又打了个哈欠。

多吉见状回答道：“我看你是睡了一下午还没睡醒吧？要不你再睡会儿。放心，肯定带你去吃拉萨最有特色的藏餐！”

陈丹阳听了多吉的话，真就一歪头继续睡了起来。

多吉把车开到了团结新村里的一户独门独栋的藏式四合院门口，对三人说："到了，带你们去感受一下纯粹的藏餐。"

陈丹阳真睡着了，被袁野轻推了几下才醒来。多吉停好车，三人跟着多吉一起进了这家隐藏在团结新村里的藏家宴。之前袁野跟着多吉来过一次，方铭和陈丹阳则是第一次吃藏餐，准备好好感受一下纯正的藏餐。餐馆给人的感觉就是一户纯藏式的四合院，服务员都是藏族人。多吉点菜都是用藏语，菜价很贵，只点了五六个菜，价格就接近五百块了。多吉还点了一壶青稞鲜酿，说是给陈丹阳接风。

吃饭的时候陈丹阳问在座的三人："拉萨的物价是不是很贵啊?"

多吉回答："街边吃碗牛肉面都得十几二十块。想想咱们上大学时，在宿舍楼后面的小吃街，一碗香菇鸡肉面才几块钱。"

方铭无奈道："我大学就是在北京上的，北京的物价都比拉萨低。"

多吉点的几道菜都是非常有特色的，方铭和陈丹阳认为最好吃的就是生牛肉酱，如果不说，单从口感上完全尝不出来是生牦牛肉做的，用青稞饼子卷着吃起来非常鲜美。青稞鲜酿也非常好喝，口感有点像甜米酒。多吉告诉陈丹阳，这青稞酒的酒精度只有十度左右，比啤酒高不了多少。但是陈丹阳喝了两小杯就感觉头晕了。多吉说是海拔高的缘故，在拉萨喝酒，酒量比在内地至少要减半。

方铭问袁野和多吉："多吉签西藏电力我能理解，听陈丹阳说你是跟着多吉一起签到西藏电力来的。说说，什么情况?"

袁野找多吉要了根烟，点着深吸一口。

起风了。圣城拉萨的微风吹进藏式四合院，吹散了袁野轻呼出的烟气。袁野、多吉、陈丹阳，开始拼凑在大学中最后的那段时光……

那是大四下半学期，大部分同学都奔波在不同的校园招聘专场里，当然也有不用的。这个时代仿佛不光是一个只拼学历的时代，可以拼的还有爹！大学时光可以说是人生中最阳光最灿烂的那一段。无论过了多久再去回忆，即使被时间所沉淀、荡涤，失色，她依然是色彩分明的。袁野的大学时光，主题是白色的，因为可以用青春这如椽之笔任意撰写，最后的色彩袁野希望是黄色的，灿烂、辉煌，有着太阳般的光辉，象征着照亮黑暗的智慧之光，并且承载着希望。

怀揣希望的袁野和多吉一路沉默，多吉用手机看小说。宜昌到武汉的动车只要两个多小时。由于是周末，车厢里人很多，过道里都站了很多人。湖北的年轻人有很多都会去武汉打拼，明天就是周一，利用周末回趟家也是人之常情。电力专场招聘会是在周一早上十点开始，袁野和多吉买的是下午两点零五分的车票，下午四点多就能到武汉，多吉已经提前订好了武大西门对面的瑞安城市酒店，网上预订有优惠，只要九十多块钱的标间，在网上看照片和评论还是挺不错的。出了车站，袁野拦了辆出租车。

一路上比较堵，差不多五点，两人才抵达瑞安城市酒店。两人出示了身份证便拿到了房卡，前台美女特意多看了多吉几眼，毕竟多吉的身份证上的名字在内地来说还是比较有特色的，多吉也算是藏族里的帅哥，虽然袁野一直认为自己比多吉帅一点，但前台小姑娘可能是第一次见藏族帅哥，袁野只有被忽视的份，身份证都没登记啊！

两人离开前台去房间。一开门，呵呵，地下散落了一地小卡片。多吉和袁野都只是看了一眼，进门的时候都是一步跨过去的，谁都没有捡起来研究一下。毕竟大家都上了四年大学了，每年跟小伙伴一起去上学的时候，中转差不多都是在武汉，也住过不少大大小小的宾馆酒店，人多房少的情况也遇到过，每当这时就会找一家豪华酒店开一间套房，开门时里面也有各种小卡片，有好奇的小伙伴打过上面的电话，结果啊……后面还是略去大概五千字吧。

袁野、多吉对一地的小卡片毫无兴趣，眼下的大事是“考试”，丝毫马虎不得。听说明天的面试会有提问，他们书包里装的都是专业课的教材。在学校针对应届毕业生开展的应聘培训课上，辅导老师给大家讲了应聘流程，也对面试提问的问题作了汇总，去淘宝搜一搜，还能搜到专业的面试考题。万能的淘宝啊，只有你想不到的，没有你买不到的。大一时还在傻傻地买图书馆里卖的全价教材，大二时基本已经能在校园论坛里花十分之一的钱找师哥师姐买二手教材了，袁野运气比较好，买到的教材还是附带笔记的，连考试前老师勾画的重点都有！袁野躺在床上问多吉：“小吉吉啊，都到晚饭时间了，是不是去找点吃的啊?”

多吉回答:“大夫哥啊,房费我都出过了,饭是不是你来请啊!”

袁野回答:“好,你这西藏来的土豪什么时候这么小气了,不过大饼夹虫草这样的土豪餐我是请不起的。”

多吉和袁野是电气系的同学,袁野在 6 班,多吉在 7 班,两人专业课都是在一个教室上的,也算是共同上了四年课的同学,关系自然不错。不过袁野外号叫“大夫”,多吉外号叫“小吉吉”,具体外号是怎么来的,两人彼此并不知晓。两人出了宾馆还是决定先去武汉大学里面遛一圈,看看招聘会的体育馆在哪里,提前认一下去招聘会的路还是很有必要的。

进了武汉大学校园,两人第一感觉就是美女没有三峡大学多。袁野便对多吉说:“小吉吉啊,你看这武汉大学的美女真的没咱三峡大学的多,是不是不科学啊?”

多吉道:“这才是相当的科学。你知道不,女孩子考得好不如嫁得好啊。再说了,美女高中时心思没全部放在学习上,要么早熟撩拨男生,要么被早熟的男生追捧,豆蔻年华,春风荡漾。哎哎哎,不谈这些了,咱还是赶快找到招聘的地方然后去找吃的吧,真的饿了。”

袁野无奈道:“我这思想境界还真没你高。快把你的大中华来一根。平时你不带烟,我就不信今天你还不带。”

多吉笑呵呵地道:“还是大夫哥明察秋毫啊,上课的时候带烟,一个课间,递出去的烟就是半包啊。西藏有种红景天香烟,如果你签西藏了,我送你一条,抽那个抗高原反应。”

袁野认真地道:“少扯淡!本来就海拔高空气稀薄,你是想我缺氧更严重啊!”

多吉更认真地道:“尝试过,再讲体验,试都没试过就妄自猜测很不好。”

袁野和多吉抽着烟,聊着天,欣赏着武汉大学的黄昏美景,又向一位漫步在夕阳余晖里的美女问了下武汉大学哪个门出去最热闹,得到了答案就直奔南门。过了马路,来到珞珈山购物广场,找了家叫“流光印象”的西餐厅,点了个牛排双人餐。多吉要的五分熟,袁野点的全熟。多吉说藏餐里有一种生牛肉酱很好吃，袁野还是觉得全熟的最靠谱。五分熟的牛排上来，多吉一刀切下一块，蘸了蘸黑胡椒，将中间还泛红的牛肉放进嘴里开始咀嚼。袁野看着打了个冷战，用他的全熟牛排蘸着黑胡椒，开始品尝着韧劲十足的牛肉。两人吃午餐时还在自己的学校里，此刻竟坐在了武汉大学外的西餐厅里吃起了牛排，袁野在内心深处感慨到，在流过的时光中，如果留下的只有幸福，无论身在何处，吃什么都不重要，重要的是这一餐在今后的记忆中留下何种印象。

天已经全黑了，路灯也亮了。袁野结了账，用的是自己非常珍惜的那张信用卡。大一时这张卡与三峡大学校园一卡通发到袁野手中，那时候这张卡的额度是0元，袁野每次交学费都是把钱存在这张卡里，然后到学校财务部门去刷卡，四年中一直都会按时全额还款。袁野认为信誉很重要，口袋里有多少钱就刷多少钱更重要。

走在回宾馆的路上，看着投在地面上的不断前后交叠的影子，听着马路上过往车辆的发动机声和鸣笛声，袁野突然不想毕业了，校门内和校门外仿佛成了两个世界，校园的大门似乎给一颗颗不想长大的心撑起了一把伞，无论校门外的风有多大、雨有多急，里面都是惬意的。无奈，风再起时，这把伞已经被合上。

多吉递给袁野一支烟说："看看这些路灯，亮着就会消耗电能，进了国家电网，只要天会黑，我们就不会失业，进去了就等于捧着铁饭碗啊，希望明天能把三方就业协议留给国网西藏电力。"

袁野接过烟，点燃后深吸一口才回答："你能不能不要张口闭口就是西藏电力，国家电网那么多网省公司，干吗非要只签一家啊！"

多吉也深吸一口烟才说："拉萨，在我们藏族人心中永远都是最好的地方。信仰，跟你说了你也不会理解的，信仰是只可意会不可言传的，去西藏亲自体会过，你才会理解。"

袁野没有回答，但心里清楚，绝大多数汉族人其实也是有信仰的，那就是天和地，最明显却又最容易被忽略的证据就是，汉族人婚丧嫁娶时必定要去翻翻黄历，而黄历却又遵循了天地万物的自然法则。

回到宾馆打开门，地下的小卡片似乎又多了几张。这次袁野和多吉是踩着过去的，因为跨过去需要迈一大步。袁野从书包里拿出《发电厂电气部分》打算再看看，为明天的面试增加点气势，多吉讲了句："大夫哥，别看了，西藏电力不会问很难的问题的，把心放肚子里。"

袁野想了想觉得有道理，就合上书给家里打了个电话，跟父母报个平安。袁野告诉家里："我和同学一起住在武大附近，明天一早就去国家电网公司的湖北招聘专场投简历。"

刚挂了父母的电话，袁野就接到了女朋友的电话："喂，到了都不知道给我打个电话，知不知道人家很关心你，是不是在武大看美女看得把我都忘了？"

袁野心情不是很好，还停留在不想毕业的思绪里，就对女朋友说："刚吃完饭回宾馆，我和多吉看会儿书就睡，明天一早就是招聘会。亲，你要放心，武大的美女都没你美，你要相信我的眼光。多吉就在旁边呢，就不跟你多讲了，你也早点睡，休息不好长了皱纹就不美丽了，明天等我找个铁饭碗就养你一辈子。"

两人聊完便挂了电话。多吉也给家里打了电话，讲的是藏语，袁野一句都没听懂。

袁野的女朋友叫艾灵，两人同级，只是学的专业不同，艾灵是财管系的学生。艾灵和袁野的认识过程还是挺有意思的。大二那年袁野和同学去夷陵长江大桥江畔看烟花，回寝室时坐的是出租车，一上车就看到一部手机躺在后排座椅上，手机壳是粉色的，上面还贴着 Hello Kitty，凭感觉袁野认为手机的主人肯定是个美女。刚下出租车这部手机就响了，铃声居然和袁野的一样，都是张国荣的《风再起时》，袁野内心略带着悸动地接听了电话，电话里传出一个甜美的女声："你好，我的手机丢了，请问可不可以还给我？"

这甜美的声音传入袁野耳中，如空谷幽兰，酥软人心，甜如浸蜜，让袁野倍感舒适，袁野想都没想立即说："好，你在哪？我马上给你送过去。"

女孩说："今晚就算了，我们寝室马上就关门了，明天你有空的时候我找你去取。谢谢你。"

袁野压住内心想立刻见到这位女生的冲动，答应了。回到寝室，袁野辗转反侧，彻夜难眠，第二天一早又接到女生的电话，才知道女生叫艾灵，也是三峡大学的学生，他们相约在图书馆见面。袁野特意洗了个澡，穿了件白色的T恤，来到图书馆门口与艾灵见面。袁野第一眼看到艾灵便融化在她那双灿若星辰的眼睛里，她有一头齐耳的短发，既清爽又富有朝气。那短发在阳光下深深吸引着袁野，让袁野不由得猜测，这个女孩拥有怎样活泼天真的性格。一个嵌着梨窝的微笑便让袁野前所未有地坠入了爱河……

"还在想艾灵?"多吉乐呵呵地问。

"知我者，多吉也。"袁野还了个笑。

多吉告诉袁野，他明天签国网西藏电力公司肯定没问题，他的舅舅已经帮他打好了招呼。

袁野沉默了，他在思考到底要去哪里。或许袁野多虑了，大学招聘会里的本科生早已如农贸市场里的白菜，由各家招聘单位任意挑选，除了那些求贤若渴的私有企业。袁野戴上耳机，将思绪禁锢在音乐里，回想着进入大学的第一个夜晚。校园，非要亲历才会有深刻的感触，但袁野却坚信梦里抵达的地方，同样可以真实刻骨。

房间的电话铃声突然响起，吓了袁野一跳。多吉按下免提，一个像小刀划过玻璃般的声音从电话里传出："先生，需要服务吗?"

袁野从床上跳起来："我靠，没完没了啊，除了小卡片还有电话。"

多吉赶快再次按下免提键挂了电话，又拔了电话线，平静地说："淡定，赶快抽根烟洗洗睡吧。"

袁野真诚地递给多吉一支烟，拍拍多吉的肩膀，无奈道："洗洗睡了，哈哈，明天就去当白菜。"

多吉道："什么白菜?我们是人才！21世纪什么最重要，是人才!"

袁野道："人才和天才只差一个'二'，故，人才很精，而天才多了个'二'。"

多吉道："哈哈，歪理，典型的吃不到葡萄说葡萄酸。"

第二天一早，多吉穿了一身西装，袁野穿着艾灵买给他的白色T恤，怀着比奔赴高考考场时更复杂的心情，向武汉大学的体育馆走去。路上两人买了热干面边吃边走，按既定路线走到了体育馆，凭学生证进了招聘会场。由于是国家电网公司的专场招聘会，会场里已是人头攒动，各家招聘单位的桌子前都挤满了前来应聘的大学生。有些同学穿着比较随意，甚至有短裤拖鞋装扮的，不用问也能猜到是武汉大学的学生。像袁野和多吉这样穿着得体的学生肯定是比较重视这场招聘会，远道而来的同学。在会场边缘的招聘单位，跟中国地图的布局差不多，是新疆、西藏、青海三家地处边远、边疆的电力公司。出乎意料的是，招聘会场里，这三家单位排队人数最多，桌子上的简历最厚。究其原因只有一个，门槛相对较低，没有把非重点院校的学生拒之门外。其他省份之前也在三峡大学举办过校园招聘专场，电力招聘会都是找间上大课的教室，首先对本公司作一番简介，然后开始面试、接收简历。一般在接收简历前都会对现场的同学说一声："咱们学校的本科生和专科生可以先回去了，研究生可以过来投一下简历。"

国网西藏电力公司排队的人比较多。袁野让多吉先排一下队，自己去其他公司的招聘桌前看看。无一例外，其他公司的目标很明确，基本是针对武汉大学本科电气专业来的，袁野试着问了几家公司，一听不是985、211院校的本科生，都会说："同学你去其他单位试一试，简历放在我们这也可以。"听了这话，袁野只有怪自己高中时没有刻苦学习了。

国网湖南电力公司的桌子上摆了张发电厂电气接线图，面试老师要求应聘的同学指出图上有哪些错误。袁野一看这个还是比较靠谱的，问过问题再决定收不收简历，是对每一位应聘者的尊重，于是就排在了队伍里。没等多久就排到了袁野。电气接线图早已不是前面同学面试的那张，不过对袁野来说还是比较简单的，他很快就回答了出来，然后面试老师就要来了袁野的简历看了一下。看完后告诉袁野，可以把简历留下，但肯定是县级单位。袁野接着问了下待遇问题，一个月几千块钱，不管住，年休假5天。袁野还是留了份自己的简历。此时袁野又回到了多吉的身后，国网西藏电力公司没问多吉什么问题，只是告诉多吉可以把简历留下了。轮到袁野的时候，国网西藏电力公司的招聘老师问了下简历里的成绩单是否真实，并且问了下袁野这个成绩在学校电气系里大概排在什么位置。袁野如实回答："现在成绩都可以在网上查，我们系五六百人，我排名69。"招聘老师二话没说留下了袁野的简历，告诉袁野可以回去了，下午等电话通知，先不要离开武汉。

袁野和多吉离开体育馆前一直都在关注国网西藏电力公司的应聘队伍，有很多是学电气类的专科生和二、三类院校的本科生。多吉对袁野讲：“过几年，西藏公司招的人学历只会越来越高，今年压力好像还不算太大。”两人都投了简历，心情比较放松。

聊着天逛了逛其他家公司的招聘桌，全身放松地走出了体育馆大门，在路上随便买了点武汉的“九头鸟鸭脖”和两罐啤酒回到了宾馆，到前台又把房间续住了一晚，因为还要等应聘的结果，不清楚下午会不会直接签三方就业协议。两人回到宾馆就着“九头鸟鸭脖”解决了两罐啤酒，吃饱喝足了，多吉要午睡会儿。袁野没有午睡的习惯，就跟艾灵视频聊了会儿天，艾灵对袁野说了句“西藏是个被大山包围的地方，如果你决定要去山里，我就跟你去看看。要问为什么，因为你是我的初恋!”便挂断了视频。可能是由于喝了啤酒，袁野躺在床上盯着天花板，一遍遍重复着艾灵最后说的那句话，不知什么时候就睡着了。

随着手机铃声“忘不掉，装作，遇到，微笑，你的，心跳，还在，我的，耳边，萦绕……”响起，袁野接了电话，电话那边说：“喂，你好。我是西藏电力的朱老师，这会儿你可以来一下我们住的宾馆，在武汉大学南门对面的丰颐大酒店 904 房间，来的时候带上就业协议，还有你同学丹增多吉，你们一起过来，四点以前要到。”

袁野的手机铃声是湖南老家的“C-BLOCK”HIP-HOP 团体的“The Second Love”。铃声是袁野第一次见到艾灵后换的，一直用到了现在。袁野叫醒了多吉，擦了把脸两人就背着书包离开了宾馆，穿过武汉大学的校园往南门的丰颐大酒店走去。

一路无心看美女，两人匆匆走向目的地。

袁野一路上抽完了多吉的三根大中华才走到了丰颐大酒店。两人对着大堂里的镜子整理了下仪容仪表，才进电梯上了 9 楼。走到 904 房间门口，看到房门没关，袁野敲了三下门，听到“请进”后，才和多吉走了进去。

进去后，袁野看到桌子上放着厚厚一沓简历，早上面试的朱老师坐在桌前，用笔记本电脑浏览着什么。电脑旁放着打火机和一包云烟，多吉马上掏出大中华给朱老师递了过去，朱老师接过烟让多吉和袁野找地方随便坐。还好房间里有张沙发，袁野和多吉一起坐到了沙发上。朱老师点燃一支烟，并把自己的云烟递给多吉和袁野。两人接了烟，并没有点起，毕竟只有一个烟灰缸，在朱老师桌子上，房间里还铺着地毯，烟灰没地方处理啊！此时还是多吉目光如炬，瞬间把沙发角落里的垃圾桶放到了两人中间，这样三个人一起吞云吐雾起来，三两口后，房间里就满是烟雾。朱老师开口了："简历我也看了不少，我们这次招聘的原则还是学历优先，能签本科我们就不签专科。你们俩都是电气工程及其自动化专业的本科生，英语四级和计算机二级的证书也都拿到了，如果没什么其他意向，现在就可以把三方就业协议签了，留给我们带回公司盖完章，给你们寄回学校。"

多吉一听马上说："没问题，谢谢朱老师。"随后小心翼翼地从书包里拿出就业协议书。袁野沉默了，一直到抽完烟，再次向朱老师确认了下每年是否真有两个月的带薪休假，然后将那张可以决定命运的轻飘飘的纸交给了朱老师。袁野和多吉向朱老师道了声谢，然后离开了房间，离开的时候看到朱老师把就业协议书放进了一个印有国家电网标识的文件盒里，里面似乎已经装了不少份就业协议书了。

进了电梯，从 9 楼到 1 楼，袁野和多吉明显感觉到书包好似轻了不少，即便只是少了重量还不到 1 克的几张三方就业协议书。大学四年的努力换来的好像只是一份相对专业的工作，并没有当初拿到大学录取通知书时激动的感觉，有的仅仅是甩掉这 1 克包袱的释然。

是时候为大学时光画上最后的句号了。

袁野和多吉在回宾馆的路上，总感觉少了点什么，也许是两人心中对大学时代的不舍。两人都想赶快回到自己的校园、自己的寝室，和室友痛快地打几把游戏，便匆匆收了洗漱用品，来到前台退房，时间还不到 6 点，现在退房能省半天的房费，坐动车回宜昌也就 2 个多小时，刚好能赶上网吧通宵开场的 23 点。两人退完房，门口刚好有的士，立马跳上车直奔武汉站，到了火车站马上在自动售票机上买了到宜昌东的车票。20 分钟后开的那趟车只有站票了，否则就得再等一个多小时，两人不想把时间浪费在火车站候车厅里，毅然选择了站票。上了动车，找了个人少的角落，把书包靠在车厢壁上，两人靠着书包坐了下来。袁野戴上耳机，听的第一首歌依旧是听了无数次的《风再起时》。耳机为袁野隔离出仅属于自己的空间，闭上眼，伴着熟悉的旋律，细细品味即将置身其外的大学时代。

爱因斯坦的狭义相对论说过，在空间里的运动速度越快，在时间里的运动速度就越慢。在动车里的时间也许比动车外的时间消逝得慢一些。大学期间每年坐火车的次数不少，每一次袁野都会觉得在火车上的时间总是很漫长，不论是卧铺还是站票都是一样的。下了火车，上了 1 路公交车，沾了始发站的光，终于可以坐着了。袁野和多吉晃到学校用了 40 多分钟，已经九点多了，直奔东苑小吃街。小吃街上的人还是那么多，在这里不到 10 块钱就可以用熟悉的味道填饱肚子。快乐是什么？快乐是在晚上九点多穿梭在提着水壶、夹着书本的人流里，用熟悉的味道横扫饥饿的烦恼。吃完东西，多吉回到学生公寓 415 室，袁野回到 409 室，跟同寝室里的兄弟打了招呼，包括去武汉前就躺在满地垃圾里的小强。袁野用凉水随便洗了下脸，刚好赶上人马集结时刻，十多号人迅速响应号召，直奔网吧。

快乐是什么？快乐是明早大家不用在通宵后赶到教室迎接老师按着学号顺序点名的放纵。跟楼管阿姨打完招呼后，大队人马向学生公寓外的校车走去，十多号人刚好挤满一辆电动校车。快乐是什么？快乐是大四了，素质导师不会因为你晚上不在寝室而对你进行素质教育了。大四了，你快乐吗？其实你不快乐，因为没有谁在离开校园的那一刻会带着满脸快乐的笑容！

路上，大家向袁野和多吉询问去武汉参加电力校园招聘专场的情况，两个人都毫无保留地讲述了招聘会的经过。袁野和多吉算是签三方就业协议非常早的了，其他人都打算再看看，毕竟支援祖国边疆建设这件事还是慎重点比较好，而且后面还有两批电力校园招聘专场呢，只不过得去招聘公司所在地参加考试。除了传说中的学霸，相信从一年级读到大学毕业，已经被考试鞭策了十多年的同学们，在内心深处都会期待着人生中最后一场考试，所以大四学生在参加完读书生涯中最后一场考试后都会倾尽全力地庆祝一番，具体方式自然是学霸小庆，学渣大庆！

和袁野、多吉等同学去网吧组队打游戏的还有袁野的同班同学陈丹阳。入校第一次聚餐时，陈丹阳就喝醉了，吐得一塌糊涂，关键是吐了袁野一身。第二天陈丹阳直接甩给袁野一身新衣服，表达对袁野的歉意。去网吧的路上陈丹阳听说袁野跟多吉一起签了国网西藏电力公司，问袁野为何签西藏电力时，袁野笑笑道："都怪多吉，一直跟我讲西藏工资高，而且每年都有两个月的带薪休假。"其实袁野内心知道，只是不想说，残酷的现实就是，其他公司都不愿签他！正当袁野尴尬到不知道怎么跟陈丹阳说下一句的时候，艾灵来电话了："喂，暖宝宝，下午的面试怎么样了？"

艾灵一直叫袁野"暖宝宝"，因为宜昌冬天很阴冷，袁野就是艾灵不用充电的暖宝宝。

"亲，协议书都交给他们了。是不是太草率了？"袁野在跟淘宝客服打过不少交道后习惯了用"亲"去称呼艾灵。

"有什么草率的？风行天下因无所念，雨置云底终失大气。再说，西藏发展相对内地比较滞后，竞争也没有内地那么激烈，你去拉萨上班，我去拉萨做生意。你不是说每年都有两个月的休假吗，世界那么大，我们去西藏赚多多的钱，然后去看世界啊。"

"好吧亲，我交完协议书就买站票回学校了。现在正在跟室友去网吧的路上。对了，你来不来啊？"

艾灵叹气道："通宵玩游戏会长皱纹的。明早暖宝宝回来要给我带东苑门口那家的热干面哦。"

"好的，再给你加个鸡蛋。"

"嗯，那你好好玩，晚上别吃夜宵了，你最近都胖了，小心脂肪肝。拜！"

艾灵挂了电话。袁野知道，艾灵肯定是在寝室里看韩剧，所以才这么果断地挂了电话！一挂电话，袁野就问陈丹阳："听说你要回北京工作？"

陈丹阳说："嗯，家里帮我找的工作。"

袁野苦笑道："这不就得了，有人帮你找工作，可没人帮我找工作啊，还问我为什么签西藏，真搞笑！"说完加快速度，把陈丹阳甩在了后面。

众人杀进网吧，还是老规矩，第一局游戏以班级为战队，赢的买水，输的买夜宵。电子竞技是利用电子设备作为运动器械进行的人与人之间的智力对抗运动。通过运动，可以锻炼和提高参与者的思维能力、反应能力、心眼四肢协调能力和意志力，培养团队精神。过去的对抗中6班赢得比较多，因为第一局大家都选自己最熟悉的英雄，多亏陈丹阳的神操作能够带领大家打好每一拨团战。第一局如往常一样，大家没有接电话，也没有中途上厕所，袁野和陈丹阳所在的6班战队赢了多吉他们班，袁野收了6班每位参战同学的钱，一人5块，多吉收了7班每位参战同学的钱，一人10块，问了大家吃什么喝什么，袁野直奔烧烤摊，多吉直奔超市。这局6班能赢还有一个很重要的原因，袁野和陈丹阳中途交换了电脑，让7班的同学还以为袁野是袁野，陈丹阳是陈丹阳，毕竟四年的时间中大家都熟悉了对方的打法，这样一换，可以打乱对手的节奏。

袁野付完钱就往回走，点的吃的老板烤好了会送到网吧。袁野刚到门口就碰到多吉，两人一起回去给大家分了饮料，然后开始继续愉快地游戏，直到天亮。这样放纵打游戏的机会不多了，大家都明白，离开了校园肯定没有和这么多伙伴一起开黑打游戏的机会了，那时，大家必定天各一方，独自坐在电脑前，只能跟熟悉的伙伴们联网打游戏了。

打游戏的时间总是消逝得那么快，一个通宵跟每次考试前的通宵备考对比只是一眨眼的工夫。第二天，大家顶着黑眼圈，拖着疲惫的身躯，迎着清晨的阳光走向寝室。走到小吃街大家都买了想吃的东西，边走边吃，然后回寝室。袁野在小吃街吃饱后，叫上陈丹阳一起去东苑门口买份热干面，请陈丹阳回宿舍带给艾灵。

陈丹阳没有像往常一样敲诈袁野一份，而是面带疑惑地问袁野："毕业季就是分手季，你都签西藏了，你觉得她会跟你一起去?"停顿了下，神秘兮兮地轻声道，"你愿不愿意去北京？我可以跟家里人说你是我男朋友。"

这使袁野始料未及。他万万想不到陈丹阳竟然如此大胆。袁野第一反应是陈丹阳在跟自己开玩笑，对她说："别逗了，你还需要男朋友?"

陈丹阳一听转身就走，把背影留给愣站着的袁野。不管陈丹阳是真心还是假意，袁野打心里还是感激陈丹阳的。

接下来的日子里，同学们都陆陆续续签了合自己心意的就业协议，实在不称心的也都在 PS 技术的支持下造了份就业协议，否则开完毕业典礼，毕业证还要被暂扣。同时，大家也都在一场场毕业聚会之余，与论文查重系统做着艰难的斗争。聪明的同学会用谷歌翻译把论文借鉴的部分翻译成英文，然后用百度翻译把英文翻译成中文，再把不通顺的语句改通顺的办法对付查重系统，最终大家都顺利通过了论文查重。论文答辩环节，只要平时多跟选题老师交流，60 分一定是有的，只有那些连答辩都不去参加的同学需要二次答辩。

在进行论文答辩的同时，依仗着学校的名字中带有三峡两个字，电气系的同学都能够在毕业前进入三峡大坝和葛洲坝参观实习。袁野认为身为电气系的学子，自然要借此机会进入装机容量最大的水电站——三峡水电站内部好好参观一番。对三峡大学电力专业的同学来说，能够进入三峡水电站内部参观学习，是唯一值得炫耀的经历。袁野能做的就是怀揣着敬畏，努力地记下在世界第一大的水电工程主体中看到的一切。当然，参观全程是不允许带任何电子设备进入坝体的，包括手机、手表都要交给守在水电站外的武警保管。

论文答辩结束后，同学们需要用学生证换取代表工科的黄色衬边的学士服开始大学时代的倒数第四个环节——拍毕业证和学位证专用照片。这是一个强颜欢笑的过程，气势看似高昂却隐藏着低落，但在闪光灯亮起的那一刻，每个人的脸上都充满了灿烂的笑容。毕竟是人生中一个必需的小结。

接下来就是毕业典礼。这是大学时代的倒数第三个环节，没有了开学典礼上每一位同学都必须参加的要求，只有优秀毕业生由校长亲自授予学位证和毕业证的过场，大部分同学的证书都是由班长领回来代发的。毕业典礼结束后就是大学里的最后一次聚餐了，袁野和班里的同学回到了当初大家第一次相聚的上下餐厅，当然也可以称它“上餐下厅”，因为这间餐厅的招牌是这样写的：

上餐

下厅

怎么读就看你个人的理解了。毕业前最后的聚餐选在这里，是同学们共同的决定。

这是富有诗意的一个轮回，在哪里开始就在那里结束。大学生活就像一场梦，只是现在梦该醒了。

饭桌上袁野喝了很多酒。回寝室的路上，袁野搂着曾在同一间寝室中争吵过、欢笑过的几位室友大声地喊道："清风醉，迷离散，梦断愁情懂自勉；痴人梦，亦呓语，梦醒孤忆纷飞影。"然后起头唱起了周华健的《朋友》。曲终人散，喧嚣背后隐藏着孤寂，每个人心里都有不同的体会，直到袁野跟大家一起回到寝室，才意识到梦真的醒了，而天却依然是黑的，等到酒醒时分，一起生活了四年的同学可能永远都不会再相聚了。

大学时代倒数第二个环节就是退寝了。收拾完自己的行李，跟自己的床铺和寝室道完别，向宿管阿姨交了那把在口里装了四年的钥匙。"恭喜，你毕业了！"

大学时代的最后一个环节就是离别。袁野去火车站时雨一直在下，雨水结着伴孤独地飘落，空气里的潮湿凝结成忧郁，坚定地击碎最美好的青春。在袁野即将进站的时候，陈丹阳跑到袁野身边，上气不接下气地道："大一第一次聚餐，我是故意吐你身上的。"

袁野向陈丹阳深深鞠躬，头也没抬，无奈道："梦所至，心所向；情难挡，风已过。珍重，陈丹阳同学。"不知怎的，陈丹阳眼睛湿了，留给她的是泪眼里一个背着双肩包的背影，足有十几秒，就消失在进站的人群里。大学对袁野来说，剩下的只有一张张充满回忆的失色照片。

"你愿不愿意去北京？我可以跟家里人说你是我男朋友。"陈丹阳轻声神秘的一句话，几年来多次萦绕脑际，即使后来与艾灵结婚的那天夜里艾灵睡着后，陈丹阳当时的神情和语气仍在脑海里久久不去……陈丹阳同学，不管怎样，身为男人，又是同学，我深深地感谢你曾经的关心。

藏餐馆里，袁野、多吉、陈丹阳三人干了最后一杯青稞酒，回头再望某年，在橘黄色的光线熏染下，往事就像失色照片乍现眼前。

第二章

这个茫然困惑少年
愿一生以歌　投入每天永不变

方铭听完袁野和多吉进国网西藏电力公司的故事，见一壶青稞酒已喝光，便问三人：“再来一壶怎么样？”还未等回答，又道，“对了，丹阳姐，当初你问袁野愿不愿意去北京工作，是开玩笑吗？”

陈丹阳有些不自然地回答道：“他当时又不是我男朋友，肯定是逗他玩儿的呀。”

方铭继续问道：“你说第一次聚餐你是故意吐到袁野身上的，为啥？”

陈丹阳左侧嘴角向上一挑，瞪着方铭道：“我们班的妹子一共才 13 个，他坐我旁边，逮着我灌酒，我不吐他身上吐你身上啊！你现在要是再来一壶，信不信我也吐你身上！”

方铭还想继续问，袁野赶快道：“我明天去那曲巡检，丹阳去那曲要工作，不喝了。方铭，明天你也得去山南巡检，早点儿回去休息。”多吉用藏语叫来了服务员，掏出几张票子准备买单。

陈丹阳见状立马让多吉收回去，从包里掏出钱包。方铭马上道：“你们老同学聚餐，我来蹭饭不说，还听了你们的故事，你们谁买单都不合适，就我来合适。”

多吉用藏语跟服务员讲了几句，服务员最终收了多吉的钱。

陈丹阳见服务员不收自己的钱，就把钱包装回了包里：“得，你的地盘你做主，你说了算。”

多吉问袁野：“大夫哥，你真是啊，现在怎么都不客气一下，就坐那儿看着我们仨争着买单啊。”

袁野无奈道：“你们现在有儿子吗？你们没有！”

多吉苦笑着：“不是还没生吗？你咋知道是儿子？”

袁野红着脸，小声地道：“是艾灵说的。”

陈丹阳看见袁野脸红的样子，乐得都快不行了，边笑边说：“对哦，当初艾灵说跟你来西藏，这不真就来了。她说生儿子我也信，先恭喜你有儿子了。走吧，喝了几杯青稞酒就又开始头疼了，我得回酒店吸氧去了。对了，这么大一壶得有一两斤吧？”

多吉回答：“一壶两磅。我们藏族甜茶、酥油茶和青稞酒都是按磅来算的，一磅比一斤少一点儿。”

多吉要开车送几人回去，但三人都不同意，坚持安全第一。方铭和袁野同路打了一辆车，多吉送陈丹阳回酒店，正好他家就住在香格里拉附近。

袁野回到家，第一件事儿就是跟艾灵视频，告诉她自己明天要去那曲巡检。艾灵只问了袁野一件事儿：“陈丹阳走了没？”

袁野说：“还没呢，她明天也去那曲采访。”

艾灵“哦”了一声，告诉袁野：“晚上不准关视频。去那曲记着带上你的大衣，我走之前给你洗过了。”说完就挺着大肚子转身出了书房。

袁野只好开始收拾行李，带了一套换洗衣服，还有第一次去那曲时在劳保店里买的那件被艾灵洗得褪了色的军大衣。

第二天早上不到七点，拉萨的天还没亮，几辆皮卡和一辆丰田越野车在国网西藏信通公司的院子里整装待发，赵主任让大家再检查一遍巡检需要的设备并嘱咐司机路上一定要注意行车安全。待大家检查完，一句“出发!”，其他几辆皮卡率先出了国网西藏信通公司的院子。袁野和赵主任上了最后一辆皮卡，那辆丰田越野车跟在皮卡后面，先去酒店接陈丹阳。在路上袁野给陈丹阳打电话，怕她还没起床。电话很快就被接起来："不用催了，早醒了。昨晚回酒店就睡了，早上四点多就醒了，脑袋发胀，睡都睡不着。"

袁野问陈丹阳："那你干吗不回北京，一定要去那曲？"

陈丹阳说："我们领导非让我去。再说，我有自己的事儿。一会儿把氧气瓶给我接好了放车上！"

等接到陈丹阳，两辆车一路向北。赵主任问袁野："你咋不去坐大记者那辆车？可比小皮卡舒服多了。"

袁野反问赵主任："你咋不去？"

赵主任说："我不去，感觉大记者跟我说话有点儿假。对了，你跟大记者是不是以前就认识？她给你和方铭写的报道，写你可比方铭多啊！"

袁野惊讶道："你咋知道的？方铭告诉你了？"

赵主任说："我过的桥比你走的路都多，还用他告诉我，看都看出来了。我还看得出来大记者肯定和你有故事！"

袁野小声道："全西藏一共才有几座桥啊，少说大话了。赵主任，一会儿跟丰田车司机说一声，咱们还得去羊八井巡检，让他们先走。"

赵主任扭过头看着袁野说："不对啊，你们肯定有问题！"

车子驶离拉萨时正好是黎明前最黑暗的时刻，袁野盯着除了皮卡和丰田之外再没有其他车的109国道，两束照亮前路显得有些暗淡的卤素车灯的灯光顺着车头延伸出去。皮卡的后排只有袁野一人，袁野便蜷起腿来枕着装着军大衣的背包睡觉，希望一觉睡醒就能到达自己的目的地那曲。路面并不平坦，发动机的轰鸣和车身的震颤一直不停，袁野只好戴起耳机，在半睡半醒间单曲循环着自己最喜欢的那首《风再起时》，幻想着自己能够沿着109国道一路走到路的尽头——北京。

袁野躺在后排一直感受着皮卡后悬架钢板弹簧传来的路感，慢慢习惯了车身的震颤感，睡着了。车一停下来，没有了震颤感，袁野立刻醒了过来，看着车窗外的小镇感觉雾蒙蒙的，一条笔直的公路，两边一个行人都没有，放眼望去，几公里外的冷却塔一直冒着白色的蒸汽，背后的雪山环绕着若隐若现的雾气，袁野一看，知道已经到了羊八井。赵主任看袁野醒了，道："到羊八井了。小镇雾蒙蒙的原因就是地热温泉散发出水蒸气。你一觉睡到现在，都 11 点多了，早饭、午饭就一起在羊八井吃吧，吃完饭就去羊八井地热电站的信息通信机房巡检，里面还有咱们的载波机呢。"说完就打开了车门。门开的一瞬间，一阵潮湿的寒风灌了进来，冻得袁野打了个激灵，袁野赶快把外套的拉链拉到了下巴，缩着脖子和司机一起下了车。

皮卡停在一家川菜馆门口，袁野快步跟着赵主任进了川菜馆，在玻璃门旁离火炉最近的位置坐了下来，这样方便看着车厢里的设备，而且比较暖和。老板娘听到有人进来，从厨房走了出来招呼他们。赵主任自己先点了水煮肉片和尖椒牛肉，然后让袁野和司机看看菜单点菜。袁野看都没看菜单就点了个酸辣土豆丝，还告诉老板娘多放些泡椒，要酸辣味十足。司机看了半天菜单，点了个麻婆豆腐，老板娘听后说："不好意思，镇上没有卖豆腐的，我们每周只去拉萨买一次食材，这周还没去。要不换个日本豆腐，那个是真空包装的，也很嫩。"

司机听后只好无奈地点点头，然后就去车上拿水杯了，准备在餐馆里装些热水。袁野也跟着司机一起去拿水杯。

这次巡检，公司派的司机是位名叫洛桑的藏族小伙，个子不太高，比袁野矮一点，但很壮实，年龄比袁野大。由于外面非常冷，袁野拿完杯子小跑了两步，一进门突然感觉眼前出现了雪花点，头还发晕，赶快扶着离自己最近的椅子坐下，深吸几口气，过了一两分钟才缓过来。赵主任一看袁野的状态马上说："你小子还行不行了？这里海拔才 4300 米，越往那曲越高。你虽不是第一次去那曲，但还是要多注意身体啊，不行就吸点氧。"

袁野慢慢起身，感觉呼吸有点困难，想去车里找氧气瓶，可一想只有两瓶氧气，陈丹阳肯定不够。想起陈丹阳就又坐了下来，跟赵主任说："没事，刚才走得有点儿急，海拔才比拉萨高了不到 1000 米，感觉这儿比拉萨冷多了。对了，大记者他们呢？"

赵主任回答："如你所愿啊，你睡着的时候我跟她的司机说让他们去当雄吃饭，不用等我们了。说实话，我到了那曲都会头疼，一会儿到了电厂咱们去机房转一圈，跟调度核实下有没有告警，把表填了就行。他们的通信机房跟主控室连着，有人打扫，不需要清灰。你说大记者住那么好的酒店，那曲最好的酒店你也去过，她不会适应不了吧？”

袁野回答：“我也不知道。来那曲她这么坚定，应该能克服。”

老板娘端着酸辣土豆丝上来了，赵主任赶快让老板娘上米饭。赶了一早上的路，没吃早饭，大家都饿了。

吃饭的时候，洛桑问赵主任吃完饭能不能去泡下温泉，赵主任说：“可以泡半个小时，缓解一下高原反应也好。”赵主任看大家吃得差不多了，就让袁野给调度打个电话，告诉调度他们10分钟后就能到羊八井电厂，请调度提前通知一下站里，一会儿直接放他们的车进厂区。

结完账，四个菜加米饭要200多块钱，袁野问老板娘：“怎么这么贵？”老板娘说：“没办法，菜都是去拉萨买，成本高。”

三人把杯子添满水就离开了餐馆，车子朝着水蒸气最浓的地热电厂驶去。不到5分钟就到了厂区门口，门卫已经接到了主控室的电话，透过窗户看到他们车上有国家电网的标志，就打开厂门放行了。

车子驶进厂区，映入袁野眼帘的是十分密集的管道，粗的直径足有两三米，细的直径也有半米。顺着管道看去就是那座上面一直冒着蒸汽的冷凝塔。火电厂的冷凝塔与地热电厂的冷凝塔略有不同，地热电厂的冷凝塔在一幢三四层楼高的建筑物之上，建筑物的背面有一排和楼体等宽的水槽，似瀑布般一直向地面的水池中倾泻着冷却过的温水。赵主任让洛桑直接把车开到主控室门口，这样下车直接进主控室不用戴安全帽。袁野跟着赵主任进到主控室里，感觉主控室非常复古，布满了机械按键和旋钮的主控台，刷着古老的蓝绿色光漆，上面没有一块儿液晶显示屏。袁野好奇地看了下主控台侧面的铭牌，看到生产日期是1970年，默默在心中感慨：“那个年代生产的设备质量真是好！”正当袁野盯着铭牌看时，站长走过来告诉袁野：“我们的汽轮机是20世纪60年代由青岛的一家汽轮机厂生产的，厂里的人每年都会来站里跟我们谈回购汽轮机的事项，毕竟我们羊八井的汽轮机已经运行了半个多世纪，是他们厂生产的汽轮机中运行时间最长的。他们想运回去当历史物证，证明他们生产的设备在西藏恶劣环境里运行了半个多世纪。”

袁野敬佩道：“可不能卖啊，这说明了咱们厂对汽轮机的运维水准高，对咱们国网西藏电力公司来说也是个历史物证啊！”

站长听了袁野的话道：“你个年轻的小娃娃都知道不能卖，咱们公司肯定拿它当宝贝！”袁野听完后带着对老设备的敬意，绕过主控台朝最后一排的通信设备走去。

袁野绕过继保、稳控柜来到通信设备前，赵主任正在跟网管打电话核实业务，确认告警类型。袁野打开机柜，看到了听说过但从未谋面的载波机，体积比光传输设备要大一些。赵主任打完电话后告诉袁野：“这台是当时最先进的模拟载波机，直接通过电缆传输高频模拟信号，不过非常容易受到干扰，平时通话质量不高，遇到雷雨大风天气信号就会中断，等光缆敷设过来就会退运。现在的光传输设备比载波传输设备强了数倍，传输速率和抗干扰能力都很强，新建线路都采用光纤复合架空地线光缆，已经用不到载波机了。”赵主任把巡检表递给袁野，让袁野根据巡检表去测一下机房电源的交、直流电压，然后把表里的各项都填一下。

袁野根据巡检表测试完各项数据已经是半个小时以后了，赵主任已经跟站长说好巡检完去泡半个小时温泉，请站长跟温泉那边打声招呼，给他们一个厂内职工的内部价。

袁野做完收尾工作，皮卡驶出了羊八井电厂的大门，对面就是被水蒸气包围的温泉度假村。赵主任出示了工作证，非常顺利地买到三张票，接过三把更衣室储物柜的钥匙，带着袁野和洛桑进了更衣室。三人准备脱衣服时才尴尬地发现没有泳裤，还好更衣室旁边就有泳裤卖。袁野走出更衣室买了三条泳裤。三人换好泳裤走出更衣室，全身都暴露在高原稀薄的空气中，冻得瑟瑟发抖。袁野小跑几步，顺着台阶慢慢地把身体泡到泳池里。为什么是说是泳池呢，因为非常简陋，就是两个长方形的大水池，只不过里面有地热温泉的水一直顺着池边的水管往里灌；为什么慢慢地泡入温泉呢，因为水温度比较高，接近50℃，要慢慢让身体适应这个温度，才好继续深入温泉。羊八井电厂和温泉度假村的地势还算平坦，四周环绕着高山，山上还覆盖着一层盛夏都不会融化的积雪。泡了不到 10 分钟，三人头顶就开始出汗了。袁野把身体泡入水中，只把脑袋露在水面上，隔着温泉的雾气看着远处山上的积雪，放松身体，感受着雪域高原上最神奇的温度。

泡得时间越久越觉得热，袁野待了 15 分钟就离开了水池，最后几分钟对袁野来说简直是煎熬。从水池里出来后，袁野完全不觉得冷了，之前轻微的头痛感也好像消退了，他害怕着凉感冒，踩着拖鞋披着浴巾跑回了暖气很足的更衣室里。赵主任说过："温泉的水里矿物质含量非常高，如果泡过之后不冲一下，干了后身体表面会有一层结晶盐一样的东西。"袁野就在更衣室的淋浴间里冲了个澡，冲完淋浴以后，赵主任跟洛桑也从池子里出来了，两人的皮肤已经变得通红，比袁野的红多了，进了更衣室还在冒热气。两人跟袁野一样也进了淋浴室。袁野穿好衣服就去外面等两人了。

袁野穿着和之前一样多的衣服走出温泉区，离开了飘着水汽的区域也不觉得有多冷了。没过多久赵主任和洛桑就出来了，两人连外套的拉链都没拉，敞着衣襟走了过来，看样子温泉驱寒的效果非常不错。上了车，赵主任说直接赶到那曲，回来时再巡检当雄变电站，晚上到了那曲再吃饭。皮卡离开了羊八井，驶上了 109 公路，在路上颠来颠去，袁野带着温泉的余温，靠在后座椅背上没一会儿就睡着了，只剩赵主任怕洛桑犯困，一直在陪他聊天。

袁野一觉醒来后，略微感觉头有些发胀。车速很慢，西藏地区限速的方式很落后，每个县都有路卡，车辆通过时都要在限速单上填写时间，然后盖上章。限速方式落后但非常管用，看码表显示车速不到每小时七十千米。袁野想上厕所，就让洛桑停一下。等车停在路边，袁野问赵主任什么时候下雨了，赵主任说："过了当雄就开始下，车不能开得太快，估计到那曲得晚上九十点了，要是没下雨，六点多就能到。"

一下车，冷风和细雨扑面而来，让人感觉很冷，不过皮卡一直开着暖风，让袁野有足够的体温抵御外面的寒冷。后备厢的油纸布上已经落了不少积水。洛桑也下车活动了一下筋骨，给袁野递了支烟，袁野抽了几口，受不了外面的寒冷，马上把烟头掐灭上了车。洛桑抽完烟才上车，继续慢慢悠悠地往前开。

这支烟是袁野今天抽的第一支，是陪洛桑抽的，抽了几口就觉得胸闷。泡温泉虽然会缓解高原反应，但也并没有神奇到让高原反应消失的程度。袁野看了下时间，已经快到下午五点了，不过天还算亮，西藏即便是冬季也要到八点多天才会完全黑下来。赵主任看袁野挺精神的，就让袁野坐前排，帮洛桑看着路，赵主任到后排也好休息一下。

虽是下着雨，但两边的山上仍然覆盖一层积雪，皮卡车一直在雪山间的唯一一条公路上慢慢地开着，袁野跟洛桑有一句没一句地聊着。半路上看到一辆失控滑到路基下的轿车，还好路基不高，车也没什么大碍，不过轿车滑下去再想上来，估计得靠拖车助力。洛桑开车路过时放慢车速按了几下喇叭，没看到车里有人，就对袁野说："估计司机已经搭车走了。"

这时候袁野的手机响了，是方铭打过来的，问袁野："一路上怎么样啊？陪陈丹阳看纳木错湖没有？我这都巡完江孜变电站了，再过一两个小时就能到日喀则了。从羊湖电厂出来车子开始爬山，翻过山一直沿着羊湖边的公路走，羊湖的风景肯定比纳木错美多了！"

袁野回答道："美个毛，我和赵主任巡检完羊八井地热电站，还泡了个温泉，估计陈丹阳都快到那曲了吧。"

方铭一听回答道："你们怎么没叫上陈丹阳一起泡温泉啊？饱饱眼福也挺好啊。"

袁野道："你污不污！"说完就挂了电话。

天色开始暗下来。路况越来越差，赵主任都被颠醒了，袁野对赵主任道："路况比冬天还要差，跟搓衣板一样。"

赵主任说："当雄至那曲这段路大部分修在冻土上，夏季冻土化了，路基就软了，冬季温度低了土壤里的水分结冰，就把路面顶起来了，简单的高中物理知识嘛。"袁野听了竟无言以对。洛桑沿着109国道开了几个小时也感觉疲乏了，就把车停在路边，抽根烟顺便撒了泡尿，休息了差不多10分钟又继续往那曲赶。此时天色早已黑透了。太阳下山后温度骤降，赵主任坐在前排把空调风量调到最大，才让坐在后排的袁野感觉舒适了不少。袁野窝在后排把腿跷在后排座椅上，还好车一直在波浪形的公路上颠簸着，有助于腿部的血液循环，不然早就麻了。

雨停了，车继续往前开，对面没有一辆车驶来，往那曲方向倒是有几辆车从投射出暗黄色车灯的皮卡旁超过去，都是越野车，轮胎比这辆小皮卡的轮胎宽很多。不过洛桑依然开得很稳很慢，遇到弯道都是提前降挡减速，基本没有踩过刹车。当皮卡车驶过村庄时，袁野发现整个村子里都没有比较明亮的窗户，村口的路灯都没亮，感觉像是停电了，就问赵主任："是不是停电了？怎么连路灯都没亮？"赵主任说："每年冬季，西藏河流水量减少，全区各水电站发电能力骤降，藏区有近70万农牧民在漫长冬季的夜晚依然会点亮家中的酥油灯来照明，不然国家电网何必非要搞青藏联网工程呢。那曲地区用电主要靠查龙电厂，现在家电那么普及，农牧民用电量都增加不少，估计查龙电厂晚上的发电量不够。咱们巡检会去查龙电厂的。放心，那曲县城晚上一般是不会停电的。"

晚上十点多的时候，车窗外的雪山泛起了银色的月光。此时109国道上已经没有其他车辆再超过这辆孤单的皮卡了。袁野透过车窗可以清晰地看到天空中的繁星，看到远处的灯火突然出现在下一个弯道的背后。他有些费力地摇下车窗，将头微微偏出窗外，想清楚地看到远处暗淡了月色的灯光。洛桑看袁野摇下了车窗就放慢了车速，自己点了支烟也递给袁野一支。迎着那曲夜晚的冷风，袁野暂时放下了对头顶夜空中星光和月光的敬畏，意识到远处那些并不密集的灯火背后，有无数普普通通的国家电网人在守护着，此刻不论是电力调度室的调度员，还是变电站和电厂里的值班员，一定都默默地坚守在自己的岗位上。

当皮卡驶进县城，已经是晚上十一点多，路边已经没有营业的餐馆，转遍县城也没找到能吃饭的地方。赵主任让洛桑开车去邮政宾馆，这家宾馆是那曲县城条件最好的宾馆了，有暖气和停车场。皮卡开进邮政宾馆的院子，陈丹阳坐的那辆丰田车也停在院子里。洛桑帮袁野把油纸布掀开，和袁野一起把后备厢里的设备搬到车厢里放好，赵主任则去前台开房。袁野刚从货厢中搬了两件设备就呼吸急促，感觉眼前有些发黑，洛桑看袁野喘得比较厉害，就让他歇一下，自己来搬剩下的设备。等货厢里的设备都放进车厢里后，洛桑把油纸布盖回车厢上，锁好车门，便和袁野一起掀开宾馆厚厚的军绿色门帘，走了进去。前台只有一位藏族小姑娘，保安已经在大厅沙发上盖着军大衣睡着了，赵主任手里拿着三张房卡，正在大厅的小超市里买方便面和火腿肠，晚上也只能这样凑合一顿了。

从赵主任手里接过方便面和房卡，袁野提着背包气喘吁吁地去上三楼，边上楼边跟赵主任抱怨怎么不要一楼的房间，赵主任说："别抱怨了，你以为我不想住一楼啊，一楼和二楼的客房都满了，这地方的酒店没电梯，你又不是第一次来，哪来的那么多抱怨。"

进了房间，袁野大口地喘着气，四五分钟后呼吸才恢复正常，然后给艾灵打了电话，告诉她自己已经平安抵达那曲了。

艾灵问袁野："你那边没有网吗？干吗不跟我视频？"

袁野回答："有网，等我插好笔记本电脑跟你视频吧。"说完从包里掏出军大衣，然后拿出笔记本电脑，放在房间的书桌上，打开书桌的抽屉找网线。抽屉里只有一根接口卡子坏掉了的网线，网线的旁边还有几根被烧过的粗短蜡烛和一包火柴。袁野看到蜡烛，心想：那曲一定是老停电，抽屉里才会有蜡烛和火柴，自己上次来那曲好像也在酒店看到了烧过的蜡烛。

袁野从抽屉里拿出网线，一头插在电脑上，另一头插在桌边靠墙的网口上，打开电脑，登上 QQ，给艾灵发送了视频聊天的请求。不过视频接通后流畅度很低，声音也是断断续续的。袁野只好关了视频给艾灵打电话。艾灵问袁野："视频干吗关了？"

袁野回答艾灵："太卡了。你刚刚又不是没看到，那我再给你发视频。"

袁野又给艾灵发了视频请求，视频接通后画面都是一帧一帧的，声音也是断断续续的。袁野只好继续用电话跟艾灵交流。

艾灵问袁野："陈丹阳呢？也住你们酒店吗？"

袁野回答："应该是吧。我们到酒店的时候看到我们公司派给她的车也停在酒店的停车场里。"

艾灵跟袁野讲："晚上不准关视频，听见没！"

袁野跟艾灵讲："知道了，一定不关。我的好艾灵，你是关心我，还是放心不下陈丹阳？你早点儿休息啊，八月下旬就到预产期了，八月中旬我就休假回去陪着你。”

艾灵说：“人家就是不许你和陈丹阳在一起嘛。别生我的气。”

“我没生你的气。”袁野说。

“你早点回来陪我吧，这段时间我晚上经常醒，你不在，人家睡得不踏实嘛。”艾灵撒娇地说，“我想，肚子里的小宝宝也跟我一样，睡不好的。”

袁野说：“好的艾灵，我等这次巡检完就问问领导，能不能放我回去把陪产假和年假一起休了。”

艾灵说：“你不是天天跟着赵主任吗？你不是说赵主任对你很好吗？我都快生了，他还不放你休假？我看你是想陪陈丹阳吧！”

袁野马上回答：“这不是青藏联网工程开始了嘛，我巡检完一定回去，你放心！我和陈丹阳什么情况，上大学的时候你又不是不知道。别想那么多了，到了那曲我头疼得厉害，我去车上把氧气瓶提上来吸点儿氧就睡，你早点睡吧。”

挂了电话，袁野就忍着头疼敲开洛桑房间的门，找他要来车钥匙，去拿氧气瓶了。路过赵主任的房间，见门开着，他正在烧开水，赵主任问袁野：“你小子干什么去啊？不是打算找陈丹阳去吧？”

袁野捂着脑袋回答：“头疼得厉害，去车里拿氧气瓶。”说完把车钥匙晃着给赵主任看了看就下楼了。

袁野拿着车钥匙来到酒店大厅，看到陈丹阳正在买泡面。陈丹阳走出大厅的超市，正好看见袁野，埋怨道：“到了也不知道打个电话。司机跟我讲这是那曲最好的酒店，你们出差基本都住这里，房满了才会去其他地方。唉，这酒店怎么这么破！”

袁野告诉陈丹阳：“这就是那曲最好的酒店了。对了，你别喝自来水管里的水啊，那曲地区的水源矿物质含量太高，不能饮用，只能用于简单的洗漱，这边每天早上都有水车卖饮用水，餐馆饭店都会从路边水车买水的。你用屋里的桶装矿泉水，倒到电热水壶里烧开了再喝。”说着掀开酒店的门帘。

陈丹阳问袁野：“大晚上的，干吗去？”

袁野说："头疼，去车上拿氧气瓶。"

陈丹阳说："我车上那瓶在路上就吸完了。"

袁野说："你房号多少，我把我车上的氧气瓶给你扛到你的房间吧。"

陈丹阳看到袁野的嘴唇也是紫黑的，回答道："不用了，我吸了一天了，实在不行我去你屋里吸一会儿，你房号多少？"

袁野回了句："不不，还是我把氧气瓶扛到你房间。"

陈丹阳眼睛一扬："怎么，怕我进你房间骚扰你？袁野，身体都成了这样，哪有那心思？"

袁野随声附和："也是。好吧，8302。你想吸氧了，打电话，我把氧气瓶抱给你。"

陈丹阳"哼"了声就上楼了。

等袁野抱着氧气瓶艰难地爬上三楼，再次路过赵主任的房间，门还是敞着的，陈丹阳也在屋里，正在泡面。袁野把氧气瓶抱回屋里，感觉气都快上不来了。看到角落里的桶装矿泉水，也懒得倒进壶里烧水了，就拿着泡面去了赵主任屋里。进了赵主任的房间，陈丹阳不在，赵主任说陈丹阳蹭开水泡碗面就回房间了。袁野拿起水壶晃了晃，觉得还够泡一碗的，就把水壶放回底座，再次烧开才泡面。赵主任说："你小子挺有经验的啊，都知道水煮沸了再泡面啊。"

袁野嘿嘿一笑："那是，这里海拔四千五百多米，沸点才八十几度，再不烧开一遍怎么能泡软。"

泡面的同时，袁野敲开洛桑的门把车钥匙还给了他，回到赵主任房间里，面还是硬的，只能继续等一会儿。袁野看着赵主任吃得正香，突然手机响了，是艾灵打过来的，第一句就是："你怎么不在屋里，干吗去了？"

袁野马上回答："我在赵主任屋里泡面呢，你等着，我让赵主任跟你说两句。"

赵主任接过电话跟艾灵说："小袁在我这儿呢，你放心，我看着他。"艾灵这才放心地挂了电话。

赵主任挂了电话对袁野说："女人就是这样，老公不在身边就疑心重。我老婆怀我女儿的时候，也是一样的。你老婆快生了吧？到时候我给你把年假和陪产假一起批了，你回去好好陪陪她。”

袁野感动地道：“谢谢赵主任的关心。”

等赵主任吃完泡面，袁野的面才泡软。赵主任看袁野还不走，就问他：“你还打算在我这儿吃完了再回去啊？”

袁野点点头道：“嗯，要不一屋子泡面味儿。”

赵主任无奈地摇摇头道：“你倒是实诚，你还以为我老赵爱闻这方便面味儿？吃快点儿，马上十一点了，早点儿睡！对了，你知不知道大记者为啥非要来这地方？”

袁野一边吃着面，一边摇了摇头。等袁野吃完最后一口面，赵主任才告诉袁野：“她刚刚在我这儿泡面的时候我问她了，她说自己的父亲是在那曲感冒引发肺水肿去世的，她来那曲除了工作，还想看看那曲到底是什么样。”

袁野一愣，道：“我跟她四年多的同学，她都不告诉我，凭什么你一问就告诉你啊？”赵主任神情严肃地回答：“就凭我在那曲当过两年通信兵！”

袁野感觉赵主任心情一下子阴沉了下来，正想问问是什么情况，赵主任阴着脸道：“面也吃完了，回去休息吧，明早还要巡检。”袁野只好起身，把桌上的两个泡面空盒叠在一起端了出来，带上门，把泡面盒丢在楼道的垃圾桶里，回了自己的房间。

进了屋，袁野把氧气管接好，躺在床上，吸起氧来。深吸几口，等不觉得胸闷了，想起刚刚赵主任说起陈丹阳父亲的话，很想打个电话给陈丹阳，问问她到底是怎么回事儿。他刚要打电话，电话铃就响了，是陈丹阳打来的：“吃完泡面我头疼得更厉害了，又喘不上气，难受死了。我去你屋里吸会儿氧就行。你明天还要巡检，晚上睡觉的时候多吸一会儿，我明天就回拉萨。”

袁野道：“我把氧气瓶抱给你。你在哪个房……”话还没说完，那边电话就挂了。他无可奈何地自言自语道：“好吧。”然后敞开了房门，等陈丹阳进了屋，也没有关上房门。

陈丹阳靠着床头坐了下来。氧气瓶靠放在袁野的床头，袁野换了根新氧气管，为她插上了氧气。陈丹阳背后垫着被子开始吸氧。袁野坐在靠窗的椅子上，望着微闭双目的陈丹阳。陈丹阳吸了一会儿氧，说头还是很疼，就把身体侧靠在床头上，一条腿也挪到了床沿上。袁野看陈丹阳难受的表情，就问她：“是不是氧流量太小了，我帮你调大一点儿。”陈丹阳点点头。

袁野弯着腰调节控制氧流量的阀门，边调边盯着浮标看，突然，房间的灯灭了。陈丹阳说：“这鬼地方，停电了。”袁野想到书桌的抽屉里有蜡烛，就摸着黑走到书桌前，打开抽屉，摸出一根蜡烛和一盒火柴，点燃了蜡烛，放在桌子上。袁野看到开着的笔记本电脑，想起艾灵不让他关视频，马上掏手机想给艾灵打电话，可掏出手机一看，没有信号，于是问陈丹阳手机有没有信号，陈丹阳从牛仔裤的口袋里掏出手机一看，也没有信号，合上双眼道：“这么晚，还给夫人打电话?”袁野说：“不。”陈丹阳笑了笑：“男子汉大丈夫，我理解。”袁野苦笑道：“也是。夫人心眼儿小。”举起手机看了看时间，23 点 27 分，估计艾灵已经睡了。陈丹阳道：“好老公！好男人！”

袁野检查了一下，确定陈丹阳吸氧正常后，对陈丹阳说：“估计附近运营商的基站也停电了。那曲就是这样，用电只能靠查龙水电站，这里负载过大，电站跳闸了，可能过一会儿就会恢复。对了，刚刚我们赵主任告诉我，你这次来那曲除了采访，还为了其他事儿。”

陈丹阳点点头：“嗯。年初我在家里看到父亲留下来的日记，他调到那曲军分区后，每年都有人因高原疾病死亡。在那曲待了半年后他的身体明显变差，调来前他去体检，46 项指标全部合格，但半年后再体检，心脏肥大，心动过速，血压偏高。后来又出现了心脏闭合不全、血液轻度回流等症状，并由此导致血压偏低，心跳过慢。我就是想亲眼看看那曲到底是怎样一个地方。”

袁野道：“对他们那一代人来说，牺牲不是一句豪言壮语，是实实在在的生活；牺牲不是一种选择，而是一种必须。当他们走向这里时 ，就已经做好了这样的心理准备。”

袁野看到了陈丹阳眼里涌出的泪水。

陈丹阳告诉袁野：“从小我的记忆中就没有父亲，从上小学开始，妈妈就告诉我要强势，只有强势了才不会被别人欺负。”她起身，抹了把眼泪，“我好多了。时间不早了，你早点休息吧。”

袁野看到了陈丹阳的嘴唇还是发青，连忙道：“等我再点一根蜡烛，你帮我拿着蜡烛，我把氧气瓶抱到你的房间去。你，今晚睡个好觉，明天一定要离开那曲！以后再也不要来这里了！有些地方一辈子来一次足矣。”

陈丹阳拿着蜡烛走在前面，袁野关上氧气瓶的阀门，跟在她的身后，进了她的房间，把氧气瓶立在了她的床头，跟她说了句：“早点儿休息。我回去睡了。”

袁野转身离开陈丹阳的房间，回到自己的房间简单地洗漱了一下，把艾灵为自己洗干净的大衣盖在被子上，吹灭蜡烛，钻进被窝睡觉。他躺在床上，右眼皮一直跳个不停，脑袋昏昏沉沉的，怎么也睡不着。拿起放在床头柜上的手机看了一下时间，已经凌晨一点多了，手机还是没有信号，而且只剩下百分之十的电量。估算了一下，差不多已经停电两个小时了。他继续躺在床上，翻来覆去，头痛胸闷的感觉越来越严重，右眼皮也一直跳个不停。他只好起身，披上大衣，划着一根火柴点燃蜡烛，从背包里找出感冒药，从矿泉水桶里倒了点水，吃了一片。然后又从包里找出充电器，把手机插在了没有电的插座上，把窗户打开一道缝，才脱下大衣，盖在被子上钻回了被窝。等感冒药开始起作用，头痛感减弱，才终于睡着。

第二天早上六点多，袁野被一阵急促的敲门声吵醒，清醒了才听清楚是赵主任在敲门，边敲边喊道：“小袁，快醒醒，快点儿开门，有急事……”

袁野赶快起身，披上大衣开门。等门一打开，赵主任急促地闪身进来，打开袁野屋里的灯。袁野被突然亮了的灯光刺得睁不开眼，他用双手上下搓了搓眼睛，等眼睛适应了，才看清楚赵主任只穿着秋衣秋裤，忙问赵主任出什么事。

赵主任道：“你家里把电话打我这儿来了，你老婆好像已经生了，你家里让你赶快回去，听声音感觉事儿挺大的。你快穿衣服，我去叫司机，让他直接送你去贡嘎机场。”

袁野赶紧开始穿衣服。穿衣服的同时看了一下自己的手机，已经没电关机，虽说显示正在充电，可手机电量不足百分之五，还开不了机。袁野穿好衣服就开始收拾背包，房门一直没有关。这时候陈丹阳走进来，一进来就问袁野：“怎么了？我都被吵醒了。”

袁野边收拾行李边回答陈丹阳："赵主任说我家里来电话，艾灵生了，现在就让司机送我去贡嘎机场。这离预产期还有一个月呢。都怪我，当初她一怀孕就该她让回内地的。"

陈丹阳马上道："别担心，现在医学这么发达，肯定没事的。我陪你一起走，在长沙中转一天再回北京。"

赵主任叫醒司机，一进门看见陈丹阳："你也收拾东西，我让司机一起送你去机场吧。"

袁野马上问陈丹阳："那你此行的任务怎么办啊？"

陈丹阳说："我采访过赵主任了，回去写一写他的故事就得了。"说完，就回屋收拾东西去了。不到10分钟，袁野、陈丹阳就上了丰田越野车，往拉萨的方向驶去。路上，袁野借了陈丹阳的手机给家里打电话，他打母亲和艾灵的电话一直没人接，打了几次父亲的电话才打通。

电话接通后，父亲说的第一句就是："恭喜你，也当爹了，是个儿子，赶快回来吧。"袁野并没有从父亲的语气中听出喜乐的感觉，马上问："艾灵怎么样？"父亲回答道："回来再说，路上注意安全。"说完就挂了电话。袁野心里一沉。陈丹阳问袁野怎么样了，袁野只回了一句："是个儿子。"

陈丹阳并没有从袁野的眼中看到期待中的喜悦，只看到袁野表情越来越凝重，直到眉头拧成了"川"字。

司机是一位藏族老师傅，平时都是公司领导坐这辆车，车开得又稳又快。此时那曲的天还是黑的，老师傅从袁野的语气中感觉出袁野家里是真的出事了，所以渐渐加大油门，路过第一个路卡时，也只是放慢车速，并没有停下来领限速单。袁野这时看见车挡风玻璃的右上角贴有畅通的标牌，但没有催着老师傅开车，老师傅倒是主动将车开得很快，开到了每小时90公里左右的速度。路况本来就不好，经过路面起伏处，车身基本上都是飞过去的。

一路还算顺利，到了当雄县的时候，袁野还是让司机师傅找了家饭馆，让大家吃点东西。在等待上菜的时候，老师傅去县城的加油站里加油去了，袁野从背包里拿出充电器继续给手机充电，充了七八分钟手机才开了机。打开手机一看，有十几条未读短信，都是让袁野赶快回电话的。袁野看到短信心中更加急躁，给赵主任打了个电话，赵主任接了电话，第一句问："到哪了?"

袁野说："已经到当雄县了，正在吃饭。赵主任，我家里早上给你打电话的是我爸还是我妈？电话里说其他的了吗？有没有说艾灵怎么样了?"

赵主任沉默了几秒。袁野急得以为手机没信号了，正准备挂了再打过去，手机里响起赵主任的声音："袁野，你别着急，早上是你父亲打过来的，他跟我说你老婆生了，是个儿子，不过是早产。让你赶快回家，其他什么也没说。我知道你很急，等到了机场，买最早回家的机票，没有直飞的就中转一下，争取早点到家，路上注意安全。"

袁野道："赵主任，我的请假手续还没办呢。"

赵主任讲："没关系，陪产假和年假我给你一起批。对了，早上都忘了恭喜你有儿子了。我家的是个姑娘，到现在还遗憾呢。"

袁野这才苦笑了一下，道："谢谢了，巡检还没开始我就走了，赵主任你一个人要多注意啊!"

赵主任很勉强地呵呵一笑："我才不是一个人呢，次旺跟我在一起，这次我一定要把他带到拉萨去。你到家了一定要先给我打个电话。行了，先不说了。"

赵主任坐在皮卡车里长叹一口气，皮卡正在前往安多的路上，次旺坐在后排问赵主任："袁野家里怎么了?"

赵主任又叹了一口气："她爱人可能出事了。"

袁野跟赵主任讲完电话，心里的急躁才稍微缓解了一些。老师傅加完油也回来了，菜也上齐了。袁野只夹了几筷子就感觉吃不下去，陈丹阳帮袁野盛了碗汤，道："吃点儿吧，回去还得伺候艾灵坐月子呢，别忘了你家里现在可有两个人等着你照顾呢。"

袁野喝完汤，老师傅和陈丹阳也吃得差不多了，袁野赶快去结了账，想快点继续赶路。等上了车，老师傅告诉袁野："车的手套箱里有个 USB 接口，把 U 盘拔下来可以给手机充电。"

袁野说了声"谢谢"，便开始给手机充电。路上一直按捺着给家里打电话的冲动，满脑子想的都是能尽快赶回家。陈丹阳看到袁野的眼睛里布满了血丝，对他说："睡会儿吧。睡着了时间过得快。"

袁野看着道路两旁的无穷无尽的大山，只恨路太长，山太高，此时的他只希望自己能长一对翅膀，飞回家去。

一路上袁野没有一点儿睡意。下午四点多钟，车终于到了机场。他跳下车，拎起背包，一口气奔到机场的售票服务台，喘着大气说："长沙，最近的航班，转机也行。"

售票服务台的藏族姑娘查询完告诉袁野："先生您好，17 点 45 分的航班 CA3983 只剩商务舱，是直飞航班，票价 3960 元。"

袁野想到之前把工资和以前存的钱都交给了艾灵，自己卡里只剩下两三千元，就问小姑娘："最近的航班都没有经济舱？"

小姑娘又查询了一下售票系统，告诉袁野："不好意思，先生，经济舱都没有了，离航班起飞还有不到两个小时，一般都会有其他旅客退票的。"

正当袁野在柜台前犯难的时候，陈丹阳气喘吁吁地到了服务台，问袁野："怎么了？没票了吗？"

袁野着急地道："有票，不过只剩商务舱了。"

陈丹阳看到袁野被晒得黑亮的额头上满是汗水，从自己的挎包里掏出钱包来，拿出一张金卡递给服务台的藏族小姑娘："麻烦给我们两张到长沙的机票。"陈丹阳用胳膊碰了一下站在柜台前发愣的袁野，"别愣着了，赶紧把身份证给人家！"

袁野这才把一直握在手里、沾满汗水的身份证递给了小姑娘，然后用袖子擦了一把额头上的汗水，对陈丹阳说："我发了工资就还你。"

陈丹阳没有接话，只是说："抓紧时间吧，这都下午四点半了，办登机牌、过安检还都要时间。"

等买完票，袁野和陈丹阳马上去办理了登机手续，然后马上朝着安检口走去。袁野一看过安检的队伍很长，又掏出手机看了看时间，已经 4 点 50 分了，正准备排在长长的队伍后面，陈丹阳叹了口气，拉着袁野走向了并没有多少人排队的商务舱通道，袁野这才想起来买的是商务舱机票，商务票是有许多"享受"的。等上了飞机，袁野靠在商务舱座椅的椅背上，悬着的心才算是放下了一些，他给父亲打电话，只响了几声就通了，告诉父亲："爸，我上飞机了。艾灵和孩子怎么样？"

袁野的父亲只是说："等你回来再说，我让你姑姑去机场接你。你把航班号发给我。"说完就挂了电话。

袁野给父亲发完航班号后，关掉手机，心里有一种说不出来的感觉，就像不会游泳的自己掉到了深水区的中央，一直挣扎着不肯放弃，但是结果已经注定。

飞机起飞没过多久，昨晚只睡了几个小时的袁野终于睡着了。陈丹阳看着睡着的袁野，觉得很心疼，一件普通的冲锋衣上，有几处蹭得都是灰，油腻的头发乱糟糟的，被高原强烈的紫外线晒得黑亮的面庞上满是胡楂。她看着袁野，想象着自己的父亲，父亲待在那曲的时候，也许和现在的袁野一样，远离家乡，一副同样黑亮的面庞上，布满了胡楂。袁野这一觉睡得很沉，也许是经历了两天的颠簸，真的累了吧。等飞机降落了，袁野还没有醒，陈丹阳不忍心叫醒他，女人的第六感让她感觉出袁野将要面对的是什么，如果非要去面对，陈丹阳从心底愿意陪着袁野一起去面对。

等飞机完全停稳，舱门打开，陈丹阳才轻轻推醒袁野，告诉他："起来吧，长沙到了。"

袁野猛然从梦中惊醒，陈丹阳能够感觉出，他睡着后梦到的都是艾灵，这一刻，陈丹阳多想袁野就这样一直睡下去。袁野醒来，从行李舱中拿起背包就往舱门走去，陈丹阳一直默默地跟在袁野身后，看着他恨不得飞起来的背影，突然觉得这个背影是如此的孤单，周围的人不会知道他刚从怎样的艰苦环境中回到这里，同样，也不会知道他将要面对的是什么。

袁野一口气跑到了接机大厅，第一个冲出了大厅，此刻他已经忘记了一直跟在身后的陈丹阳。袁野一冲出大厅，等候多时的姑姑就站在接机人群的第一排向袁野招手。袁野冲到姑姑跟前，上气不接下气地问道："姑姑你告诉我，艾灵到底怎么样了？"

姑姑的眼眶中此时也蓄满了泪水，看着刚从那曲赶回来的袁野，强忍着心中的酸楚，摸摸袁野的头道："艾灵昨天晚上两点多开始肚子疼，你爸妈马上送艾灵去了医院，半路上羊水就破了，到了医院医生说可能是怀孕期间一直待在高原，身体太差，导致早产，一检查胎位又不正，只能剖腹产，手术过程中羊水进入血液，引起急性肺栓塞，凌晨 7 时 29 分抢救无效，离开了。”

袁野听姑姑对自己讲完这些话后，感觉身体突然缺失了一部分，说不出是哪儿在痛，巨大的空旷和虚脱感瞬间袭来，周围的一切都开始变得不真实，如同穿着沉重的潜水服在冰冷的海底漫无目的地游荡。

如同行尸走肉般的袁野跟着眼前此刻仿佛陌生人一般的亲姑姑来到了医院，陈丹阳能够感受到，袁野在推开太平间那道门的瞬间，才有了心如刀剜般的痛。当巨大冰冷的抽屉被抽出，钻心的寒气扑面而来，这一刻袁野心中的痛越来越烈。当他掀开白布看到艾灵惨白的面容，仿佛沉坠到了深渊中，泪水如泉涌……

袁野早已没有了时间观念，也感受不到身边的所有人，陈丹阳是什么时候离开的，他不知道；手机被丢到了哪里，他也不知道。袁野跟着感觉来到书房，桌上的电脑一直处于休眠状态。他下意识地敲了一下键盘上的回车键，当屏幕亮起来的那一刻，他大吃一惊，狠狠地抽了自己一耳光，因为他看到了视频聊天的窗口依然定格在雪域高原那曲停电那一刻——2010 年 7 月 31 日 23 点 27 分，聊天窗口模糊的画面中，他正在与靠在床头上的女子做着什么。袁野突然感觉脑中“轰”的一下，时间的概念重新回到了自己的大脑里，他想起来自己当时正在帮陈丹阳调节氧气瓶的阀门，艾灵一定是看到了这一幕才会肚子疼的。袁野已经认定是自己亲手杀了艾灵。袁野疯狂地砸掉电脑，他想起一个地方，一个曾经和艾灵一起看过日出的地方，他决定从那里跳下去，亲自去跟艾灵解释清楚 2010 年 7 月 31 日 23 点 27 分发生了什么。

袁野的母亲一直在医院照顾着刚生下来还没有见过妈妈的可怜的小孙子。袁野的父亲则在家里守着丢了魂儿一样的儿子袁野，听到袁野在书房里乱砸一通，也没有阻拦，让儿子尽情发泄心中的苦闷吧。袁野砸完书房里的电脑，冲了出来，拿了挂在门口的车钥匙就往门外走，父亲马上跟上去，拽住袁野的胳膊：“干什么去？”

袁野面无表情地回答：“出去散散心。”

父亲从袁野的眼神中看到了多日不曾见到的光芒，虽然有些暗淡，但总算恢复了神志，就说："等一下，我去拿你的手机。出门带上手机。呃，你妈和娃还在医院呢。"

袁野心头一颤，接过手机，转身离开了家。

出了门，袁野才发现此刻正是半夜，掏出手机看了下时间，发觉自己已经离开西藏好几天了。袁野试图回想这些天自己是怎样度过的。他努力去想，能想到的只是陈丹阳陪自己回了长沙，回忆到脑袋开始发胀也想不起来自己还做过什么。

袁野发动车子，上了高速公路，什么也不去想，朝着秦岭的方向驶去。一路除了加油的时候在服务区稍作停留，他一直把车开到了华山出口才下高速公路。一千多公里高速驾驶，袁野一点儿也不觉得疲惫，也许是对疲惫的感受还没有重新回到身体里。

凭着记忆，他在华山脚下的玉泉院旁，找到了大学毕业前和艾灵一起来过的那家名叫"等风来"的客栈。太阳已经偏西，袁野看到客栈孤单地隐藏在华山的阴影中，写着"等风来"三个字的招牌还没有亮灯，和第一次谋面一样，依旧显眼。袁野突然觉得步伐开始变得沉重起来，但还是强迫自己迈进了客栈的门槛。一进门，客栈家的女孩小满跟袁野曾经带艾灵来客栈时一样，正坐在靠近门口柜台里看书。小满听到有人进来，抬起头很有礼貌地问："您好，需要住客栈吗？"

袁野摇摇头回答："还记得我吗？"

小满想了下开心地道："记得，记得，我还在上大二那年你来店里住过，你还看了我哥哥的日记哩，告诉我你马上就要毕业了，毕业后要去西藏工作。当时和你一起来的那位姐姐呢？这次没有来吗？"

袁野的表情阴沉下来，告诉小满："那位姐姐不在了。"

小满心里咯噔一下，仔细地观察了一下袁野：乱糟糟的头发，颧骨凸起，眼中布满了血丝，胡须看上去至少有半个月没刮过了。她家就在华山脚下的镇子里，从小到大听说过有不少人想不开了都会来华山结束自己的生命，感觉眼前这位哥哥的状态和自己过去听到的很像，于是马上担忧起来，对袁野讲：

“我哥哥去世的时候我也很难过。过了这么久，我想哥哥的时候就会到客栈里看书，因为哥哥开客栈的时候，每晚都会在客栈里读书。我哥哥骑行西藏时写下的日记你还想再读一遍吗？对了，你上回和姐姐住过的那间客房正好空着呢，我请你住一晚，怎么样？”

袁野回答小满：“不了，我只想再看看明天的日出。”

听了袁野的回答，小满有些着急，马上对他说：“哥哥，你还没吃饭吧，我请你吃碗泡面吧。我煮的泡面最好吃了，我哥哥以前还夸我煮的面是天下第一方便面呢。”

袁野听小满一说才突然感觉自己很饿，对食物的需求重新回到了自己的身体里，于是对小满点了点头说：“多少钱，我给你钱。”小满马上回答：“都说了请你吃，你非要给钱，等你下山了再给也不迟。”说完马上走出柜台，从货架上拿了桶泡面走向厨房，快走进厨房时突然转头对袁野喊道：“哥哥，帮我看一下客栈啊，有人住店记得要叫我啊。”看到袁野点了点头，小满才放心地走进厨房。

等小满再次走出厨房的时候，手里已经端着一碗装在瓷碗里的方便面了，上面还放了一个煎鸡蛋。小满把面端到了客栈小厅里的桌子上，袁野正站在柜台前盯着她哥哥骑行西藏时自拍的照片发呆。

小满叫道：“哥哥，面好了，快来吃。”

袁野这才回过神来走到桌子前坐下，端起面吃了起来。小满马上在袁野对面坐下，看见袁野只顾着低头吃面，说：“怎么样？我煮的方便面好吃吧？配得上天下第一的称号吧？”

袁野从昨天深夜到现在一直没有吃过东西，又连续开了十七八个小时的车，此刻吃到了这碗面，只觉得真的很好吃，于是顾不上停下来，边吃边点头，直到把面汤都喝光了，才放下碗筷。

小满看呆了，惊奇地道：“我给你记着时间呢，你不觉得烫嘴啊，吃完一碗面只用了三分钟！”

袁野这才想起来，自己从西藏回到长沙，父亲每天都会给自己端碗鸡蛋面来吃。袁野的手机响了，小满提醒袁野接电话，袁野才回过神来。是父亲打来的："你去华山散心也不说一声。要不是咱家行车记录仪有定位功能，我还不知道你跑那么远。我打电话就是跟你说一声，你儿子可以出院了，不用每天待在医院的保温箱里了，你儿子的名字还没起呢，你要是不起我就起了。"

袁野回答道："爸，就叫袁灵熙吧，是她妈妈给起的名字。"袁野的父亲叹了口气，说："那就叫袁灵熙吧。对了，咱家今天收到好几箱快递，都是进口奶粉，是你买的吗?"

袁野想到了陈丹阳，肯定是她寄来的。那天陈丹阳什么时候走的他都不记得了："爸，可能是我同学买的吧，我问问。"

父亲听到不是袁野买的，有些生气："我说袁野呀，自己的儿子自己养。问问是谁寄的，把钱还给人家。"

袁野回了句："知道了。"就挂了电话。

小满听到袁野的电话，大概猜出了是怎么一回事，于是马上对袁野说："你可不能跳崖啊！你死了你和姐姐的孩子怎么办?"突然，用手捂起了自己的嘴，瞪着大大的眼睛看着袁野。

袁野震惊道："你怎么知道我想死的?"

小满说："你还真想死啊?我跟你说，每年来华山跳崖的人多了去了，华山派出所每年收尸都收不过来。你千万别想不开啊，你不是还欠别人钱没还呢?"

袁野震惊道："你怎么知道我欠别人钱的?"

小满开始有点儿慌乱，马上回答："你自己手机调那么大声，这里这么安静，我听到的。"

袁野叹口气沉默了一会儿，问小满有没有烟卖，小满说："有。这里可是景区，100 块一包。刚刚的面 50 块。钱，你下山时再给我!"

袁野苦笑一下："谢谢，随便什么烟都行，给我一包。"

小满给袁野拿来一包烟，还拿来一个打火机放到袁野面前："打火机送你了，省得你觉得我坑你钱。"

袁野撕开包装，抽出来一支点着。小满拿来一个烟灰缸放在袁野面前，袁野又说了声"谢谢"。

袁野抽完一支烟后才拨了陈丹阳的电话。电话很快就接通了。陈丹阳先开的口："你终于醒过来了。我以为你会一直傻下去。从下了飞机，跟你说话你都不理人。"

袁野停顿了几秒才道："谢谢你，奶粉是不是你买的？你把卡号发给我，我把机票钱和奶粉钱一起还给你。"

陈丹阳道："是我托在澳洲留学的同学买的，人家都没有收我钱，我怎么要你的钱啊。"

袁野想到大学同学里也有几个参加工作后不满现状出国深造的，就问陈丹阳："是大学的同学吗？"

陈丹阳说："是我北京高中的同学，你不认识。"

袁野说："那你把卡号告诉我，我给你转过去。"

陈丹阳听到袁野那边很安静，连孩子哭闹的声音都没有，有些担心，马上问袁野："你在哪儿？怎么那么安静？一点儿声音都没有？"

袁野道："我在华山。"

陈丹阳心里一惊，联想起前阵子网络媒体报道的一家四口跑到华山跳崖的事，急切地问袁野："天都快黑了，你跑华山干吗去？你不管你儿子啊？"

袁野说："没事，散散心。"

陈丹阳想到袁野和艾灵上大学的时候一起爬过华山，当时还在QQ空间里发过两人一起爬华山的照片，担心地问："你要大晚上爬华山？还是已经到山顶了？袁野，你听着，明天周六，我去华山找你。"

袁野说："不用了，我在山下的客栈呢，我明天就回家，你别担心我，把卡号发给我，我用网银把钱给你转过去。"

陈丹阳说："那我等你回家了再告诉你。"说完就挂了电话。

陈丹阳挂了电话，赶快翻起了袁野的朋友圈，翻到三年前，终于找到了袁野当时发布的那条日志，还配了不少照片，看到日志里有一句"我不求天长地久的美景，我只要生生世世的轮回有你"，惊讶道："靠！这家伙疯了啊！不会真要去跳崖吧！"她继续翻照片，终于找到一张客栈前的照片，从照片里能看到客栈的名字——"等风来"。陈丹阳立即又上网查了下机票，飞西安的航班还有晚上 10 点 20 分的，她毫不犹豫地订了机票。陈丹阳还是不放心，又上网查客栈的电话。幸运的是上网一搜就找到了订房电话，马上拨了过去，是个声音很好听的女孩接的：“您好，等风来客栈。请问您需要订房吗？”

陈丹阳问：“你们店里有没有来过一个二十六七岁、满脸胡楂、反应迟钝、头发乱糟糟、又瘦又黑的年轻人？”

小满一听，马上用手捂住话筒，放低声音道：“是在西藏工作，老婆生完孩子刚去世的吗？他正坐在我们客栈里发呆呢。”

陈丹阳道：“就是他。求你件事儿，这家伙有可能想不开会去跳崖，帮我留住他！要是他非要大晚上去爬山，你就报警说他在你们店里偷了两万块钱……就这么说，我负责。好妹妹，我买了晚上十点多飞西安的机票，估计凌晨一两点就能赶到你们店里。再帮我订间房，我叫陈丹阳。”

小满一听高兴地回答：“太好了，他刚刚跟我讲话时暴露了他想去跳崖的。还是大姐姐你有办法啊，我要是留不住他，就报警，说他偷了钱。大姐姐，你是他亲人吗？”

陈丹阳答道：“我是他同学。我买奶粉想喂他儿子长大，我认他儿子做干儿子了。对了，你报警别让警察打他啊，可别再把他刺激傻了。”

小满回答：“你放心吧，我哥哥的好几个同学都在华山派出所当警察，他们不打好人的。”

陈丹阳放心地道：“见了面再谢你。挂了，我还要赶飞机呢。”

陈丹阳挂了电话，收拾行李准备去机场。她妈妈看到女儿在屋里忙活着收拾背包，道：“疯丫头又要跑哪去疯啊？小刘上周不是说明天要带你去订婚纱吗？”

陈丹阳道：“别给我提那个渣男。周一的婚检报告一出来他就跟我分手了！”

陈丹阳的妈妈急切地说：“怎么了？跟妈说说，这都谈了两年多了啊，怎么……”

陈丹阳把衣服往背包里装着，道：“妈，你自己看婚检报告，就在我抽屉里，说我输卵管异常，不能生育。”

陈丹阳的妈妈从抽屉里拿出婚检报告一看，诊断结果写着“输卵管过长导致不育不孕”，嘴角向上一提，道：“不就是个输卵管过长吗，现在医学这么发达，做个手术肯定能治好。我明天就去跟你爷爷说，让你爷爷去找小刘他爸爸谈谈。”

陈丹阳生气地道：“别去找我爷爷，就是渣男他爸非让我去做婚检的。”

陈丹阳妈妈道：“刘根生真不是个东西！就凭这，说不要就不要我女儿了？！”

陈丹阳道：“快给我做点儿吃的，都快七点了，我要赶十点二十的飞机呢。”

陈丹阳妈妈立即起身：“这么远，飞哪玩啊？去附近散散心得了，周一就回来啊。妈明天就找黄牛买个专家号，周一带你去好好看看。”

陈丹阳生气地道：“都怪你们，给我介绍个渣男！”

陈丹阳吃过饭后，就提着背包直奔首都机场。袁野此刻依然坐在“等风来”客栈小厅里的桌子前。

自从他看到了卡在视频里的那一幕，就一直在想艾灵到底是不是因为误会了自己才会早产的，越想越觉得愧疚。他又想起了曾经和艾灵一起站在华山东峰看日出时，对艾灵说过的那句话：“我不求天长地久的美景，我只要生生世世的轮回有你。”他更加坚定了决心，自己要当面问问艾灵到底有没有误会自己。于是他站起身，走到客栈柜台前，掏出了两百块钱放在了柜台上，不等小满问，就说：“谢谢，不用找了。”转身出了客栈，朝着华山的入口走去。

小满一看马上急了，就给刚刚联系过自己的陈丹阳打电话，告诉她袁野甩了两百块钱就走了。坐在地铁里的陈丹阳着急地喊道：“快报警啊！等警察抓住他再给我打电话。”

顾不上周围的人群异样的目光，陈丹阳马上给袁野打电话，可是怎么打袁野都不接。小满给哥哥的同学吴飞警官打电话：“吴警官您好，我是满锦羲的妹妹满庭芳，刚刚有人偷了我们店里客人的两万块钱，正往华山的入口逃去。”

吴飞警官马上道：“小满啊，你先别急，失主呢？还在不在你店里？”

小满说：“失主下午就走了，现在正在赶回我们店里的路上。”

吴飞警官告诉小满：“我立即给景区售票口打电话。你要注意安全。”

不到 10 分钟，吴飞警官就开着一辆亮着警灯的面包车来到“等风来”客栈的门口，小满看到从岳警官也坐在副驾，立刻把自己刚刚从监控录像里用手机拍的袁野正面照递给两位警官看：“就是这个人。你们赶快去把他抓起来。”

从岳警官笑道：“谢谢你啊小满，终于不是收尸的活儿了，这回应该可以升职了。咱们镇上盗窃两万可算是大案了。”小满不好意思地低下了头。

警车不到一分钟就开到了华山景区的门口，两位警官下了车，从岳警官一个箭步冲上去就按住了袁野，不等袁野挣扎，吴飞警官就把手铐戴在袁野的手腕上。两人夹着袁野的胳膊，把他丢到了警车后排的铁笼子里。吴飞警官跟售票处的工作人员说：“人抓到了，感谢啊，耽误你们工作了，你们可以继续检票了。”

从岳警官对等在门口的游客说：“抓了个小偷，大家看看有没有丢什么贵重物品。”

游客都开始摸自己的口袋。整个过程袁野一句话都没说，正在想用不用写一封遗书呢，等反应过来自己已经戴着手铐坐在警车里的铁笼子中了。

两位警官开车来到小满的客栈，小满正在打电话：“丹阳姐，人抓到了，戴着手铐关在笼子里。”

陈丹阳一听，脑袋里一直绷着的弦总算是松了下来。

两位警官看到柜台后的墙上贴着的老同学满锦羲生前的照片，吴飞警官叹气道：“你哥哥病倒一走都三年了。时间过得真快。你也大学毕业了吧，公务员考得怎么样了？”

小满接道：“笔试考了第一名，可是面试的时候还是被刷下来了。”

从岳警官说：“不对啊？这么好的成绩，不应该啊！”

小满失落地道：“没关系，我守着哥哥的小店挺好的，我听说是有人把我顶掉了。对了，飞哥哥、岳哥哥，你们俩吃饭了吗？我给你俩煮泡面吧，我刚好也没吃饭，你俩就陪我一起吃吧。”

从岳警官说：“没关系，明年再考。你成绩那么好，我俩到时候再帮你想想办法。平时工作忙，也没时间来看你，就陪你一起吃碗泡面吧，顺便了解下案情。你妈妈还在地里忙吗？”

小满说：“嗯。谢谢两位哥哥。”接着从货架上拿了三桶泡面进了厨房。

在小满进厨房煮面的时候，吴飞对丛岳警官说：“那个小偷不对啊，你看在车里一动不动的。要是其他的小偷，早就跳腾了。”

丛岳警官说：“是啊，怎么看着脑子好像有问题啊，不会抓了个傻子吧？”

两人正说着话，小满端着两碗面出来了，放下面又回去端了一碗面和一盘煎好的鸡蛋，坐在两位警官面前。

吴飞警官说：“小满的手艺还是没变啊，天下第一泡面，实至名归。再看这煎鸡蛋，光闻起来就香气扑鼻，还没吃我就知道外酥内软。呃，小满，车上那位不是小偷吧？”

小满笑得眼睛都眯成了一条缝：“对呀对呀，他三分钟就吃完了我煮的泡面。”

丛岳警官眼睛一瞪：“说吧，怎么回事？我说抓个小偷，你怎么也不跟我们去看热闹。”说完两位警官一起端起了面桶，一人夹了一个煎鸡蛋，边吃边等着小满交代。

小满噘起嘴巴：“唉！又说漏嘴了，你们吃着我煮的面还欺负我。”她向两位警官述说了袁野下午来到客栈以后发生的事，还特别强调了一句，“都是那个叫陈丹阳的姐姐教我报的警。”

吴飞警官叹口气道：“下回你再看到有这样的游客，就直接给我俩打电话，我俩带回去先关着，让家属过来把人领走。唉，我们所里的人一年到头老跑山沟里帮着寻尸也不是个事儿啊，遇到那种被树枝挂在山腰上的，弄下来有多费劲儿呀！”

小满道：“别往下说了，我的泡面还没吃完呢。”

“好好，边吃边说。”丛警官道，“你刚说的那个陈丹阳，三更半夜的，下了飞机赶来，怪累的，就让她先休息吧，别再折腾了，明早让她八点准时到派出所领人。我们先把他带回去，给他个单间，手机也让他随身带着，你告诉他家里人，打电话劝劝他。”

小满对两位警官道完谢，等两位警官一出门，马上给陈丹阳打电话：“姐姐，哥哥已经被警察带走了，你放心吧。来的两位警官都是我哥哥的同学，具体情况我都跟他们说清楚了。他们晚上会让他睡单间，看着他的。你明早八点去派出所领人就行。对了，手机都给他留着。他们还让你通知他家里人劝劝他。”

陈丹阳总算放下心来。此时她刚办完登机手续，想来想去还是给赵主任打了个电话，跟他说了袁野现在的情况，让他劝劝袁野。赵主任听后说：“好吧，我来试一试。平时感觉他性格还好啊，怎么会想不开呢，是不是有什么事儿啊，我打电话问问他。之前给他打了不少电话，他都没接。”

袁野此时正被两位警官从车里拎出来，带到一间拘留室里，还丢给他一瓶矿泉水，让他想开些，好好休息。袁野说了句“谢谢”，并没有问自己为什么被抓进来。他拧开矿泉水瓶盖，喝了一口水，把自己的背交给了拘留室板床上叠起的被子，双手手指交叉，抱住了后脑。他睡不着，也根本无心睡觉，想来想去决定还是不写遗书了。他隐约记得抓他的时候警察说自己是小偷。这时口袋里的手机响了，是赵主任打来的，他想到自己现在身陷囹圄，还是接了电话：“赵主任，我被抓起来了，怎么办？”

赵主任说：“抓你？那是应该的。你连自己的儿子都不要了，父母你也不打算管了，你跑到华山去做什么啊？打算跳崖啊？”

袁野愣了一下道：“你怎么知道的？小满告诉你的？”

赵主任道：“小满？小满是谁啊？不认识。别给我扯这些没用的。我就问你干吗想不开？！”

袁野这才跟赵主任讲：“那天晚上陈丹阳来我房里吸氧，我没关视频，艾灵可能看到我跟陈丹阳在一起，误会了，生气导致早产了。”

赵主任说：“那我问你，你跟陈丹阳那晚有什么没？”

袁野说：“没有啊，我就是帮她调了下氧流量阀门，然后就停电了，视频中断后图像刚好卡在了停电的瞬间，视频里定格的画面容易让人误会我在弯腰亲陈丹阳。”

赵主任说：“那你确定你媳妇儿当时看到了？”

袁野说：“不确定，所以我才要当面跟她解释。”

赵主任生气道：“当面解释个屁！你脑子是不是坏掉了？你现在要做的应该是向你家里人问清楚艾灵在家里突然肚子疼到底是怎么回事儿。不管是不是因为你，第一，你要清楚你当时和陈丹阳并没有做出格的事儿，艾灵已经不在了，也没必要解释。第二，陈丹阳跟我说艾灵去世是因为羊水栓塞，你知道什么是羊水栓塞吗？我帮你问过在医院工作的朋友了，人家明确告诉我，羊水栓塞是所有孕妇在生产过程中都有一定概率出现的并发症。第三，如果你非要找出艾灵早产的原因，我告诉你，那就是西藏的环境，艾灵怀孕期间大部分时间都待在西藏你也知道，这应该是早产的重要诱因。最后一点，你给我听清楚了，即便是艾灵当时看到了你所说的视频当中的画面，那也不能怪你，要怪也得怪那天晚上那曲停电！为什么停电？作为西藏电力的一员你也清楚——缺电呀！如果你不想活了，你就给我滚回来，把命给我拼在青藏联网工程上，我给你算工伤，你死了国家电网公司还能养活你儿子到十八岁。”赵主任哭了，“我赵建华最知道你现在的心情。袁野，我现在需要的是，你来西藏时那样的坚强。”

赵主任太同情年轻的工友了。他本来并不想冲袁野去说这些话，他明白，其实袁野并没有做错什么，他还年轻，他的路还很长很长。祖国的边疆总得有人去建设，尤其是西藏，从和平解放至今，有无数中华儿女为了开发和建设西藏做出了伟大的贡献，有些人甚至为此付出了生命的代价。

赵主任在电话里说的那些话，使得袁野热泪盈眶，心中悲伤的思绪如沐清泉，思维逻辑开始重新清晰起来。他突然明白了这些天自己其实一直都在逃避，逃避作为丈夫和父亲对妻子和儿子的责任，逃避作为儿子对父亲和母亲的责任，逃避作为一名国网西藏电力公司的员工对西藏和国家电网公司的责任。

袁野想起自己曾经的经历：在海拔 4800 米的安多县巡检变电站，在海拔 5000 多米的山上极目眺望一座座高耸入云的铁塔……雪域高原恶劣的环境都没有将自己吓退，此刻自己为什么这么脆弱？

袁野突然想起小满的哥哥在日记里写下的那段话：“行走在云端，荒芜在两边，且听风吟。如果你看到这段话，就说明我只是战胜了自己，却没有创造出奇迹。当我拿到癌症晚期的检查报告时，我只是遗憾有生之年没能去一次西藏，直到医生告诉我只剩下半年的时间，我决定用生命完成一场旅行，即使不能延长生命的长度，但一定可以增加生命的刻度与宽度。”同样是面对死亡，小满的哥哥在离开前选择勇敢地去面对，即便是死也要去拓展生命的长度与宽度。小满的哥哥在骑行西藏的 27 天的日记里，没有一句话是在写自己的身体。

袁野没有忘记小满的哥哥在翻越唐古拉山口时写下的："唐古拉山口，青藏线上海拔最高的山口，海拔 5231 米，这里的公路也是世界上海拔最高的公路，我的一个不小心就给翻越了，喜悦之情，难以言表……"

深夜独处公安拘留室的袁野头脑清醒了，他开始重新审视现实、面对现实。终亦始，始亦终。艾灵的离开是终点，也是小灵熙生命的起点；袁野的人生将被分为两段，艾灵离开之前和艾灵离开之后。

袁野拨通了母亲的电话，他想问问自己的母亲，艾灵离开的当晚，是不是从书房出来以后就开始情绪激动，然后才开始肚子疼。但是当电话接通后，袁野的第一句话竟是："灵熙现在好吗？"现实已定，袁野不想再去追溯无法改变的结果，钩沉往事，面对现实才是袁野必须做的事。袁野知道自己正身陷囹圄，但手机却没有被警察拿走，这一定是警察为了不让自己去跳崖，才将自己关在这里。不、不，不是关，是帮助自己"躲难"。袁野继续分析，一定是小满拦不住自己才报警说自己是小偷的，明天应该会有人来领自己。但这个人会是自己的父亲吗？应该不是，刚刚打电话回家，母亲的关心点全在小灵熙身上，明天来领自己的人一定是陈丹阳。袁野拨打陈丹阳的电话，提示已关机，袁野判断陈丹阳此时是在飞机上。想明白这一切的袁野，突然觉得疲惫感如潮水一般涌向自己的身体。袁野回想自己一路开车到华山脚下，已经 30 多个小时没合过眼了，于是躺到了拘留室的木板床上，蜷缩起自己的身体，想着艾灵，很快就睡着了。他在梦中再一次回到了华山脚下，那是和艾灵一起爬华山的场景……

袁野牵着艾灵的手在铺着石砖的山路上慢慢地走着，没有台阶，只有被半边植被、半边山壁包围着的迂回山路。由于两人走得慢，突然发现前后都没有什么人了，仿佛这大山中只剩下彼此。山里温度骤降，夹杂着湿气，又阴又冷，艾灵把袁野的胳膊都揽在了怀里。袁野自己也有些害怕，刚刚感觉还有不少人，现在怎么没人了？袁野握紧艾灵的手，告诉她："亲亲别怕，夜爬华山的游客非常多，只是山路迂回，过了前面的弯肯定有不少游客，即便没有别的游客我也会一直在你身边的。”听了袁野的话，艾灵感觉没有那么害怕了。果然，过了前面的弯，不远处路边有一所小房子，灯光非常亮，走近一看是家小卖部，门口折叠桌前坐了几位游客在吃泡面，门口还趴了只哈巴狗在睡觉。袁野、艾灵并不觉得很累，便继续往山上走去。艾灵想要走快些，袁野告诉她不要急，时间还早，走太快了费体力，而且过早到达东峰一定会挨冻的，半山腰已经有点冷了，海拔越高温度会越低，不如慢慢走，边走边产生热量，凌晨四点多抵达东峰最好，踩着日出的点来登山。

袁野和艾灵最初的计划是白天的时候爬华山，但艾灵有点小恐高。白天的华山险要在眼前，一目了然，袁野怕艾灵没有那么多的勇气面对，所以才决定夜登华山，趁着年轻，还有无畏精神，用华山东峰的日出来为大学时代画上句号，迎接新的生活。两人沿着迂回的山路走到尽头，途经许多小卖部，每一家都打着“最后一家最便宜”的广告语，游客也越来越多，应该是前面的人速度比较快，体力消耗比较大，速度也渐渐慢了下来。袁野和艾灵走到第一处景点“回心石”，才在路边的石凳上坐着休息了一下。一路走来身上出了些汗，坐下来时间长了身体会感到明显的凉意，风一吹容易感冒。“自古华山一条道”在“回心石”以前都是斜坡和不太陡峭的石阶，到了“回心石”还有机会反悔，但袁野和艾灵坚定地向着“回心石”后的第一阶石梯迈去。在石阶越来越密集的山道上，每当两人抬头，都能看到顺着台阶延伸的路灯，一直到很遥远的天际，和繁星混在一起，分不清楚哪里是夜晚深邃的天际，哪里又是华山巍峨的轮廓。

随着山路往上走，路灯的密度似乎没有前段密集了，这时候手电就派上用场了。由于夜路较黑，加之光线稍有不足，袁野和艾灵本能地把路灯当成了指引方向的灯塔。艾灵是女孩子，并不是女汉子，每经过道路旁可以休息的地方都要停下来休息一下，哪怕只够一个人坐下，那也是袁野坐在石凳上，艾灵坐在袁野腿上。过了“回心石”，走了没多远就到了有“华山一线天”之称的“千尺幢”，袁野目测坡度有 70 至 80 度，两人抬头仰望时，同到此处的一个女游客情不自禁地来了句：“靠，这么陡!”袁野和艾灵忍不住笑了，其实他俩心底也有同样的感慨。

袁野和艾灵看到介绍标志上写着的“幢高80余米”，一起惊讶：“80米相当于30层楼的高度了。”袁野把艾灵的书包背在了胸前，确保艾灵可以一口气征服此幢。他让艾灵走在前面，自己跟在后面，开始一起征服进华山以来第一条真正的险道。可能是太险要了，爬山的人顺着狭窄的阶梯排着队，一个挨着一个，抓着铁链往上攀登，遇到极其陡峭的地方还得停下，等着前面的人先过去。好在是夜登华山，并没有下山的游客，袁野和艾灵跟着大伙儿的速度，中间没有停留，一口气征服了“千尺幢”370余级石阶。

过了被称为“太华咽喉”的“千尺幢”，许多游客都停下来休息。由于袁野前后都背着书包，此时已是满头大汗，艾灵便执意向袁野要回自己的书包，拿出纸巾给袁野擦了擦汗，又拿出水让袁野喝。石阶的顶端犹如井口，如果拿铁盖将“井口”盖住，“自古华山一条道”便被堵塞，因此“千尺幢”又称“太华咽喉”。两人休息了片刻，便继续往前走，没过多久就到了名为“百尺峡”的第二道险关。“百尺峡”高46米，有石阶96级，攀登过程和过“千尺幢”差不多，只是后半段的坡度接近90度，还好袁野和艾灵都戴了手套，否则手掌肯定会被铁链磨出水泡。过了“百尺峡”，前往东峰的行程已经过半，此时袁野和艾灵觉得又累又饿，就从背包里拿出水和干粮，坐在路边的石阶上补充体力。

在后半段行程里，只要不是需要用手抓着铁链往上爬的石阶，袁野都会牵着艾灵的手，遇到需要攀爬的铁链，袁野才会松开艾灵的手，在后面护着艾灵往上爬。从“老君犁沟”的那一段阶梯一直到北峰顶，袁野一直牵着艾灵的手往上爬，直到抵达灯火通明的北峰，两人才在一家像是报刊亭的小卖部前坐了下来，准备多休息一下。两人刚坐下，小卖部的老板立刻吆喝道：“泡面20块一碗，不买不能坐。”袁野为了让艾灵能够多坐一会儿，便掏钱买了一碗高价泡面给艾灵吃。不等泡面吃完，艾灵就打了个哈欠，袁野一看时间，已经凌晨2点14分了，袁野怕艾灵越休息越困，就牵着艾灵继续向东峰前进。

在苍龙岭至金锁关这一段，艾灵的体力开始透支，袁野一直推着艾灵往前走，直到凌晨4点1分，袁野和艾灵才到达金锁关。此时艾灵已经完全走不动了，坐在路边决定放弃，她让袁野自己去东峰看日出。东峰就在眼前。袁野为了让艾灵能够和自己一起爬到华山东峰看日出，索性把背包寄存在旁边的小卖部里，背起艾灵，向着东峰而去。

等袁野把艾灵背到东峰“朝阳台”，天际开始破晓，夜空的深紫色变淡。袁野放下艾灵，躺在朝阳台上大口地喘着气。艾灵坐在地上，扶着袁野，让他靠在自己身上，面向东方。艾灵搂着袁野问道：“你为什么这么执着？背着我也要到这里看日出？”袁野把头靠在艾灵的怀里回答：“因为我不求天长地久的美景，我只要生生世世的轮回有你。”艾灵感动得流出泪水，嘴角带着微笑，紧紧地抱住怀中的袁野。黎明的曙光即将到来，周身的寒冷无法侵入贴在一起的两颗心，艾灵就这样一直抱着袁野，陪他一起静静地等待日出。

清晨5点16分，极目望去，那天地融为一体的苍茫远方，鱼肚白渐渐变成了金粉色，天空的淡紫色也开始向浅浅的蓝色过渡；5点17分，地平线上金粉色最深的地方，冒出一个弧形的金边。慢慢地，在不到三分钟的时间里，金边渐渐扩大着，丰满到半圆时猛的一下被挤出了地平线，于是那辽阔的天穹和地平线便布满了耀眼的金光，整个东峰以及“朝阳台”上相依的人们，都被镀上了一层淡淡的金光。旭日东升，这一刻袁野永远都不会忘记，因为艾灵的体温在身后，阳光的温暖在面前……

睡梦中的袁野感到无比温暖，他并不知道陈丹阳已经到了拘留室，而他蜷缩在木板床上的身体所感受到的温暖，正是陈丹阳带给他的。陈丹阳能够清晰地感受到袁野正在自己怀中颤抖，而此时的袁野正蜷缩着身体在睡梦中独自哭泣。

陈丹阳一下飞机，便打了出租车直奔“等风来”客栈，见到小满时已是凌晨两点。她在客栈的前台办理入住手续的时候，觉得比刚下飞机时冷多了，就问小满：“袁野在派出所住的单间有没有被子？”

小满回答：“应该会有吧。我又没进去住过，但带走袁野哥哥的两位警官是我哥哥的同学，他们都很善良的。”

陈丹阳一听马上说：“那不行！我还是不放心，我现在就去把他领回来。”刚好出租车还没走，陈丹阳把背包丢给小满就要上出租车去华山派出所，小满赶忙叫住她：“你现在去，他们又不认识你，肯定不会让你把人领走的。你等等，我锁了门陪你一起去。今晚好像是丛岳警官值班。”

出租车到了派出所门口，陈丹阳告诉司机：“麻烦您等一下，我俩一会儿还回客栈的。”

司机说：“没问题，反正我也打算在车里睡到天亮再回去的。”

陈丹阳和小满下了出租车，刚进派出所就被值班民警拦下。小满说：“我找丛岳警官。我是她妹妹。”

值班民警说：“你是小满吧？我们都知道，你哥哥跟丛警官和吴警官是从小玩儿到大的同学。你等一下，我去叫他，这么晚他应该在休息室里睡觉了。”

陈丹阳和小满等了不到一分钟丛岳警官就出来了。小满说：“还以为你睡觉了呢，这么快就出现在我面前。为你点赞!”

丛警官道：“一来就打糖衣炮弹。找我什么事直接说。”

小满给丛岳警官介绍陈丹阳：“这就是陈丹阳。她不放心你们下午抓来的那位，想现在就带他回客栈。”

陈丹阳礼貌地道：“警官好!”

丛岳警官回答：“行吧。一晚上帮你看着他，我也没合眼。你领走了我也好睡觉。”

小满高兴地道：“谢谢岳哥哥！你真好。”

丛岳警官正儿八经地给小满敬了个礼：“为人民服务。”

丛岳警官和小满笑了，陈丹阳却笑不出来。

到了拘留室门口，丛岳警官打开门对陈丹阳说：“你去叫他吧。我怕我叫醒他会吓着他。我让小满写一下撤案登记，她是报案人。”说完就离开了。

陈丹阳轻步进了拘留室，见袁野蜷缩在木板床上瑟瑟发抖，被子被抛在一边，想叫醒他。走近一看，袁野正在哭，而且像是睡着了还在哭。陈丹阳扑了过去，把袁野抱在怀里，为他擦拭眼泪。

袁野的身体感受到了温度，渐渐地不再颤抖，眼角的泪水仍在涌着。

陈丹阳边擦泪边轻声道：“醒醒，我来接你了。”

袁野睁开眼睛看到陈丹阳正抱着自己的那一瞬间，难以抑制内心的极度痛楚，一下子放声大哭了起来。陈丹阳紧紧地抱着袁野说：“男子汉大丈夫，大声哭完以后不准再哭了。”

她抚摩着袁野几天来消瘦了不少的脸庞，直到袁野把憋在心中的难过释放出来。

办完销案手续的小满在拘留室外，直到听不到哭声后，才进了拘留室，对两人说：“手续办好了，咱们回去吧。”

袁野、陈丹阳、小满出了派出所，出租车司机已经在车里睡着了，小满一开副驾的车门，吓了司机一跳。司机一看两位美女从派出所里领出一位失魂落魄、头发乱糟糟的年轻男子，便问：“你们俩得有一位是他的女朋友吧？”

小满和陈丹阳异口同声道：“没有！”

司机心里感觉很奇怪：“那还这么老远，大半夜地来派出所领人？”

袁野道：“我们都是好朋友。”

司机一听不再多说，他可不想招惹这位看上去闷闷的又刚从派出所放出来的年轻人。

回到客栈，袁野弯腰向小满和陈丹阳鞠躬：“谢谢你们俩了。我不会再想不开了。”

陈丹阳惊奇道：“派出所真神奇，以后想不通的人都搁里面关一回，比什么都有用。”

小满说：“袁野哥不用谢我，要谢就谢这位大姐姐，办法都是她给我出的。她这么在乎你，你是她的什么人啊？”

还没等袁野回答，陈丹阳就说：“我是他儿子的干妈！”

袁野不知道说什么好，只好默认，不说话了。

陈丹阳打了个哈欠道：“这一路把我赶得，困死了。把房卡和背包给我，我要去睡觉了。”

小满问陈丹阳：“他怎么办啊！给他登记间房？”

陈丹阳接过背包和房卡道：“我不是订的套房吗？晚上他睡床，我睡沙发看着他！”

小满这才放心道：“我晚上再把客栈的大门也锁上，这样他就没法跑了，我一会儿再给你屋里送一床被子过去。”

陈丹阳道："谢谢你啊！对了，我怎么谢你呢？之前我可是说过要当面感谢你的。"

小满客气道："不用谢。袁野哥哥这么可怜，我帮他是应该的。就是有机会我想去西藏看一看。我哥哥跟我讲过，那里的天是全世界最蓝的，就是火车票难买，机票又很贵。"

陈丹阳答应道："包在姐身上了。姐给你买机票，到了西藏怎么看蓝天找他，他是地主！"

小满高兴得眼睛都快眯在一起了，开心地道："谢谢土豪姐姐了，我要是去西藏开一家客栈的分店，你给我投资好不好？"

陈丹阳这才仔细看了下这家客栈的装修风格，非常简约，从很多细节都可以看出小满很用心，爽快地道："没问题，等我援藏时就有地方住了。"

小满发愣道："大姐姐，你是做什么的啊？"

陈丹阳道："这个回头再说。困死了，我要去睡觉了。对了，你别忘了锁大门啊！"说着就拽袁野准备去房间。

袁野道："我真的想开了。我自己住一间房就行。客栈的大门也不要锁上，晚上爬华山的游客出入不方便。"

这时，小满从柜台里拿出一条铁链去锁客栈的门，陈丹阳拽着袁野的衣服往房间走去。

进了房间，陈丹阳问袁野："你真的想开了？"

袁野点点头。

陈丹阳又问："你是怎么想开的？方不方便跟我说说？"

袁野回答："艾灵走了，我还有儿子。艾灵早产和西藏的环境也有一定的关系。你还记得那天晚上我帮你调氧气阀门的时候碰巧停电了吗？那时候我跟艾灵的视频没有关，视频中断的瞬间，画面刚好停留在我向氧气瓶弯腰，而你当时又靠在我床上。从电脑摄像头的角度看去，容易让人误会我当时正准备吻你。停电后手机又没有信号。"

陈丹阳顿时明白过来："嗳，艾灵早产你还怪起我来了？！"

袁野说："不是怪你。我也不知道艾灵有没有看到卡住的画面。"说着长长地出了口气，“要怪就怪西藏的电网到现在还在孤网运行呗。如果青藏联网工程建成了，不光那曲，整个西藏晚上都不会再停电了。我，真的，想、想开了。”

陈丹阳叹气道：“你是想开了，可我想不开啊，我那个北京未婚夫把我甩了！”

袁野着急地问陈丹阳：“为啥啊？你俩门当户对，感情也挺好啊！”

陈丹阳道：“分手的理由很简单——婚前检查，我不能生育。”

袁野惊道：“不是吧？你个好端端的姑娘不能生育？我怎么看你并不难过啊？！”

陈丹阳道：“有什么好难过的。幸亏没嫁给那个渣男。现在医学科技那么发达，本姑娘这点儿小问题算什么？又不是不能生！有机会我要带你儿子去北京，告诉他们那是我儿子，你可别不同意啊！”

袁野叹气道：“这就是你跟小满说你要援藏的原因吗？”

陈丹阳道：“不提那个渣男了，我援不援藏跟那个渣男没关系！对了，你儿子起名字没？”

袁野回答：“起了，叫袁灵熙，是艾灵生之前就想好了的，男孩就是康熙的熙，女孩就用希望的希。”

陈丹阳道：“小名就叫蛋蛋吧，以后让他管我叫干妈，你没意见吧？”

袁野说：“我……估计艾灵知道了不会同意的。”

陈丹阳有些悲伤地道：“她很早就同意了。咱们上大学时通宵打完游戏，你不是让我帮你给艾灵带早饭吗，有一次我在她们寝室跟她开玩笑说‘光有袁野你也得饿死在床上’，她听了立即说话呛我，‘谢谢你没让我饿死，等我跟袁野有了儿子，让他认你当干妈。’当时她们寝室的人都在，不信你问问那些女同学。”

袁野听了不好再说什么，只好点点头。

陈丹阳见袁野答应了让灵熙认自己做干妈，心里并不开心。可怜的小灵熙，可怜的袁野。她想到艾灵已经不在了，顿时悲伤涌上心头……

袁野非要让陈丹阳睡在大床上。陈丹阳拗不过他，看着他躺在了沙发上，才把早已疲惫不堪的自己掷在了床上。

袁野躺在沙发上一直睡不着。他在脑海里幻想着，如果艾灵还活着，自己该有多么幸福!

不再茫然的袁野，在华山脚下找到了自己活下去的理由，对于艾灵的情感，他能做的只有用一生来铭记，然后投入到每天不变的生活之中。

第三章

我最爱的歌最后总算唱过
毋用再争取更多

第二天清晨，陈丹阳醒得比袁野早，看到袁野依然在沙发上熟睡，她悄悄走进卫生间，轻声洗漱一番就下楼去了。

小满正在客栈的小厅里忙着打扫卫生。陈丹阳道：“这么勤快，每天早上都是你亲自擦桌子、收拾茶杯吗？”没等小满回答，她又道，“有没有吃的？昨晚光顾着早点儿见到袁野了。我可是被饿醒的。”

小满嗲声嗲气地道：“大姐姐早上好！我给您煮天下第一泡面吧，再给您加个鸡蛋。”

陈丹阳觉得胳膊上的汗毛都立起来了，搓了搓胳膊说：“别叫我大姐姐了，叫我丹阳姐就行了。说话也别嗲声嗲气的，听了叫人起鸡皮疙瘩。那就尝尝你煮的天下第一泡面吧，我都快饿死了。”

小满赶快放下手里的抹布，然后对陈丹阳说：“好的丹阳姐，我马上去煮面。对了，袁野哥哥起来没有？用不用给他也煮一碗？”

陈丹阳回答：“先不管他。昨晚看他眼睛那么红，估计很久都没有睡过好觉了，就让他多睡一会儿吧。”

小满说：“好吧，那我先煮两碗面，不过得麻烦丹阳姐帮我看一下店。看过日出的游客也快下山了，住店的人应该不会少。”

小满煮面的时候，陈丹阳才注意到真有不少游客从客栈门前经过。没过多久就有几位看起来乏困的游客进了客栈。有一位小伙子见陈丹阳坐在小厅里，开口就问：“还有房吗？多少钱一晚？”

陈丹阳清了清嗓子，回答道：“有房。我这就去叫老板。我也是住店的游客。”说完就进了厨房喊小满。

小满已经煮好了面，鸡蛋也煎好了，正在用筷子从锅里往碗里挑面，陈丹阳说：“来客人了，我来，你先去忙。”

小满把筷子递给陈丹阳，急匆匆地跑出厨房，见到几位游客，面带笑容道：“几位爬了一夜的山，累坏了吧？请问需要单间、标间还是套房？价格都贴在柜台上。”

几位游客看了看价格，决定住标间。

等陈丹阳把面和鸡蛋端出厨房，小满正拿着几位游客的身份证在柜台上登记。陈丹阳闻着小满煮的面，肚子咕咕叫，就先坐在桌子前端起碗吃了起来。吃了第一口，感觉味道和普通方便面完全不一样，等小满忙完，一碗面已经被吃掉了大半。

小满看到陈丹阳吃得很香，问道：“怎么样？没有辜负‘天下第一泡面’的称号吧？”

陈丹阳放下手中的筷子，回答：“嗯嗯，太好吃了，完全没有方便面的味道。调料都是你自己放的吧？”

小满嗲嗲地道：“是的，天下第一泡面怎么能用原来的调料包呢？丹阳姐，昨晚你答应我的不是在逗我玩吧？”

陈丹阳感觉胳膊上的汗毛又一次地竖了起来，搓搓胳膊道：“你干脆就叫我大丹吧，也别叫姐了，听着别扭。你放心，我说话算数，你打算什么时候去西藏？提前跟我说，我给你订票。还有，开分店的事儿，你去了西藏，你这‘等风来’客栈怎么办？”

小满高兴地道："大丹姐，华山这里的客栈你不用担心，我有个高中同学，大学毕业跟我一样，也没考上公务员，平时就经常过来帮忙。我们华山游客又多，这边客源挺稳定的。"

陈丹阳听后，点了点头道："好！我看你经营这家店挺用心的，等你去了拉萨，要是还有开客栈的想法，我投资，你亲自经营。我说话算数。"

小满道："谢谢大丹姐，最近我就想去拉萨看蓝天白云，顺便看看客栈开在哪里最合适。"

陈丹阳说："没问题，等袁野睡醒了，让他给你找个在拉萨的同事，陪你在拉萨转一转。"

这时候又有游客进客栈了，小满起身去招呼。接着又回头对陈丹阳说："谢谢大丹姐，以后你就是我的大股东，我给你打工！"

陈丹阳看着小满忙碌的背影，端起吃到一半的面，心中疑惑道："小满为什么一定要去西藏呢？难道只是为了看那里的蓝天白云吗？"

等小满帮住店的游客办理完入住手续，回到桌前继续吃面时，陈丹阳问小满："你想去西藏开家'等风来'客栈的分店，不光是为了看蓝天白云吧？"

一直让人感觉活泼开朗、很阳光的小满，面容一下子阴沉了下来。小满努力地咽下已经送进口中的面，说："柜台后面的照片和客栈院子里的那辆自行车都是我哥哥的。三年前我哥哥被医院查出来得了血癌，医生告诉他，他没多少时间了，但他依然对所有人隐瞒了病情，在生命最后的日子里骑行了青藏线，回来后才告诉家里人他病了。没过多久哥哥就去世了，留下一本骑行青藏线时写下的日记。每当我想他的时候，我都会读一读那本日记，从他的日记中，我渐渐发现自己喜欢上了西藏。"

陈丹阳叹口气说："唉，日记，我爸爸也写过日记，我读了以后才想着一定要去一趟西藏的。看来咱俩真的挺有缘分的，我去一趟西藏多了个干儿子，不如你做我干妹妹吧。"

小满满脸不高兴，道："不行！我心里的那个位置只有我哥哥。"

陈丹阳有些无奈："能不能让我看看你哥哥的日记？"

小满脸上的阴沉突然一扫而光："好啊，我这就拿给你看。"转身，用钥匙打开柜台的抽屉，拿出了一本很普通的硬皮日记本，递给了陈丹阳。

陈丹阳翻开日记本，看到第一页写着：“行走在云端，荒芜在两边，且听风吟。如果你看到这段话，就说明我只是战胜了自己，却没有创造出奇迹。当我拿到癌症晚期的检查报告时，我只是遗憾有生之年没能去一次西藏，直到医生告诉我只剩下半年的时间，我决定用生命完成一场旅行，即使不能延长生命的长度，但一定可以增加生命的刻度与宽度。”

陈丹阳一口气看完了 27 天的日记，每天的日记只有一二百字。小满哥哥的日记中没有一句是在写自己身体的不适，写下的都是每天的行程和看到的美景。陈丹阳完全想象不到这是一个将要离开这个世界的人写下的日记，尤其是那句：“唐古拉山口，青藏线上海拔最高的山口，海拔 5231 米，这里的公路也是世界上海拔最高的公路，我的一个不小心就给翻越了，喜悦之情，难以言表……”合上日记，陈丹阳并没有从小满哥哥的日记中感受到西藏有多美，但是她似乎明白了小满为何一定要去西藏，因为青藏线是她哥哥人生中经历的最后一段旅程。

陈丹阳将日记本还给小满：“小满妹妹，我有一种感觉，你哥哥的日记袁野一定也读过，而且他现在能坚强地面对今后的生活，一定跟你哥哥的故事有关。”

小满道：“大丹姐，你真是太厉害了，袁野哥哥三年前第一次来‘等风来’客栈的时候确实读过，读完后他还告诉我，他马上就要去西藏工作了。”

陈丹阳接着说：“你哥哥日记里第一句话就说‘行走在云端，荒芜在两边’，你应该明白，西藏有多荒芜。”

小满听了陈丹阳的话，并没有畏惧西藏的荒芜，而是目光坚定地回答：“我哥哥去过的地方，我一定要去看看！”

陈丹阳不知道说什么好，只好凭着感觉问小满：“客栈是你哥哥开的吧？名字也是他取的？对吗？”

小满听了更加惊讶了，道：“大丹姐，你太厉害了！客栈是我哥哥开的，名字也是他取的。哥哥本来成绩非常好，考上了大学，但是为了供我读书，就没有去读，而是开了这家客栈。对了，大丹姐，当时你是怎么知道袁野哥哥想不开的？还有，你是怎么知道他在这里的？”

陈丹阳道：“凭感觉。”

小满嘴巴都张成了“O”字形：“你也太神了！”

陈丹阳莞尔一笑：“哪有那么神？这家伙爱发QQ空间日志，我翻到当初他来你的客栈时拍的照片了，所以就查找你们的电话，打你们电话碰碰运气，没想到真就找到他了。”

小满恍然大悟，道：“原来是这样！大丹姐，这会不会是你跟袁野哥哥的缘分呢？”

陈丹阳听了，不知该怎么回答。这时，袁野来到了小厅。小满和陈丹阳一看，感觉袁野完全变了一个人。颧骨凸起，黑瘦的面庞上，胡子刮得很干净，头发也没之前那么油腻了，应该是刚洗过，自然蓬松着，整个人精神了许多。

小满道：“哇塞，袁野哥哥比三年前还要帅啊！”

陈丹阳一看，心里很惊喜，袁野虽比三年前消瘦了许多，但目光中多了几分之前从未见过的成熟与坚定，这坚定的目光配上小麦色的面庞，让陈丹阳眼前一亮，她在心底感慨道：“这一夜过后，袁野好像成熟了许多。”

如果是从前，要是有人夸袁野帅，袁野肯定会不好意思地脸发红，但是现在，袁野并没回应小满，只是用平静如水的目光看着她。陈丹阳感觉出气氛有些不对，于是对袁野说：“人家小满这两天就想去西藏看看蓝天白云，你不找个人陪陪她吗？她可是个小姑娘啊，一个人跑去西藏，你能放心？”

袁野点点头，回答道：“我给方铭打个电话吧，请他照顾一下小满。”

小满道：“谢谢袁野哥哥、大丹姐姐，你们对我太好了！”

袁野淡淡地回答：“是我该谢谢你。如果不是你报警抓我，说不定我已经是华山山涧里的一具死尸了。”

小满不知道说什么好，只好低头回答：“都是大丹姐教我的。”

陈丹阳听了袁野刚才那句话，感觉他像完全变了一个人一样，以前袁野说话可不会这样直截了当。她想，他也许是一夜之间长大了吧。

袁野问陈丹阳：“你准备给小满买哪天的机票？我好告诉方铭，让他提前订好房间去接小满。”

陈丹阳说："小满，用下你的电脑，姐姐给你订机票。"

陈丹阳订完第二天西安飞拉萨的机票，袁野当即给方铭打了电话："我有个朋友的妹妹明天从西安飞拉萨，麻烦你在咱们公司附近订个间房，再去机场接她一下，带她好好在西藏玩儿几天。我一会儿给赵主任打个电话，请他放你几天假。"

方铭在电话里感觉袁野说话的语气完全变了，有点儿说不上来的感觉。前几天，听说了艾灵的事以后，他给袁野打了不少电话，但是袁野一个都没接。现在接到袁野用冷冰冰的语气给自己打来的电话，他也不好开口劝袁野对艾灵的事儿想开点儿，只好和以前一样半开玩笑地道："没问题！多大点儿事儿啊，你朋友的妹妹就是我妹妹，她的房钱我来出，不过可没陈丹阳住的那种酒店好啊。请假我自己跟赵主任说就行了。噢，次旺师傅被赵主任说通来咱们信通了，有他在，咱们轻松多了。"

袁野道："钱我出，我休完假回去了就给你。赵主任那边的假我来请，他听了是谁去西藏，一定会批你假的。"

方铭好奇道："谁啊？这么大面子？"

袁野回答："报警抓我的人。"不等方铭惊讶一下，袁野就挂了电话，对陈丹阳和小满说，"我去门口给赵主任打个电话帮方铭请下假，你俩放心，我不会再想不开的。"转身出了客栈。

小满看陈丹阳没有拦挡袁野，自己也不好开口再拦着。

陈丹阳望着袁野似乎驼了一点儿背的背影，对小满道："麻烦小满妹妹帮那个家伙煮碗面，再帮他多煎个蛋吧。"

小满马上微笑道："没问题，我给他煎三个蛋。大丹姐，我怎么感觉袁野哥哥好像变了个人啊？"

陈丹阳道："希望他越变越坚强吧！"

袁野出了客栈的门，盯着东方的那轮太阳，直到阳光刺得他眼前发黑，才背过身掏出手机给赵主任打电话："赵主任，谢谢您，几句话就让我明白了活着还有意义。"

赵主任接了电话有些紧张，不知道说什么好，袁野继续道："我想拜托您一件事，给方铭放几天假，那个报警抓我的女孩明天要去西藏转转，她一个小姑娘去西藏我不放心，还是让方铭带着她比较好。”

赵主任一听才松了口气，道：“是该感谢人家小姑娘啊！用我的车吧，我加满油给方铭用。呃，那个小姑娘能报警抓你，心地有多善良我就不说了，你知道感激人家就好。她还没有男朋友吧？要不也不会一个人来西藏。”

袁野回答：“是，应该没有男朋友。赵主任，谢谢您！”

赵主任道：“我还感觉对不起你呢！我跟方铭那小子强调一下，照顾好小姑娘。袁野啊，那个大记者陈丹阳，她也是你最应该感谢的人。”

袁野说：“是的。谢谢您，赵主任。”

赵主任知道袁野能坚强地挺过来实为不易，他能感觉出，袁野一夜之间成熟了许多许多。

袁野与赵主任通完电话后回到客栈，见陈丹阳独自一人在客栈的小厅里，说：“小满去西藏的事已安排好。大丹，谢谢你，让我儿子还能有个爸爸！”

陈丹阳鼻子有些发酸，强颜欢笑道：“谢少了啊，你儿子还有个干妈呢！”

袁野说：“谢谢你为我做的一切，我打算回家了，你呢？去不去看看蛋蛋？”

陈丹阳道：“去。你是打算给你儿子来个认干妈的仪式还是怎的？”

袁野说：“我回去先跟我父母说一声，以后你就是蛋蛋的干妈。”

当天，袁野开车带着陈丹阳回到了长沙。吃晚饭的时候，袁野跟父母明说了自己去华山是要寻短见，是被从北京赶去的陈丹阳同学拦了下来。袁野的父母听了对袁野甚是责怪，对陈丹阳则是万分感激。当听到陈丹阳想认自己的孙子做干儿子并给自己的孙子取小名为“蛋蛋”的时候，很自然地就同意了。第二天陈丹阳就回了北京，到北京的第一件事，就是托在澳洲留学的同学给小灵熙寄够一年的奶粉和尿不湿。她想，这是当妈的责任，虽然孩子一出生就没妈了，但还有她这个干妈。

陈丹阳回到北京的次日，就被老妈揪着去了医院，检查结果跟婚检一样。医生对母女俩说：“做个微创小手术就能解决。不过，准备生育前再做手术比较好。”

陈丹阳心里好笑，男朋友抛弃了自己，还谈什么结婚，更谈不上生育。老妈没逼着她马上去做手术，说，那就等结婚前吧。

国家电网公司援藏计划没几天就公布了，英大传媒公司有一个名额，身为英大传媒公司旗下的《国家电网报》记者的陈丹阳毫不犹豫地报了名，气得老妈三天没搭理陈丹阳，自然陈丹阳晚上下班回家没有饭吃。陈丹阳的爷爷知道后，笑呵呵地道："我孙女这是长大了，去锻炼锻炼挺好的。"陈丹阳的老妈知道陈丹阳的性格，一旦决定了某件事，九头牛也拉不回来，也就依了陈丹阳，但是，叮咛是少不了的："一天天大了，不要成了'剩女'。到时候医学再发达，微创手术也未必能奏效。"陈丹阳亲了老妈一口："女儿是老妈心头的肉。"

袁野从华山回到家后，一直待在家中不肯出门，每天都是跟自己的母亲抢着陪小灵熙睡觉。给小灵熙办满月酒那天，一直记恨袁野的岳父岳母才出现在酒席上，袁野能感觉出两位老人失去女儿的痛苦以及对自己的恨意。当初艾灵跟着袁野去西藏，他们就极力反对，如今看到自己的亲外孙，才算是肯和袁野说几句话。袁野告诉艾灵的父母，等艾灵一周年忌日的时候，就把艾灵的骨灰埋进袁家的祖坟，自己也一定和之前一样，每月给两位老人打赡养费，每年休假一定先带着小灵熙回姥姥、姥爷家探望两位老人。两位老人在吃完小灵熙的满月酒后，带着失去爱女的无限悲痛返回了湖北。

给小灵熙办满月酒那天，陈丹阳知道艾灵的父母也会在，她没有给袁野打电话，只是发去了一个大大的红包。赵主任和同事们虽然身在西藏，但还是给袁野发来红包，恭喜袁野的儿子"满月"。这使袁野很感动。年休假最后几天，袁野每天都待在家中陪着小灵熙。晚上睡觉前他都要为小灵熙换尿不湿，一只手夹起小灵熙粉嫩的小脚丫，另一只手给小灵熙换尿不湿，尿不湿一换完，就搂着小灵熙睡觉。小灵熙一哭，袁野都是先打开尿不湿看看有没有便便，如果没有便便，就马上跑到厨房冲奶粉，然后在手背上试一下温度，确定温度合适了再把奶瓶送到小灵熙的嘴里。等小灵熙吃饱了，袁野总会抱起小灵熙，轻拍小灵熙的背部，直到小灵熙打过嗝睡着了，才把小灵熙放到床上，给他裹好小被子，继续睡在他身边。

休假一结束，袁野只能把不到两个月大的儿子丢给父母照顾，自己孤身一人回到西藏。临出门前，袁野把那件艾灵洗干净了的军大衣装进背包。他拿起军大衣轻轻地闻了闻，洗衣粉的味道已经淡到闻不出来了，才把军大衣装回背包，拉上拉链。袁野背上背包，抱着小灵熙舍不得放手，直到父亲催促再不走就要误机了，袁野才恋恋不舍地把小灵熙交给母亲。他转身跟着父亲离开了家。路上，父亲问袁野当初为什么想不开，要去华山寻短见。跟在父亲身后的袁野淡淡地道："都过去了，以后再也不会了。"

袁野在飞机上一直盯着窗外，直到机舱外只剩下无穷无尽的大山和无法越过高山的云。他想起了曾经和艾灵一起写下的一首诗：

如果在等待中，你的诺言是温暖的。
我愿意用灵魂深处，仅有的光明来与你交换。
还有我青春的容颜，我的自由。
可是我渐渐地不再相信你。
不相信你的若即若离的手心中，会有永远。
不相信你背后的阴影，会放得下我洁白的爱情。
我只是远远地注视着你。
在黑暗中，我看到自己的心。
像一朵花一样的苍老。
没有疼痛，没有眼泪。
只有平静。

艾灵

如果在白云中，你的泪水是冰冷的。
我愿意用浮云之下，仅有的落雨来与你相伴。
还有我短暂的冗长，我的陨落。
可是我慢慢地飘零在空中。
零落在你的清澈明亮的眼睛里，即使一瞬。
零落在你透明的心涧，会滋润你优雅的哀伤。
你只是静静地感受着我。

在光明中，你看到七色的虹。
像一场爱一样的虚缥。
没有起点，没有终点。
只有一瞬。

袁野

袁野回到西藏，赵主任没有立即给他安排工作，而是让他先休息几天，等适应后再说。

方铭见袁野回来了，先告诉他陈丹阳参加了援藏计划，已经来到西藏，现在在国网西藏电力公司外联部。再就是要请袁野吃饭，地点是拉萨的“等风来”客栈。袁野一听名字就知道是小满开的。他虽然还在高原反应期，总觉得喘不上气来，但是看到方铭那么热情，也就答应了。

袁野去了办公室，与拎着安全帽和工具箱的马德隆碰面。马德隆见到袁野第一句话就是：“袁野，我休假期间听说了你的事儿，打电话你也不接，还以为你不会再回来了呢。唉！话不多说，晚上方铭给你接风，我从湖北背上来一瓶 70 度的霸王醉给你消愁！我这刚从西郊变电站回来，赵主任又让我去东郊变电站。不跟你说了，我下班前一定赶回来。”

袁野问马德隆：“老马，次旺呢？怎么没见着人啊？”

马德隆道：“他正在电科院开会。现在青藏联网工程都是前期土建工作，咱们信通公司还不算太忙，科信部和电科院就拉我们去做什么高原光缆实验。好，晚上聊，我先去东郊变电站。”

袁野看到偌大的运检中心办公室里只坐着自己一个人，就给赵主任打电话，说去国网西藏电力公司外联部看看陈丹阳。

陈丹阳正在外联部办公室里埋头写东西，袁野走到陈丹阳跟前敲了敲桌子，陈丹阳才抬起头。看见袁野，陈丹阳放下手中的笔，晃了晃脖子才说道：“不好意思啊，没去接你。太忙了，我现在一个人要干三个人的活儿。你们西藏电力缺员实在是太严重了。嗳，我干儿子怎么样啊？奶粉喝得惯吗？尿不湿好使吗？”

袁野回答：“谢谢！你寄过来的，够用一年了，多少钱，我给你转账。”

陈丹阳拉下了脸：“袁野，你这是什么意思？我给我干儿子买的，又不是给你喝、给你用。你光把机票钱还我就行了。最近手头还真有点儿紧。都给小满投资开客栈了。我现在是她的第一大股东。你猜谁是第二大股东？”

袁野摇摇头：“不知道。”

陈丹阳说：“唉，你这人怎么这么没意思啊，猜都不猜。我跟你讲啊，方铭把存起来娶媳妇的钱都投给小满了，他是第二大股东。”

袁野说了声：“哦。”

陈丹阳用力地拍了一下袁野的肩膀：“你是真没意思还是假没意思啊？”

袁野这才说：“是不是方铭对小满有意思，才舍得给小满投资的？”

陈丹阳竖起大拇指：“你是早知道还是故意逗我玩儿啊？”

袁野回答：“我猜的。”

陈丹阳叹气：“你现在是真没意思啊！”

袁野看着陈丹阳，没有说话。

陈丹阳实在没话说了，就坐下来继续写稿子，不搭理袁野了。

袁野实在不想回拉萨的家，家中有太多艾灵留下的生活气息，每一样袁野都不舍得丢，看见了又觉得心里难受，只好坐在陈丹阳的办公室里，等着她下班。快到下班时间，陈丹阳扔下笔给多吉打了个电话，告诉他：“袁野回来了，一会儿来我家吃饭啊！”

多吉回答：“好。我现在比较忙，可能要晚一会儿才能到。你们饿了就先吃吧，不用等我。”

陈丹阳一听，回了句：“靠！”

多吉说：“大丹姐，安心啦，袁野回来了，我一定去！”

陈丹阳乐了：“这还差不多。”

陈丹阳从衣架上取下外套准备穿，袁野这才发现她的外套正是当初大家一起在济南做追风少年时穿的那件骑行服。陈丹阳穿好外套，戴上墨镜，帅气地用双手整理了一下头发，对袁野说：“走，姐带你去我拉萨的家看看。”

袁野没有反对，跟着陈丹阳来到办公楼后的车棚，走到里面唯一一辆黑色的重机摩托车跟前。陈丹阳戴上全包围的黑色头盔，让袁野坐到后排："走了，姐带你去兜风！"

袁野回想起当初在济南国网技术学院培训的那些日子，心中难免有些悸动，想到现在是下班时间，公司里有那么多人都会看到自己是坐着这辆拉风的摩托车出去的，便对陈丹阳摆摆手道："你先骑车回去吧，把地址告诉我，我打车过去。"

陈丹阳一看袁野的表情，就把头盔摘下来，递给袁野说："你来骑，带我兜风总可以了吧！你现在怎么这么矫情啊！"

袁野不好推辞，戴上头盔，跨上摩托车，带着陈丹阳踏风而去。

袁野第一次飞驰在拉萨的街头，所有的烦恼都被抛在了身后，在陈丹阳的指引下，一路来到小满开在拉萨的"等风来"客栈。进了客栈的院里，袁野停稳摩托车，熄了火后，陈丹阳跳下摩托车，对袁野说道："怎么样？我在拉萨的家！"

袁野摘下头盔，挂在摩托车的把手上："土豪的世界我不懂！"

小满从客栈的厨房里出来，见到袁野，十分高兴："袁野哥哥，你回来了啊！看你还能骑摩托车，应该没高反了吧？"

袁野道："还有些胸闷、头疼。估计今晚是睡不好了。"

小满说："我刚到拉萨时，用了一个多星期才完全适应了。对了，你们怎么都会骑摩托车啊？大丹姐的摩托车才托运过来不到一个星期，我已经见你、多吉哥、波波都骑过。你们怎么都会骑啊？"

陈丹阳看小满光顾着跟袁野说话，不理自己，说道："刚刚没戴头盔，一脸灰，我现在去楼上洗洗。你俩聊。"说着就上了楼梯。

袁野对小满说："我们以前在济南国网技术学院培训的时候，都是追风少年。一会儿人齐了我们一块儿给你讲讲。对了，波波是谁啊？"

小满红着脸低下头，小声地道："是我男朋友。"

袁野一惊，道："是方铭吧？"

小满脸更红："就是他。波波是他的小名，叫起来顺口。袁野哥哥，我去做晚饭了。"转身跑回了厨房。

袁野这才仔细观察起客栈：一栋高原上最适宜居住的三层藏式独栋四合院，院子中央放了不少盆景；客栈门窗的雕花彰显着浓郁的藏族风情；陈丹阳住的三楼都是大房间、大床位；二楼都是标间和三人间；一楼院子四周的客房里都摆满了高低床，和青年旅社差不多；客栈每层的过道中都挂满了西藏各地风光照，整体环境清新淡雅。袁野顺着楼梯爬到三楼楼顶，楼顶有一顶藏式手工帐篷，站在帐篷旁边眺望远处，布达拉宫尽收眼底。

正当袁野在帐篷旁疑惑这是谁在房顶搭的帐篷时，刚洗完头的陈丹阳来到三楼楼顶。袁野看到陈丹阳的头发还湿漉漉的，关心地道："有风，小心着凉。"

陈丹阳道："九月的拉萨阳光还是很充足的。上次去过一趟那曲之后，再回到拉萨，很快就适应了。再说，我可是女汉子。"

袁野摸了摸那顶手工帐篷，问陈丹阳："这是小满搭的吗？"

陈丹阳回答："我搭起来的。小满把这栋楼租下来的第一天晚上我来到这里，抬起头看见星空很美，美得令人窒息，就有了在这里搭起一顶帐篷的想法。"

袁野道："这客栈的位置挺好的。是小满挑的吗？花了不少钱吧？"

陈丹阳回答："没花多少钱。是多吉亲戚家的老房子，一口气跟小满签了十年的合同，租金年付。有多吉在，都没有收小满的押金。"

两人正在房顶聊着天，方铭和马德隆手里抱着烧烤炉和一大袋子木炭进了客栈的院子。马德隆手里还拎了一个蓝色的盒子。看到袁野和陈丹阳站在楼顶看风景，马德隆赶快招呼道："你们两个别看风景了，快下来帮忙啊，波波的妹子说今晚吃烧烤。"

不等袁野和陈丹阳下楼来到院子里，马德隆已经把烧烤炉支了起来，方铭正拿着打火机点木炭。陈丹阳见马德隆拿来的蓝色盒子里只有一瓶酒，马上质问马德隆："就拿一瓶酒，咱们可有 6 个人呢，一人一小杯吗？"

马德隆做了个怪脸："别看只有一瓶，你看看酒精度数再说话。"

陈丹阳拿起盒子看到酒精度数，瞪大眼睛道："70 度啊！跟医用酒精度数差不多了。是我小看这酒了。误会你了。"

小满端了一大盆穿好的肉串和蔬菜从厨房里出来，方铭看到，马上接过盆子，说："你都穿好了啊！不是说大家下班一起来穿吗。"

小满说：“我下午又没事，就自己穿串儿呗。你们几个上了一天班，肯定饿坏了，要不也不会一进门就着急架炉子生火了。”

这时候，住店的游客也陆陆续续地回来了，看到客栈院子里架着烧烤炉，啧啧称道：“烤串？好啊！”

小满忙解释说：“几个朋友私人聚会。明天烤炉可以给大家用。”

游客们点点头：“好嘞，好嘞！”

陈丹阳提议，趁着烤炉的火还不是太旺，把炉子搬到天台去，然后从三楼搬张桌子和几把椅子，去天台烧烤，在院子里烟熏火燎的，会影响其他客人休息。大伙儿认为陈丹阳的提议有道理，就一起把东西搬到了楼顶的天台。

等小满烤好第一拨肉串，陈丹阳打电话催了一下多吉，多吉说刚加完班，马上到。大伙儿看着炭炉上的一排肉串，实在是太馋嘴，不想继续等下去了，马德隆直说：“再不吃就烤老了。烧烤又不是炒菜，咱先吃。多吉到了，下一拨也考好了。”于是不再等多吉，几个人很快就解决了已经烤好的肉串。

此时西边的太阳收敛去那刺眼的光芒，布达拉宫在万里无云的蓝天下，披上了一层金黄色。华灯初上，越发显露出布达拉宫美轮美奂的气息。

多吉赶到后，马德隆才打开那瓶霸王醉，一两多的杯子倒满递给多吉说：“迟到了啊，先自罚一杯！”

多吉接过杯子，豪爽地一口干了，杯中酒下肚，他吐着舌头，用手背揉着眼睛，痛苦地说：“德隆呀，你确定这不是酒精吧？我从嘴巴到肚子里感觉都在着火。”他马上从烤炉上拿起一把烤串吃了起来。

马德隆呵呵笑道：“这可是我们湖北最牛的‘霸王醉’，要不了几分钟你就该晕了。”他给每个人倒了一杯，拉着多吉一起举杯道，“恭喜你们四位追风少年再次相聚啊！当初，我也应该跟你们一起去追风的，结果我追了半年山东大学的妹子，可谈到现在把我给甩了！袁野呀，咱俩干杯，其他人随意吧！”他的酒杯与袁野的酒杯一碰，仰头一口喝完了杯子里的酒。

袁野看到马德隆干了，也举起杯子将“霸王醉”一口喝进肚子里。喝完只感觉灼烧感从口腔沿着食道冲进腹中，又从腹部冲向大脑，一种说不出来的痛快感瞬间游遍全身。其他人都只是用嘴抿了一小口，尤其是多吉，想起刚刚的感受，只是象征性地品了一下。

马德隆帮袁野重新倒满，又给自己倒满。袁野端起酒杯，面向陈丹阳道："谢谢你，在我最黑暗的时刻拉了我一把，让我重见光明。"未等陈丹阳开口，便一饮而尽。

陈丹阳端起酒杯，边看袁野边喝了小半杯酒，只是一点点，也呛得她直咳嗽。她对马德隆说："你呀，别给袁野倒了。他喝得太猛了，一会儿大家还得抬他下去。"

马德隆说："没事。我背他。"又给袁野杯中倒满了酒。他晃晃酒瓶，"剩得可不多了，大家抓紧！"

袁野举起杯子说："我敬大家。如果没有你们在这里，我可能真的就不会再来西藏了！"说完又一口喝光了。

大伙儿能够从袁野的话语中感觉出他心底的难过，也看出了他连喝几杯是在发泄心中的痛苦，都劝他喝慢点儿，只有马德隆又拿过袁野的杯子，给他继续倒酒。

袁野站在桌子旁，身子已经开始不由自主地摇晃了，但是他依然端起杯子，道："小满，哥哥给你敬酒了！感谢你报警抓我，让我在派出所的拘留室，想明白了人生的意义。"说完又一口喝光了杯子里的酒。

马德隆看袁野越晃越厉害，才不再给他倒满酒，只是拿过袁野的酒杯，滴了一丁点。袁野感觉不到胃里的灼烧感，反而觉得心里很痛苦。陈丹阳把袁野按到自己的腿上，不让他继续喝了，袁野才放下了手中的酒杯。

小满和方铭这时才一起端起杯子，敬几人。小满端着酒杯对大家说："大丹姐姐，袁野哥哥，谢谢你们俩帮我实现了来西藏的愿望，让我认识了波波。多吉哥哥，感谢你帮我找到了这么好的地方开客栈。马德隆哥哥，谢谢你的酒！"说完和方铭一起喝了一小口。

陈丹阳见袁野的头离开了她的腿，摇摇晃晃地端起杯子又要喝，便一把抓住袁野的胳膊，小声而严厉地道："有完没完！"重新把袁野的头按在自己的腿上。

等大家都喝过了酒，小满才问："刚刚听你们说的追风少年是怎么回事啊？你们一起给我讲讲呗。我看，除了马德隆哥哥没骑过大丹姐的摩托车，你们几个可都骑过了。”

马德隆端起酒杯道：“唉！当初在济南真应该跟你们一起买辆摩托车的，不该天天去山东大学陪女朋友。现在分手了，心里真不是滋味。”刚准备喝酒，就被多吉拦住：“我陪你。你的苦我能理解！”与马德隆一起碰了下杯，喝了个杯子底朝天。

伏在陈丹阳腿上的袁野半抬起头，晕晕乎乎地借着酒劲说：“追风少年们，谁还记得我们在海边说过的话？”

袁野的一句话把大家的思绪拉回了在济南国网技术学院培训的回忆中。小满一边继续为大家烤串，一边问大家追风少年的由来。方铭给烧烤炉中加了些木炭，然后和大家一起给小满讲起了曾经在济南国网技术学院培训的那段经历……

那是刚进国网西藏电力公司工作的第一年，同一批参加工作的几人都还没工作几个月，就接到了要去济南国网技术学院参加为期近半年的入职培训的通知。对于刚进入职场的大家来说，这绝对是个振奋人心的好消息，刚刚走出校门，又可以再次带着工资返回学校，他们都感到了万分的激动。接到通知的那天下午，公司召集新入职的大学生去会议室开会，告诉大家要去济南参加国网统一培训的事，报到时间就在下周一。按照公司规定，只能给每个人报销火车票。从拉萨到济南坐火车差不多要三天时间，所以公司要求大家统一买周四的火车票，前往济南报到。

拉萨正值旅游旺季，火车票供不应求。还好，多吉有朋友在旅游公司工作。托了多吉的福，大家在旅行社买到了去西安的卧铺票，等到了西安，再买去济南的车票。

大家坐了整整三天的火车终于到达济南，一出站就感受到了国网技术学院对大家的热情。拉着横幅的学院工作人员带着大家上了开往学院的大巴车。袁野、多吉、方铭和马德隆刚上车时大巴车还是空的，等坐满了一车人，大巴车才启动出发。大家在车上一聊天，才知道彼此都是来自国家电网各省公司的学员。大家听道袁野等四人来自国网西藏电力公司时，问的第一个问题竟是：

“你们西藏公司的工资是不是很高？”

袁野反问他们：“你们工资多少？对比一下才知道高不高啊。”

结果大伙儿一对比，才发现国网西藏电力公司的工资只比内地电力公司多了几百块的高原补贴。

山东省省会济南的交通和拉萨比起来要拥堵数倍。学院位置也比较偏，大伙儿在车上一直感觉是从市区往郊区走。快到学院时，发现国网技术学院紧挨着山东鲁能泰山足球俱乐部，这让喜欢足球的学员们激动万分，学习之余可以看看专业足球队比赛。进了学院，大巴车停在最大的一座教学楼前的广场中，广场上都是遮阳棚，每个遮阳棚都对应一个班，坐着两名负责帮学员办理报到手续的老师。

袁野他们四人下了车，在广场公示牌上密密麻麻的分班表中寻找自己的名字，找了半天，终于找到。袁野、方铭被分到了电力信息通信专业的 2 班，多吉和马德隆被分到了 1 班。袁野用手机拍下了电力信息通信专业 2 班的名单，挤出了公示牌前的人群，在手机屏幕上放大了仔细看，突然看到一个熟悉的名字——陈丹阳，心中嘀咕：“肯定是同名同姓！”

四人都找到了自己的名字后，就去各自班级的遮阳棚报到了。电力信息通信专业学员少，几个班只有一个遮阳棚。四人领了校服和一些资料后，就拖着行李前往已经分配好的宿舍了。

袁野和方铭的寝室在学院的生活区，是住宅楼改建的，一套 3 室 1 厅的房子里住 10 个人，两间大卧室各 4 人，一间挨着阳台的小卧室里住 2 人，都是上下铺。客厅里摆着 8 套小桌椅。多吉和马德隆的寝室在宿舍区，跟大学寝室的布局一样，一间房 4 个人。袁野、方铭的床铺刚好在一起，袁野下铺，方铭上铺。

报到的第二天就是为期一周的军训。军训强度和大学相比轻松很多，毕竟学员的年龄跨度有些大，专科、本科生年龄相仿，研究生和博士生有的都快三十岁了。在国网技术学院里，不论学历如何，大家都统一穿着学院的校服，一起学习国家电网公司的企业文化，共同掌握在未来工作中将要用到的专业技术和生产技能。

军训内容和大学时期的基本一样。军训期间，每个班都选出了班委会，然后又在各班委会成员中选出宿管会和学管会成员。宿管会的职责是管理大家的生活，包括记录每天早上6点半的早操出勤率和日常校服的穿着情况以及宿舍的卫生状况，学管会负责学员每天上课出勤率的记录。宿管会和学管会每天都会根据学员和班级的表现来扣分，扣分情况最终会转化成每位学员的日常学分，这些分数会在培训结束时，和每位学员的考试成绩加在一起，期末每个专业排名靠前的同学都会获得优秀学员证书。学院为了督促大家认真学习，每个月都会把大家的分数反馈给各省电力公司，大部分电力公司又会将学员的绩效工资和学习情况直接相关联。培训结束时学院会根据每个省电力公司学员分数的平均值来对各省电力公司进行排名。

军训期间，学院要求大家必须统一穿着在市面已经很难再见到的“解放鞋”。习惯了每天穿着拥有减震作用的厚底休闲运动鞋的独生子女们，在军训中必须穿着只有薄薄一层橡胶底的“解放鞋”，在水泥地上站军姿、齐步走、踢正步，可以说是一种痛苦的煎熬。国网技术学院正是通过这种方法来磨炼大家的意志。只有几位脚特别大、找不到合适尺码的“解放鞋”的学员，才侥幸逃过这相当考验意志的第一关。机智的学员们，在每天的军训中充分发挥着自己的聪明才智，想尽各种各样的办法去适应这双拥有五十多年光辉历史的“解放鞋”。有的上网去买外观相同，鞋底加厚的同款，不愿意浪费钱的学员只好通过加垫鞋垫来让自己的双脚去适应这双薄底“解放鞋”。还有一些更聪明的学员想到了用“卫生巾”来当鞋垫。据说此法是一名机智的女大学生在军训时脑洞大开想到的，经过许多同学亲测后都说爽，能给双脚带来贴心的呵护。

短短一周的军训，同一个队列里的学员都建立起了深厚的友谊，这深厚友谊的建立，完全是因为教官从头到尾都坚持了“只要有一个人练不好，大家都得陪他一起练”的原则，大家并没有因为某一个人做得不好而责怪他，反而都会给他鼓励与帮助。军训结束当晚，来自同一家公司的学员们都会相约去济南市区吃顿好的，除了山东本地的学员，其他省的学员基本已经受够了鲁菜的咸。学院门口正在修路，想坐公交车去市区得绕不少路，经过学院门口的出租车也少得可怜，学院门口到了周末都会挤满挣外快的私家车。袁野约了方铭、多吉和马德隆一起去济南市区吃饭，顺便去逛一逛济南最繁华的地方。还没出校门，袁野就接到了一个陌生号码的电话，电话一通就听到了陈丹阳熟悉的声音：“在济南吧？大学刚毕业还没半年就又遇见你了，怎么也得请我吃顿饭吧？”

袁野惊讶道：“你是不是也在通信 2 班？报到的时候看见名单上有个陈丹阳，我还以为是同名同姓呢。都怪这几天军训男女是分开场地进行训练的，我也没见着你啊。”

陈丹阳叹口气道：“少说这些没用的，我可是看见你的名字就确定是你了啊！嘿！干吗呢？一起去吃顿好的吧！”

袁野说：“多吉在通信 1 班，晚上我叫了他和我西藏的两个同事，不过都是男的，你要不要一起？”

陈丹阳回答：“都四年的同学了，我什么性格你不知道吗？几点出发？”

袁野回答：“我们都快出校门了。”

陈丹阳说：“等我啊！”

袁野告诉其他三人还有个女生要来，多吉马上道：“是不是陈丹阳啊？军训的时候我在女生队伍里好像瞧见她了。”

袁野说：“是她。她还跟我分到一个班里了。”

方铭和马德隆一听要来的是袁野和多吉的大学同学，不约而同地问：“你俩的同学好不好看啊？”

多吉说：“我跟你说，一般人 hold 不住她的，她性格完全是个汉子。不过她和袁野是同班同学，每次我们通宵打游戏，袁野在她才来。”

方铭和马德隆直呼：“没看出来，袁野你小子有一套啊！”

等了十来分钟，陈丹阳出现在校门口，看见袁野，首先是个兄弟间的拥抱，然后与多吉拍了下手，道：“咱们仨还真有缘啊，没想到又做同学了！”

方铭和马德隆两眼发直，方铭咳嗽一声，袁野才向两人介绍陈丹阳，然后陈丹阳主动和两人握了下手，说：“走啊，去吃好吃的啊，别愣在门口了。吃了一个星期的鲁菜食堂，可咸死我了！”

一出学院大门，正好有几辆车门敞开的面包车正对校门停着。为了尽快吃到大餐，大家跳上面包车，告诉司机去济南最繁华热闹的地方。司机一看就是

“老济南”，避开堵车的几个路口，用最短的时间把大家送到了芙蓉街前的小广场，几人结伴穿过广场走向芙蓉街。

芙蓉街里小店很多，门头都颇具特色，基本保留了清末民初的建筑风貌，让袁野不经意间就想到了清代孙兆溎的诗：“街市宣阛达四冲，车行如水马如龙。芙蓉西去条条巷，香肆风吹凤脑浓。”街内最多的就是各种各样的小吃店、饮品店，囊括了全国从南到北各种特色小吃，饮品可谓中西合并，咖啡、奶茶、果汁应有尽有。在小吃店和饮品店中又藏着各种精美小店，从怀旧玩具到精美饰品，从文具到文玩字画，总之在芙蓉街里，琴棋书画与吃喝玩乐总能找出一样令人满意的来。

在芙蓉街主街里走过一遍，大家收获颇多，整条小吃街的店铺，只要是有人排队的，大家都会买一份一起来相互分享，基本上尝遍了整条芙蓉街的小吃。几个人又逛到街口的那家怀旧用品店，每人买了一个流行于 20 世纪 80 年代的搪瓷杯。是的，这是一群相信情怀的 80 后。

多吉还开玩笑地说：“以后回单位开会，我们就端着这个杯子喝水，肯定会给领导留下好印象的。”

马德隆买了副皮影，说是将来有机会争取给大家边唱边演。

沿着芙蓉街走到头，路过一座看起来有些年头的城隍庙，再沿着老街一直往前走，一不小心晃到了当年的《还珠格格》里，皇上南巡时遇见夏雨荷的大明湖畔，袁野看到“大明湖”三个字高悬于前方的湖边，马上问大家：“这真是传说中的大明湖？这么小，一眼望全景啊！”

陈丹阳严肃地道：“我妈是济南人。我舅舅家在这里。我知道，这正是传说中的大明湖，湖面东西长 1600 米左右，南北宽 400 米左右，本来就不大，只是和你想象中的有些出入罢了。”

第一次看到大明湖的方铭、多吉、马德隆都不淡定了。方铭说：“就这么小个湖还叫大明湖？我以为是很大一个湖呢。”

多吉说：“很多景点还是没去过的好，至少能抱有一丝幻想。”

马德隆说：“西藏随便一个湖的景色都能胜过大明湖数倍。”

陈丹阳反驳道：“大明湖畔是个发生过很多故事的地方，是有故事的湖，很多有名的文人骚客都在这湖边写过文章。你们不要固守工科生只关注面积大小的秉性，要像文科生一样关注一下发生在这里的故事。”

听了陈丹阳的话，大家都不再讨论大明湖的大小了，决定就像普通年轻人过周末一样，在大明湖附近找家 KTV 去唱歌。

沿着大明湖南畔往西走，竟然走到了趵突泉北路，大家商议还是改天再来逛趵突泉这个景点，万一一天之内，心中憧憬得十分美好的另一处景点再次让人失了望，那济南城可就真伤透了大家的心。趵突泉北路上有不少 KTV，大家找了家外观最豪华的走了进去。在服务生热情的介绍下，他们了解到大包间的最低消费才 600 块，而且免包间费，来自西藏的四人一听这价格跟西藏比简直太便宜了，果断让服务生开了间大包，然后点了些啤酒饮料和小吃果盘，还点了瓶红酒用来兑雪碧，一共才花了 700 多块钱。陈丹阳见四人都说价格非常便宜，鄙视地道：“少见多怪。怎么感觉你们是从土豪村过来的啊!”

袁野认真地对陈丹阳说：“你知道拉萨的 KTV 里酒有多贵吗？我告诉你，一般 600 块只能点一份啤酒!”

陈丹阳道：“那得是多豪华的 KTV 啊!”

袁野没有回答。马德隆调暗灯光，大家开始用欢唱和痛饮来消除一周的军训所积攒下来的疲惫感，一直嘶吼到天明。

带着通宵欢唱后的空虚感，在清晨的阳光中，几个人再次回到了大明湖。

夏末的荷花虽没有那么繁盛，但藏在荷叶后的莲蓬却不经意间透露出几许灵动。晨练的济南人仿佛早已将大明湖当成了自家的后花园，用安详的目光注视着微风中清爽的湖面。

在芙蓉街吃完种类繁多的早餐，大家打车回到学院，趁着还处于周末期间，得尽快把透支的睡眠补回来。

袁野和方铭打开寝室的门，寝室里只有班长和几个班委会的成员在，剩下的人都没回来，估计是昨夜跟自己单位的人一起出去玩了。宿管会定出的一条条扣分项是非常苛刻的，比如每天晚上 10 点后宿舍未熄灯的，扣 0.1 分班级总分；各班每天早上 6 点 20 分在操场点名报数，每差一人扣班级 0.1 分。学管会负责每天晚上七点半至九点对各班晚自习人数的清点以及各班自习时纪律情况的检查，少一人扣班级 0.1 分，同时缺席的人扣个人分 1 分，纪律情况具体是如何扣分的并没有公示给大家。学管会为了督促学员们好好学习，制定出一条比较奇葩的扣分项，就是上课前会有人专门守在教学楼入口处，检查大家是否都统一穿着校服，风纪扣和上衣拉链也在检查范围内，每次不按规定着装扣个人分 1 分、班级分 0.1 分。上课迟到情况也由学管会负责，迟到扣个人 1 分、班级 0.1 分。惜分如命的学员都不会去触碰扣分的红线，袁野、方铭、多吉、马德隆这 4 位来自西藏的学员的压力小，自然对自身的要求也没那么严格，包括陈丹阳，整日和西藏的学员待在一起，经常害各自班级被扣分，几人因此被一些争夺优秀的学员视为眼中钉。

对于每天 6 点就要起床，赶到操场点名跑操这项日常要求，来自西藏的四人确实不太好接受，原因是从高原到内地会让人处于醉氧状态，长期嗜睡，总睡不醒。还有一个原因就是，早上 6 点在西藏还算半夜呢，基本和济南凌晨 4 点的情况差不多，这也是拉萨的上班时间是 9 点 30 分的原因。军训期间不跑操还好，军训结束后开始跑操，第一天来自西藏的四位学员和陈丹阳没能按时到场，几人和班级都被扣了分。

跑操结束后的课间，两位班长找来自西藏的四人和陈丹阳谈话，来自西藏受醉氧影响的四个人都在教室最后一排趴着睡觉，陈丹阳也和四人一起趴着。两位班长叫醒 5 人，其中一位厉声道："通信专业的两个班只有你们 5 人没有跑操，你们什么情况?"

多吉对通信一班班长说："大班长，你们是不知道我们高原上下来的人红细胞比较多，还在醉氧状态中呢。而且当时竞选班委的时候我也上台讲过，我们国网西藏电力公司对名次没什么硬性规定，只要求我们所有课程都合格达标，做一名合格的国网人。希望各位被选出的班委让追求名次的学员有个好的学习环境，让对名次没什么追求的学员能有个舒心的学习环境。嘿，当初要不是我和马德隆投你票，你能比对手多两票吗?"

马德隆打个哈欠附和道："就是就是。你看学校把我们西藏来的学员平分到两个班，就是为了不拖某个班的后腿，反正咱们通信专业只有两个班，优秀班级只有一个，以后我们四个人统一出勤，要来都来，要不来都不来，绝对不让咱们通信两个班的总分受我们四个人的影响。”

袁野和方铭马上跟自己班的班长说：“我们一定做到统一出勤，不影响咱们两个班的分数。我们四个一起请两位班长吃个饭，以后还请两位班长多多关照。”

两位班长看四个人意见统一，只好作罢，只好说，个人分还是得扣的，一次 1 分，最后肯定会影响你们的排名。而优秀学员每个专业的人数也是固定的。排名总分中平时表现学分占 20%，考试成绩占 80%，合格分是 80 分，你们自己考虑清楚。

两位班长与四人谈完话，班里有几位来自对培训成绩非常看重的省份的学员出现在面前，其中一位男学员用犀利的话语指责道：“不就是来自西藏吗？我当你们是多大的来头，第一天就害得我们被扣分。你们不知道优秀班级的优秀学员名额会多吗？真是四个老鼠屎害了我们两锅汤！”

多吉一听就跳了起来，怒道：“你说话嘴巴放干净点儿！信不信我抽你！”

那位男学员继续叫嚣：“你来抽我呀！我就不信学校不开除你们四个。同学们帮我作证，国网西藏电力公司的学员要打人了！”这时候多吉真要上去动手揍这个学员，袁野、方铭、马德隆立即拉住了他。

袁野瞪着那名学员，狠狠地道：“别在这儿动手啊，找个没人的地方单练啊，别还没动手就安排人去叫老师。就你这样还算男人？”

多吉明白了这人是在故意挑事，坐回了椅子上。

陈丹阳慢慢悠悠地晃到那名学员跟前，“啪！”甩手就是一个大耳光，整个教室都安静了。她霸气地道：“老姐早上也没去跑操，你们怎么不来找我说事儿啊？是不是看人家西藏来的好欺负啊？是男子汉，怎么当初大学毕业不报名去西藏电力？”

两位班长见势头不对，赶紧上前制止那个一直在挑事儿的学员。2 班的邓班长道：“马上上课了，都回去坐好！”

他们回到各自的座位上。那位被陈丹阳打了一巴掌的学员还不停地摸着自己的脸。

陈丹阳一摇三晃地坐到了袁野身旁，生气地说：“这帮孙子，看我是北京来的，也没见谁说我一句。早上我也没去跑操。”

袁野道：“你这一巴掌打下去可不得了啊！你厉害！你信不信，这个班上对你有好感的男生都不敢接触你了。有谁敢约你？我跟你说，以后别单独在校园里晃，小心自己落单遇到他们。”

陈丹阳一副无所谓的样子，说：“我不怕，他们要是敢怎么样，我就大喊‘非礼’！”

军训时来自西藏的四个人不觉得醉氧，可这一上课就开始犯困。第一天的课对于四个来自高原的学员来说是在半昏睡半清醒的状态中度过的。军训期间一直都在站着，四个人也没觉得有多困，现在有了睡觉的环境，四个人上课时一直捣头犯困。还好第一天的课都是以概述为主。下午 5 点一下课，袁野还是提议带上陈丹阳，请两位班长去吃个饭，去学院门口右转几百米的桥头烧烤撸撸串，喝喝酒。大家都没反对，袁野去找 2 班的班长，马德隆去找 1 班的班长，多吉、方铭和陈丹阳先去桥头烧烤摊点占座位和点菜。

马德隆满嘴跑火车，几句话就说服了 1 班班长出去吃个便饭，顺带把体育委员都捎上了。袁野和 2 班邓班长是一个寝室的，邓班长平时给人感觉挺和蔼可亲的，而且比较好说话，袁野没说几句他就同意了，但是强调晚自习前必须回来上课。袁野、马德隆和两位班长加一位体育委员来到桥头烧烤摊，方铭和陈丹阳提前点的羊排也烤好了。大家都是刚走出大学校门不久的年轻人，也没什么隔阂，用不着讲太多相互恭维的话，坐在一起喝喝啤酒、吃吃烧烤，关系自然而然就拉近许多。听两位班长说，通信两个班是同一位女班主任，工作非常细致认真，军训结束后就把学员军训期间的分数发回各单位了，出现缺勤、联系不上学员的也会马上向学员单位汇报。总之，是一位追求完美的大龄单身女青年，早上跑操时，那么多班主任就来了她一个，还特地记下了谁没来跑操，说不定会找他们几个去谈心。吃烤串、喝啤酒的时间过得很快，每个人才喝了一瓶啤酒，聊得正开心的时候，2 班的邓班长看了下时间，对大家说：“马上 7 点了，赶快回去上自习。”于是大家把没吃完的烤串打包，草草结束了请两位班长吃的第一顿饭。

回教室去上自习的路上，大家也都聊得很开心，快走到教学楼前的时候，几个人老远就看到了教学楼入口处站着几位学管会的人，应该是守迟到学员等着扣分的。看下时间 6 点 58 分，离教学楼入口还有几百米，走过去肯定要迟到。这时两位班长都慌了，准备跑步。不过袁野早就观察好了，一楼男厕所的窗户没有防盗网，窗户又是敞着的，翻进去就能绕过守着扣分的人。袁野拉着两位班长绕到教学楼后侧，从男厕所窗户翻进教学楼，女厕所的窗户可没敞着，陈丹阳只好跟着大家翻进了男厕所，7 点 02 分，几人很从容地赶到了教室。

说是晚自习，其实就是大家在教室里用投影仪看看《新闻联播》，直到晚自习结束。通信班人少，两个班自习都在同一间大教室里，看完《新闻联播》大家就开始相互交流。学管会的会长是电气专业的学员，进来检查两个班的人数时，见学员交流的声音有点大，还比较激烈，立即叫大家安静，说："所有自习班级就你们通信专业最吵，两个班各扣 0.1 分。"这下大家也都不交流了，用沉默来回应，注视着这位会长。袁野的脑海里此时想的是："不在沉默中爆发，就在沉默中灭亡。"会长似乎受不了这突如其来的寂静，没等两位班长去解释，就带着学管会的人离开了教室。会长一出门，大家继续交流，只有两位班长凑到一起说着什么，然后一起走出了教室门，去看其他班的人都在做什么。

这时候，之前那几位找过几人事儿的人又来了。带头的那位学员说："刚刚我看就你们几个人聊得最热闹，又害得我们班被扣分。"

袁野冲着他道："嘿，到现在我都不知道你是 1 班的还是 2 班的，天天盯着我们有完没完？要不现在出去找个没人的地方练练？"

袁野话音刚落，多吉就起身开始往外走，马德隆、方铭也跟了上去。陈丹阳的屁股刚一抬起，就被袁野赶快按住："你就别去了，在班里坐着。要是有人告老师，给我们打电话就行。"陈丹阳嗤之以鼻，眼巴巴地望着袁野走出了教室门。找事儿的那几位学员，看到他们出了教室，也跟在了后面。

西藏的四个人带着找事儿的几位学员从一楼男厕所里翻了出去，往学院操场角落里的篮球场走去。路上多吉问几人："学院里还有咱们西藏的几个哥们儿，不过都在其他专业，用不用打电话都叫过来？"

马德隆说："赶快打电话，他们人比咱们多一个，我以为大丹姐能跟咱们一起来呢。"

方铭道："陈丹阳？我说马德隆你屄不屄，打个架还指望女生啊？！"

袁野见多吉掏出电话，马上拦住："别把事闹大了！意思意思就得了，没必要闹到学院都知道。"多吉这才放下手中的电话。

几个人到了篮球场，多吉撸起袖子指着找事儿的几人："早上不想把事儿闹大，别以为我怕了你们几个。有本事一起上！"

带头找事儿的那个学员狂妄地笑道："你们西藏电力公司年年倒数，狂什么狂？大学毕业内地没人要，找不到工作，别以为去了西藏就上了天堂。有本事培训完咱们看成绩啊！一群就知道打架的莽夫！"

西藏的四人气得浑身打颤。找事儿的几人却哈哈大笑。

袁野双手叉腰，吼道："有本事你敢去西藏？老天爷把你娃的小命要了，看谁给你妈交代！"

找事儿的几人中的一人面对袁野道："吹！你吹！我看你是你妈生出来你就是西藏的料。"

袁野狠狠地抽了那人一巴掌，怒不可遏地道："我告诉你，有人请老子去北京，老子都不去，老子就是专挑去西藏的！是去西藏工作的！"

几个找事的人听了哈哈大笑，根本不把袁野放在眼里。马德隆受不了如此的嘲笑，撸起袖子就要上去揍那个上午已经挨了一巴掌的小子，方铭赶紧拉住他。袁野道："那就期末看成绩呗，输了当着通信两个班的面给我们四人道歉！"说完袁野转身就走了，其他三人也跟了上来，把找事儿的那几人晾在篮球场上。

回去的路上，多吉道："袁野呀袁野，你长了咱们西藏电力人的志气！"

袁野道："咱们男爷们儿在唐古拉山口蹲着撒尿，也比他们尿得高5231米。"

马德隆道："千真万确！这倒不是吹，可你……"

袁野问："我什么？"

多吉道："有谁请你去北京工作你都不去？"

袁野羞涩地一笑："我、我吹牛。不，是真的……"

大家不解。

袁野又不好意思地道："是真的……吹牛。"他不想也不愿意说出毕业时陈丹阳对他说的话："你愿不愿意去北京？我可以跟家里人说你是我男朋友。"真的，他真的不知道当时陈丹阳的话是真是假。

方铭道："不说这些了，还是面对现实吧。"

袁野道："怕他们啥？我听班长说了，过几天就上指纹考勤机。咱们想个招儿把那玩意儿给破了，平时不被扣分，期末的时候再拼命地学。我就不信咱们四个平均分干不过那五个孙子！"

西藏的四人赶在篮球场上的那五人之前，从男厕所翻进教学楼回到了自习室。一推门进去，原本乱哄哄的教室一下子变得鸦雀无声。学员们看四人衣服整齐，走路昂首阔步，齐刷刷地投来了敬佩的目光。

袁野回到陈丹阳身边刚坐下，陈丹阳就说她的耳朵直发烧。袁野说，又没人说你的坏话。陈丹阳一甩头发，笑着竖起大拇指："你们几个牛啊，看这气势，两下子就把那五人给收拾了！"

袁野笑道："那五个人就不是打架的料，自知打不过，要跟我们比期末排名！最让人不能容忍的是侮辱人格，说内地电力公司没人要我们，我们才去了西藏的。"

陈丹阳听了笑道："这不明摆着欺负你们呢，你们怎么没揍他们呀？"

袁野回答："我想，此时你的耳朵发烧了。"

陈丹阳急切地说："谁说了我的坏话了？我绝不会饶了他！"

袁野道："有谁敢说你坏话？好，不说这些没用的了。期末跟他们比成绩吧。"

直到下课，那五个人都没有回到自习室，这下两个通信班的同学都认为西藏来的四个人是真的打赢了。

回到寝室，四个人都被寝室里的人问晚自习那一架打得有多精彩。几人串好口供不管谁问都回答"都是过去的事了，没必要再提起"。

袁野来到阳台跟正在宜昌开店的艾灵煲一煲电话粥。一同在阳台跟女朋友打电话的还有安徽电力公司的驹哥。驹哥个子不高，全班男生里他最矮，大家相处一周也都相互起个外号，基本是不分年龄大小，自己不报号的大伙就在其名字的最后一个字的后加个“哥”来敬称对方。两人各打各的电话，互不干扰。袁野看到楼下有三五个人拿着相机和笔记本在记录着什么，一看就是宿管会的人在统计不按时熄灯的寝室。袁野立即回客厅告诉大家：“快关灯，宿管会的人在查寝室熄灯状况。”

第二天还真有宿管会的人拿着相机来找班长，有图有真相，两个班都有寝室没按时熄灯，两位班长只能签字确认扣分。看样子以后扣分都会找班长签字确认，还算公平公证。

周末里，多吉在学院外桥头附近的城中村里找到一家台球室，办了会员，每天晚自习，等学管会点完人数后，都会拉着大家，避开学管会的人，从男厕所跳出去打会儿台球，然后再去桥头撸串喝啤酒。虽然几人天天外出吃夜宵，除了方铭肚子大了一圈，其他几人的身材基本没什么变化。马德隆这些天也天天跟着大家一起从男厕所翻出去，不过并没有一起去打台球，而是跑到一两公里外的山东大学里去转悠，嘴上天天说着去找个女朋友，等培训结束了带去西藏。每天打完台球几人都会路过一家摩托车修理店，袁野想，由于学院位置太偏僻了，这段时间大家只去过一次济南市区，提议大家凑钱买两辆二手小踏板骑几个月，走的时候再卖给老板，这样就不用被禁锢在济南郊区的学院附近了。

袁野进店问了问，老板说：“我姓牛，门口摆着的随便挑，小电驴小摩托都有，还保修一个月，等不骑了可以根据车况再回收。看你们的衣服是国网技术学院的学员吧，我建议买辆小摩托，电动车骑到市区就没电了。”袁野和陈丹阳挑了辆红色踏板小摩托，多吉和方铭挑了辆稍微大点的蓝色踏板小摩托，几人挑好后问牛老板多少钱。

牛老板说：“红色的新一些八百块，蓝色的六百块，两辆都是刚换的机油，不还价。”陈丹阳和方铭试骑了两辆小摩托，然后大家一起付了钱，又一人挑了一顶头盔。牛老板比较痛快，还送了两把防盗锁。临走时袁野问了下修理铺里的那辆川崎街跑，牛老板告诉袁野：“那辆车跑了几十万公里了，已经开始烧机油，排气管都开始冒蓝烟了，几千块收过来是准备当配件用的。”

袁野高中时就有一个机车梦，而此刻梦想就在眼前。四个人出了店也不去桥头撸串了，戴好头盔，跳上小摩托，到加油站加满油，就往芙蓉街骑去，非机动车道不受堵车的影响，11 公里的路程不到 20 分钟就到了，比打车还快，终于再也不用被困在学院附近了。到了芙蓉街，大江南北的小吃任选，吃饱后四人准备在济南城兜兜风。陈丹阳是电子时尚追求达人，用的手机是最新款的 iPhone 4s。论手机，只有她的手机导航功能比较强，袁野骑车，陈丹阳在后座用手机导航，方铭在后面载着多吉紧跟着。几人转完大明湖，又跑到泉城广场，欣赏了音乐喷泉，回去的路上，买了西瓜，带回去跟室友一起分享。从那晚之后，四人在通信班中多了个外号——追风少年。

隔天晚自习，班长告诉大家，学院为了丰富学员们的学习生活，在国庆节前组织召开运动会。为了鼓励大家积极参与，取得名次的个人和班级会有加分。其中团体赛有篮球、接力、拔河三个项目，要求各班必须参加。由于学院男女比例严重失衡，所以只对男子组提出了要求，女子组自愿参加。比赛项目还是比较多的，像乒乓球、羽毛球这些小球类的也有，学员可以任意选择。班长还说，学院将在元旦时举办新年文艺晚会，为喜爱文艺的学员提供展示自我的机会，同样也有个人分可以加，有兴趣参加的学员可以跟学院团委的老师联系。文艺类型不限，从歌舞、小品到书画全都可以。

在晚自习一下课，袁野他们四人准备去芙蓉街吃夜宵的时候，发现两辆小踏板的轮胎没有气了，仔细一检查，两辆车四个轱辘的气门芯都被拔走了。几人不用想就知道是谁干的。袁野只好联系牛老板。牛老板回话说：“五十块，我马上带四个气门芯和打气筒过来。”可恨的糟心事，害得大家耽误了 20 多分钟，不过牛老板却因此挣了 50 块钱。

还有半个多月就到国庆节了，袁野开始计划和艾灵去旅行。人在山东自然就在山东玩。班里的同学也都在计划假期去玩儿，多数组团去泰山观日出，也有想去蓬莱仙岛的。根据过去“每逢十一必下雨”和“每逢十一必人多”的经验，第一点就是要避开知名景点，最好找一个知名度不高但是有秀丽风景的地方；第二点就是一定要带上雨衣。袁野在网上找来找去终于发现了一个叫长岛的好地方，于是给艾灵打电话，跟她商量去海岛住几天。电话接通后，刚问了艾灵一句“十一想去哪里转转?”艾灵马上讲：“我们去青岛拍婚纱照吧，青岛有教堂，有游艇，还有帆船。最近我在一个团购网上，看到青岛有一家韩艺婚纱摄影在十一期间有活动，我觉得外景挺好的，两天的吃住全包。”袁野听后故作镇定道：“这样啊，我觉得青岛的外景还是挺不错的，就按你说的办，拍完婚纱照我们还能去长岛玩几天，到时候咱俩就在青岛见面。不过，你父母那边同意你嫁给我吗?”艾灵回答：“先拍了婚纱照再说。袁野呀，我可听说了，你和陈丹阳现在又成了同班同学。我告诉你，你身边可有我的眼线哦。”袁野不敢再继续说下去，赶忙挂了电话。

为了备战运动会，通信班的学员都非常认真、非常积极，为自己添置了不少运动员必需品。报了羽毛球、乒乓球项目的都买了球拍，报了田径项目的都去买了合适的鞋，班里的篮球队员都统一定制了队服，大家现在都是领工资的人了，出手自然比以前阔气，基本上都买了比较响亮的品牌。马德隆报了篮球，他的体型一般人防守起来并不轻松。袁野、陈丹阳和方铭报了运动量比较小的乒乓球，多吉报了跳远，用他自己的话讲，来了内地感觉自己可以飞翔。四人相约周末去济南最大的商场奥特莱斯买运动鞋，睡到第二天十一点多，四位追风少年骑着小摩托离开学院向着济南最大的商场——奥特莱斯英雄山路店驶去，导航的任务依旧交给坐在袁野身后的陈丹阳。

到了奥特莱斯，四人先在附近吃了饭。吃饱后逛商场自然是心情愉悦。男生逛街还是有针对性的，每人在运动专区买了运动鞋，品牌都是阿迪、耐克，袁野和方铭还买了乒乓球拍。陈丹阳进了商场就不知跑去哪里逛了，三人在小摩托前足足等了一个多小时，她才拎着好几个袋子再次出现。

四人买完备战运动会的东西就回了学院。袁野和方铭直奔乒乓球馆练习球技，多吉说跳远就是一下子的事儿，没必要练，就和马德隆约女同学打台球去了。方铭和袁野在乒乓球馆练了一个多小时，陈丹阳才来，拉着两人继续给她当陪练。

国庆前的一周，刚好轮到信息通信专业的学员上户外拓展课，这正好缓解了大家此时根本无心学习，只想尽快为祖国母亲庆生的心情。在户外拓展课开始前，大家都以为是简单的体育课。直到参与其中后，才真正地体会到这项课程的魅力，户外拓展课带给大家的是个人心理素质的强化和提升，同时激发了大家的团队精神，增强了团队的凝聚力，让每一名参与其中的学员都体会到团队协作的重要性。

在所有户外拓展的项目中，袁野印象最为深刻的是高空抓杠和信任背摔。高空抓杠是每位学员带着由自己团队握着的安全绳爬上近 10 米高的立柱，然后在立柱顶部的圆盘上站稳，双腿用力向前跳起，双臂向前伸抓住凌空悬挂的单杠。这个项目并不是每一位学员都能顺利完成的，只有勇气、信心、毅力和智慧兼备才能顺利完成高空抓杠。方铭戴好安全帽和安全绳，上去尝试了几次，都没有站在立柱顶端的圆盘上，最后只好放弃了挑战。袁野看到方铭没有成功，心中开始打鼓。方铭告诉袁野："立柱越往上爬，晃得越厉害，我有点恐高，所以只能放弃了。"袁野拍了拍方铭的肩膀，接过方铭脱下的安全绳，穿戴好之后，开始挑战。

袁野再次紧了紧安全绳，调整好后攀上了立柱。正如方铭所讲，在接近立柱顶部的圆盘时，立柱晃动得很厉害。袁野感受到绑在身上的安全绳，心中的底气立马增加了几分，双手攀在圆盘边缘，双脚继续向上移了两个横档，让双手撑在立柱顶端的圆盘上，然后停顿了几秒，等立柱晃动没那么明显后，左腿和腹部收拢，直到左脚放在圆盘上，接着收拢右脚。在此过程中，袁野双手一直紧握着圆盘的边缘，直到蹲在圆盘上才松开双手。由于安全帽不透气，袁野已经捂出了一头汗。袁野感觉在立柱顶端蹲了很久才慢慢站起身。他努力保持平衡，整个起身的过程，感觉非常漫长。虽然在回看方铭拍的视频时才知道从开始起身到身体站直只不过短短的 7 秒钟。袁野站在立柱顶端时并没有听到除了风声之外的任何声音，在回看视频时才知道在自己从立柱顶开始起身时有很多同学在为自己加油。

袁野起身后，调整了一下呼吸，平视着前方的单杠，借着一阵风，伸出双臂向着晃动的单杠纵身一跃，双手同时握住了单杠，那一刻袁野感到的不只是身体的一跃，同时还有一颗坚定的心在风中一同跃起。在袁野完成挑战后多吉开始挑战，没费多少力气，就轻松地完成了。

户外拓展的老师并没有要求女学员必须完成高空抓杠的挑战，但陈丹阳主动要求去尝试，没想到竟然一气呵成，爬柱的时候比多吉还轻松，纵身一跃，抓住了在风中摆动的单杠。在为陈丹阳叫好的一片掌声中，方铭觉得很没面子，鼓起勇气又试了一次，当爬到杆顶时腿还是发抖，最终还是放弃了。

在完成信任背摔的挑战时，每位学员都很顺利，这也算是大家在经历过高空抓杠后的一种成长。信任背摔由最胖的人开始依次完成，这是因为大家在进行这项挑战时，当“人床”学员的臂力会像减函数一样递减，接的人从胖到瘦对安全更有保障。通过教练老师对信任背摔的讲解，大家都觉得信任背摔的背景介绍非常贴切，教练对学员们讲道：“大家都是一艘即将沉没的海船上的船员，船上仅有的救生艇都已经坐满了人，可是还有一位同伴在甲板上。如果三分钟内这个同伴没有安全地搭上救生艇，那么我们就将失去这位可爱的同伴。但是，救生艇已经达到饱和。如果那位站在甲板上的同伴执意跳上救生艇，很可能会冲击到救生艇，导致大家都沉入大海。因此，我们必须寻找一个最安全最稳妥的办法，让这位同伴顺利上艇。信任背摔无疑是在保证船体安全稳定的情况下最合适的登船方法了。”在完成这项挑战时每一位学员充当的不仅只是背摔的人，同时也会在下面抓紧对面人的双手两两搭配充当“人床”，这两种角色的互换会让每一位参加挑战的学员都体会到信任和被信任的感觉。

课程结束后，每位学员都得到了或多或少的感悟，国家电网能够在 960 万平方公里的土地上相互交织，并不是靠某一个人的努力和付出，而是靠无数电力职工默契的汗水和泪水，这一滴滴咸甘的水珠在你看不见的时候，也许正安静地消失在能够拂动这张巨网的风中。等到西藏和全国电网相连的那一刻，风再起时，不知会有多少汗水和泪水消散在你看不见的地方，你能看见的或许只有你家中的灯，那时候西藏离你并不遥远，因为这带来光明的一度电可能就含有西藏的那一滴水或者一缕阳光。

运动会也在户外拓展的课程结束后如期而至。通信班的两位班长说运动会期间需要征用一下追风少年们的坐骑，将买给同学们的几件水运到赛场。篮球赛第一轮是两个通信班之间的对决。此时袁野和方铭算是见识到通信 1 班马德隆体型上的优势了，他基本上无人能防，就算你个子够高，但依然敌不过马德隆转身时的冲击力，加上他传球精准，只要投篮准能进，急得通信 2 班的同学们恨不得将自己班的班长扔到球场上，只可惜班长空有一身质量却没有技巧，完全不会打篮球啊，逼得 2 班班长只能跟大家解释："篮球场上胖子不可怕，但就怕胖子有球技啊。"最终袁野和方铭所在的通信 2 班以 5 分的差距败给了马德隆所在的通信 1 班。

乒乓球比赛时，袁野和方铭借着红双喜六星球拍的加持一路过关斩将，方铭凭借削球神技顺利地削进了四强，袁野凭借扣球神技有些艰难地扣进了四强，这已经算是为通信 2 班争光了，至少一个第三名已稳握在手。4 强赛抽签时，袁野和方铭还好没相遇，袁野的大力扣球没有敌过对手的反扣，以 1∶3 大比分输给了对方，只能等着和方铭那组败北的学员争夺第三名了。方铭在比赛中左右随机削球，把球的落点精准地控制在网前，对手被他这猥琐的打法逼得应接不暇。方铭越打越顺手，最后一局频频擦网落台，逼得对手最后火冒三丈地输掉了比赛。下一场是方铭和战胜袁野的对手争夺一二名。方铭向袁野了解对手的弱点，袁野说："赢了我的那伙计就是经常找咱们事的那个学员，打起球来脾气暴躁得很，左右来回调几个球马上就急了，不过他反扣球的力道很大，球速很快。"

方铭道："怕他个龟儿子！败给我的那个家伙就是老找咱们事儿的那个家伙的跟班，是个左撇子，你把球尽量往右边扣，他应该接不到你的球。赢你的那个小子，我一会儿与他交战时，削球就削上旋球，让他扣不到老子台上来。"

袁野看方铭打出了气势，说话都和平时不一样了，就不再多说，只希望方铭削他个势如破竹。

最后两场比赛同时进行，袁野采用了和方铭相同的战术，对方没站哪半边台就专门把球往那半边扣，几个回合就把对方惹急了，最后一局时对方基本放弃了抵抗，由于对手是左手持拍，基本上只接身体左侧的球，右侧的球就任他去了，袁野很快就以 3∶0 战胜了对方，取得了乒乓球男子组的第三名。比赛结束时，这个之前经常来找事的家伙特意跟袁野握了下手，不懈地讲了句："跟你们两个猥琐的家伙打球真累！"说完就转身离开了赛场。

袁野赶快来到隔壁冠军争夺战的赛场。看乒乓球比赛的人基本上都在方铭这里，班长还叫了些女生来给方铭加油打气，多吉和陈丹阳也在，马德隆还带了个女朋友过来，听他介绍是山大的学生，前几天才追到的。信息通信专业能出个第一名不容易，毕竟人口基数太少了，敌不过其他专业人口众多啊。方铭已经是第四局比赛了，现大比分 2:1 落后，陈丹阳告诉袁野：“方铭开始领先第一局，然后被连追两局，这一局很关键啊，如果方铭拿下就还有机会。这局目前比分是 7 平。”方铭看到袁野来到场边马上叫了暂停，理由是系个鞋带、喝口水。

袁野明白方铭的心思，见机走到方铭身边。方铭已经急得满头大汗，赶快道：“他娘的，这小子第一局被我调得两边跑，后面直接异常凶悍地给我扣回来，我的大力旋球也给我顶回来了，接都接不住。袁野，你好歹也跟他撑了几局，快给我出个招。”袁野不假思索地道：“你把球尽量向网前打，他胳膊短，扣中长球比较狠，短球基本是挑过来，你加点旋让他挑出界，我要是能像你削出旋球也不会输给他。”方铭拍了拍袁野的肩膀：“好，就按你说的战术办!”

方铭上场后第一个接球就用力削到网前，对手大步向前也只把球挑回来，方铭再次加大力度削回去，依旧把球的落点控制在网前，这下削了对手个措手不及，拿下一分。后面方铭找到了感觉，不管发球还是接球就是一直大力削球，削得对方根本没机会扣，第四局以 11:8 赢了下了，将大比分追平。

最后决胜局。在交换场地前，袁野帮方铭悄悄地用含糖的饮料冲了下拍面，甩了几下拍子上的水，方铭不解，袁野附在方铭耳边小声道：“不要擦干，这样胶面有糖，黏度更大，削出来的球更诡异。”方铭用这个办法上场后直接削了个 6:0，急得对方叫了暂停。这下方铭开心了，休息时先用矿泉水洗干净拍面，然后再上一遍带糖的饮料。对方估计是反应过来了，暂停结束后，一上场就换摩擦力小的反面接球，这也只追回了几个球。方铭一直保持比分领先，最后以 11:9 削了个冠军来。这个冠军对信息通信系来说很是珍贵，毕竟是唯一一个冠军，并且只有冠军才会给班级加分。班长可开心了，马上就说晚上要请大家去桥头吃烧烤。

接下来是女子组的乒乓球比赛。陈丹阳从上了场就一口气战到了最后，中间没歇一局，实力强悍，轻松夺冠。也是，平时练球都是她吊打袁野和方铭。

班长见通信专业又多了个冠军，更是笑得合不拢嘴，直叹息为什么没有男女混合双打，这样就能有三个冠军了！

晚上班长请客时追风少年们都去了。班长请客，几人也不好意思空着手去，两辆小摩托各拖一箱啤酒，多吉专门带了瓶白酒，说："啤酒喝了胀肚子，老去撒尿也不是个事儿。"

追风少年组骑小摩托来到烧烤摊，班长已经点好了菜，最硬的菜是烤羊腿。饭桌上还有一位通信 1 班的女生，下午看方铭打球的时候一直在旁边给他递水送毛巾。马德隆没有来，这家伙天天神龙见首不见尾的，他不来的理由居然是去山大校园里陪女朋友"吃食堂"。大家到齐后，第一件事自然是倒酒，多吉拿出他带的那瓶白酒来，说："这可是我骑小摩托在济南城里溜达时，在一条比较深的巷子里寻香而得。"

大家听了很感兴趣，除了 1 班那位女生，每人都倒了一杯白酒。袁野、陈丹阳、方铭不认识那位女生，班长介绍道："这位是 1 班的沈盈盈同学，特意过来祝贺方铭夺冠的。"

陈丹阳来了句："不靠谱啊！再怎么我也是冠军啊！1 班怎么没男生祝贺我？"

班长有点尴尬："估计没人敢来吧。"

"我是厉害了怎么着？吓到他们了？"气得陈丹阳直瞪眼。

班长道："首先是祝贺陈丹阳同学和方铭同学今天给咱们通信专业拿了两个冠军，能给班级总分加 10 分呢！再是提前祝大家国庆假期天天开心。"

大家一起喊着节日快乐的口号，干了一杯后，便开始慰劳饿了一下午的肚子。

多吉左手端酒杯，右手抓羊肉吃得正爽，沈盈盈拿着一杯啤酒对多吉说："运动会时我路过田径赛场，刚好看到你在沙坑身轻如燕地一跃。"多吉马上放下酒杯谦虚地道："昨天晚上没睡好，跳得有点低，比第一名差了几厘米。"沈盈盈一笑："挺好的。"大家给多吉敬了一杯酒，祝贺他在运动会上得了亚军。沈盈盈说她今天很开心，只是身体有点不舒服，想先回寝室休息。

方铭自告奋勇道："我酒量也不大，你们吃好喝好，我先送沈盈盈同学回宿舍，很快就回来。”说着，已发动了小摩托。

等方铭返回来，一箱啤酒已经喝光。多吉调侃方铭：“怎么去了那么久？”

方铭一身正气地回答：“人家头有点疼，估计是坐小摩托受风了，我又去帮她买了点药。”方铭打开一瓶啤酒，喝了一大口。

陈丹阳道：“方铭做得好！对女同学就是要无微不至。”她拍了下袁野的肩膀，“你们都学着点。”

大家都乐了。陈丹阳提议去唱歌，说她寝室的几位麦霸想去练练歌但一直找不到机会。班长说“好”，马上叫了辆面包车，让在学院门口接陈丹阳的室友。

到了KTV后，陈丹阳用手机团购了KTV的欢畅套餐，大家足足唱了近4个小时感觉还没尽兴。其间，有人问袁野和方铭在西藏工作适应吗？二人的回答基本差不多：“还好。高原反应待一阵子就适应了。拉萨的天那么蓝，空气比内地大城市好很多，根本没雾霾。”

喝多了酒的方铭垂头丧气地道：“唉，上大学的时候没有谈过恋爱，现在遇到沈盈盈却又不现实，要不我辞职跟她去福建吧，好不容易有个女生欣赏我的球技。”

陈丹阳接着道：“冠军不胜酒力啊，喝了几杯啤酒就在那黯然神伤了。姐几个赶明儿帮你问问女神愿不愿意去西藏。”

方铭顿时眉飞色舞：“知我者，大丹也。”仰头咕嘟咕嘟地又喝了瓶啤酒，不带音乐，舞了起来唱了起来，“可爱的西藏，美丽的家乡。西藏人民喜洋洋……”唱着，又说，“知道吗？这是著名的藏族歌唱家才旦卓玛演唱的。”接着又唱起了韩红的《天路》，“……一条条巨龙翻山越岭，为雪域高原送来安康。那是一条神奇的天路耶喂……”

方铭唱得正起劲时，突然被陈丹阳伸去的手一把捂住了嘴：“老掉牙了。还是让袁野唱一首新的吧。”把麦克风递给了袁野。

袁野说：“好的。那我就唱一首。可好听啦！”

方铭凑到袁野身旁道：“别吹。”

陈丹阳拉开方铭：“是骡子是马，拉出来遛遛。比一比呗。”

袁野手持话筒，唱了起来：

当天边升起一缕缕曙光
高原上映出银龙的脊梁
你从那高高的唐古拉走来
为雪域送来不竭的力量

当圣地点亮一盏盏灯光
雪山上传来光明的歌唱
你把那雄奇的布达拉照靓
为藏家送来灯火辉煌

天上的银线跨千山越万江
天上的银线比山高比水长
跨越那高原拥抱着青藏
雪山之巅插上了腾飞的翅膀

陈丹阳笑着叫着鼓掌："唱得好！声情并茂！词美旋律也美！如果有乐队伴奏，那就美极了！"

大家都为袁野叫好。陈丹阳兴高采烈地道："不过，这首歌电视台好像没有放过，手机里也搜索不到。我是第一次听。袁野，这是你自己创作的吧？"

袁野笑着道："这是我们西藏电力公司办公室主任康耕强创作的词，他是山东电力公司的援藏干部。作曲嘛，我就不知道了。"

班长甚是欢喜："咱们的同学素质高，刚到西藏就爱上了西藏。"

陈丹阳的一位室友高兴地说："特别是对咱们电力的赞颂。"

另一位室友双脚跳动、双手鼓掌："唱得我爱上西藏了。"

袁野道："我们这里还有没找到媳妇的，你看上谁就嫁给谁。"

陈丹阳的这位室友把自己还在不停鼓掌的双手移到了脸上，羞涩地笑道：

“只要我的妈妈同意。”

陈丹阳道：“没出息。”紧接着说，“唱《难忘今宵》吧。”她起了个头，大家一边有节奏地在胸前舞动着胳膊一边唱了起来：难忘今宵，难忘今宵，无论天涯与海角，神州万里同怀抱……

第二天上午运动会闭幕式上，拿到第一名的学员都上台领了张奖状，二三名只是被念了个名字，就由班长把奖状代领回来发给获奖者。下午基本上就开始放国庆长假了，陈丹阳请方铭、多吉几个人去北京，到天安门广场看升国旗。袁野说他要用七天的假期跟艾灵去青岛拍婚纱照，同时向她求婚。陈丹阳说袁野不像方铭、多吉他们爱国，见色忘友，不够意思。袁野对陈丹阳嘿嘿地笑了笑。陈丹阳以嘿嘿嘿嘿的假笑回敬了袁野。

假期结束后的第一节课点名异常严格，班主任亲自监督，并告诉大家：“晚自习的时候每个人都要到，不能请假。今天是最后一次点大家的名了。”大家都心头一喜，可班主任接着说：“学院为了督促大家认真学习，同时又不占用宝贵的上课时间来点名，要给每个班配指纹考勤机。大家以后务必在上课前完成指纹考勤，晚自习时由班长为大家录指纹。”

学员们心里一沉，心情变得沉重了。整个上午的课程，两位老师一直在结合实物跟大家讲解不同种类光缆的特点以及光缆开剥的方法和使用到的工具，边讲边示范，还示范了光纤熔接机的使用方法和日常维护。下课前告诉大家，下午的实操课按照学号顺序每 8 人一组进行操作，先练习光缆开剥，剥好的纤芯留着明天练习熔纤时使用。最后的实操考试要求每个人独立操作。

下午熔纤的时候，袁野跟方铭一直在指导同学们操作，两人来培训前就在变电站熔过纤了。其他学员说他们来培训前一直都在学习国网的规章制度和电力安规，没有接触过相关的实际操作工作。袁野和方铭听了，觉得一方面西藏电力公司是很重视大学生尽快上岗的，另一方面感到是因现岗位缺员吧。剥到 OPGW 光缆的时候，大家锯断了好几根钢锯条，才把兼具地线的金属导线外包层剥下，一下午大部分时间都花费在它身上了。

晚自习时班主任果然带着两台指纹考勤机来到教室，分别交给两位班长，并告诉大家：“按学号，每人录入一枚指纹，录错或者不录的，后面的考勤都会按缺勤处理。”两位班长按照班主任的要求开始录入大家的指纹。见班主任一离开教室，大家开始议论起后面的日子肯定不好过，不过也有个好处，以后晚自习学管会的人可能就不会再来自习室查人数了。

方铭悄悄对袁野讲：“考勤机很好破解的。我上大学的时候有个哥儿们的毕业论文就是和考勤机编程相关，听他说过，考勤机都是在按下指纹时自动生成电子表格，如果能拿到考勤机，连在电脑上稍微改一下，把咱们指纹对应的编码地址写成跟随记录，跟随目标设成班长，到时候只要班长一按指纹，咱们的录入记录就自动生成了。”

袁野惊讶道：“这么牛？！你确定可行？”

方铭道：“我记得只用加一条 if 语句就能搞定。我出去打个电话，请教一下我那个同学，语句具体怎么写合适。你赶快回寝室把我的笔记本电脑拿来，多带几条数据线，我现在还不确定这个考勤机是哪种数据线连着，不过应该大部分都是 mini usb 数据线。”

袁野道：“C 语言啊！你是说 scanf‘班长的指纹’，printf‘班长的学号加我们几个的学号’，是这个意思吧？”

方铭道：“嘿！你真是个明白人啊，一说你就明白了，赶快去拿电脑和数据线，我瞄一眼考勤机型号就去给我同学打电话。”

陈丹阳、马德隆、多吉看到袁野和方铭嘀咕了一阵后，方铭跑到班长跟前看了一眼考勤机就离开了自习室，在袁野打算跑出教室时，三人拦住了他。陈丹阳问：“你俩搞的啥名堂？”

袁野简单说了下情况，大家都学过 C 语言，一听就明白了。袁野离开前还嘱咐马德隆和多吉记下他们班长的学号，一会儿把他们班的考勤机也改了。

方铭打完电话回到自习室就开始在本子上写语句。刚写完，袁野就拿着数据线和电脑回来了，方铭又是接线又是直接操作电脑录入提前写好的语句。他们在最后一排坐着，没有引起教室里其他同学的注意。

方铭很快录完了语句，道：“语句很简单，短短的六七行。一会儿插上考勤机，复制到语句库里就行了。”

等 2 班班长拿着考勤机给方铭和袁野录指纹的时候，几个人很默契地把考勤机围了起来，然后把数据线接到考勤机上，不到30秒就搞定了。班长大概看出了端倪，只是很小声地说："动作快点啊，回头请我吃海鲜。"袁野跟自己的班长说："海鲜没问题，1班的考勤机你也得帮下忙啊，我们想把他们的也给改了。"

班长思考了三秒说："等录完指纹，我帮1班一起给班主任送考勤机过去。方铭你拿着电脑去男厕所等我。"

方铭合上笔记本电脑出了自习室，班长录完指纹果然拿着去找1班班长了，从他手里拿过考勤机出了自习室。

等了不到5分钟，方铭就拿着笔记本电脑回来了，其他同学基本都没注意到。等班长回来后坐到了最后一排才问方铭："刚刚你是怎么改考勤机的？不会被发现吧？"

方铭对班长讲："不会。我刚刚在考勤机的执行命令里加了条语句，大概就是你的指纹如果被记录，我和袁野还有陈丹阳的学号也会被输入到记录表中。"班长道："输入时间你改没改？不会是同一时间输出三个记录吧？"方铭伸出大拇指道："班长可以啊！一下就明白什么意思了。放心，我改了，咱们几个的时间差是1秒，不会有问题的。"班长道："你以为就你学过C语言啊，现在本科生如果没英语四级证书和计算机C语言二级证书哪能毕业？"方铭回答："班长厉害，什么都逃不出你的法眼。周五晚上，咱们去吃海鲜。你提前订好位置，我们几个请你。"

第二天中午，班长特意跑过来跟方铭讲："上了考勤机以后，早操都不查人数了，我刚刚特意跑到班主任那里去问了下早操谁没到，结果没有你们几个。厉害啊！晚自习我再找个机会，你们帮我个忙，跟我一个电力公司的几个好兄弟也比较爱玩儿，为了不让他们拖我们公司的后腿，改一下他们班的考勤机，吃海鲜的事就算了，就不让你们破费了。"

方铭道："没问题。晚自习我把电脑带上，你使个眼色我就去厕所等你。"

袁野跟班长讲："都是小事儿，反正我们几个周末都要去济南城里吃饭，到时候一起。对了，之前老找我们事儿的那几个小子怎么消停了？"班长道："不是你们几个把他们揍服了嘛！再说运动会方铭和陈丹阳挣的分早把之前扣你们的补回来了，其他同学肯定不会再说你们了。”

下午的实操课上，老师给大家详细讲解了熔接机的使用步骤和维护方法，然后就让大家用之前剥好的纤芯来练习。还告诉大家每个人都要认真练习，练习的时候一定要爱护设备，熔接机的价钱可不便宜，一台纤芯切割刀就是几千块，设备损坏是需要照价赔偿的。还着重跟大家强调：“纤芯是很容易折断的，断掉的纤芯一定要放入断纤收集盒，不要乱丢。大家都知道纤芯直径只有不到十微米，一旦刺入皮肤很容易折断，并且断在皮肤里纤芯是很难取出来的，纤芯扎在皮肤里不取出来是非常疼的，每年都有不注意的同学到校医院把伤口割开来挑纤芯。所以大家一定要小心，不要被扎了再去挨一刀。”老师是上海人，讲的是上海普通话，很有意思。

虽然老师已经强调过但还是有学员在清理纤芯切割刀上的断纤时被扎到手，不过还好没出现断在皮肤里的情况。陈丹阳对纤芯切割刀很感兴趣，只用手轻轻摸了下刀头就被割出一道口子来，老师看到她的手被割破了，道：“你没事摸刀头做什么？讲台抽屉里有创可贴。”

陈丹阳一笑：“老师好！老师您是先生，早就知道会有学员受伤的。”

老师一瞪眼：“贫嘴！你才是后生呢！”惹得哄堂大笑。老师斜着头，“笑什么？可笑吗？”

袁野道：“老师您别生气。大家的笑是对您的赞美。”

老师问：“是吗？”

学员们异口同声地道：“是——”

老师无奈地摆摆手：“好好好，我认了。”

袁野道：“老师您是好心好意，想得很周到，要不，讲台抽屉里放创可贴做什么？这充分地说明老师心中有我们。大丹，快感谢老师！”

陈丹阳恭敬地道：“老师好！”回头又点头谢了帮她贴好创可贴的袁野。

老师“哼”了声，放大嗓门道：“刚刚忘了告诉大家，纤芯切割刀的刀头是非常锋利的，大家不要去摸。”然后一指陈丹阳，“这位学员的手就被割破了。”又指着袁野，“这位好心的学员给贴上了创可贴。互相帮助，很好嘛！可我还是要提醒大家，学员们，如果被割破了手，不光是要付出血的代价，刀头如果粘上了指纹和油脂，还会影响纤芯的切割效果。”

学员们鼓掌。是为老师？还是为袁野和陈丹阳？

老师感觉不对劲，大声道：“鼓的是什么掌？值得吗？此处是不能有掌声的耶。”

又响起比刚才更加热烈的掌声。老师说了声“真拿你们没办法”就出了教室。

整个十月，大家已经习惯了学院的各项规章制度。陈丹阳和西藏的几位同学只有在天气不好的时候才会出现在晚自习上，平时一般都会骑小摩托去游历济南的大街小巷。每晚回寝室方铭跟袁野都会帮室友们带夜宵，导致室友们都胖了许多。

这天下午下课后，袁野跟方铭去给两辆小摩托加油，路过牛老板的修理铺，看到平时摆放二手踏板车的位置停了几辆外观很拉风且带牌照的摩托跑车，袁野问方铭：“有没有兴趣看看？”

方铭说：“好，刚发的工资，去看看。”

两人见了牛老板，亲切地打过招呼后，才问这几辆车是什么情况。

牛老板说：“这几辆是山东大学里玩车的学生卖给我的，都是没骑几年的国产车，平时保养修车也都是在我这弄的。毕业了，不骑了，我就收了过来。”

袁野比较喜欢那辆纯黑的，方铭喜欢那辆白色的，于是两人就开始跟老板讲起了价来。

谈了半个多小时，牛老板突然来了句：“上次修轮胎时好像听你们几个说是从西藏来的？”

袁野马上回答：“对呀！好不容易来内地半年，肯定要玩个开心啊！”

牛老板突然道：“你们之前在我这里买的小踏板原价抵给我，不过有个条件，等你们骑到培训完要回去的时候，这两辆再卖给我，我收你们点儿折旧费，到时候请我喝顿酒就行。”

“好啊！”袁野、方铭答应道。

袁野随即给艾灵打电话，问她这个月宜昌的小店进货还需要不需要钱。艾灵说她跟阿丽眼光都很好，进的衣服、包包卖得都很快，大半月就把租金和装修的费用都赚了回来，所以不需要用钱了。袁野告诉艾灵自己跟方铭要换摩托跑车。艾灵先是不同意，顾虑袁野的安全，但，袁野不停地跟艾灵承诺自己骑车肯定遵守交通规则，而且承诺车速不会超过每小时 40 公里，艾灵这才勉强答应下来。同时语气带有调侃地说："那我就在卖保险的同学那里给你买份意外伤害险，你要是出什么事我也好赚钱。现在我店里的顾客比较多，先不和你聊了。"袁野从艾灵的话语中听得出她是被迫同意的，但毕竟是同意了，这才跟方铭一起去银行取钱，然后在牛老板这儿换了两辆自己相中的大摩托。

两人给牛老板付了钱，与载着两人在济南大街小巷逛了一个月有余的两辆踏板小摩托说了声再见，就准备骑新座驾去兜兜风，离开时牛老板来了句："这两辆车机油差不多都该换了。你俩原来骑小摩托的头盔也不适合骑'街跑'，就抵给我当机油钱吧。"袁野和方铭听了以后还以为牛老板是奸商，其实牛老板是想让西藏来的小朋友去买几顶全包围的头盔。牛老板不到二十分钟就换好了机油，告诉两人刹车片是前任车主上个月在他这儿换过的，然后把钥匙递给两人，再三叮嘱两人一定要注意安全！

袁野跟方铭跳上车，按下电子打火，两辆车的发动机开始嘶吼。两人都是用左脚拨起脚撑，右手捏着离合，然后挂上一挡慢慢起步才感觉骑起来比小踏板难掌控。从自动挡一下换到脚动挡总得适应好半天，两人把夜宵的事先放一边，挂着一挡骑到油站加满油，就骑回学院。骑车进校园大门时被学校保安拦了下来，不过两人都穿着国网技术学院的衣服，在出示了学员证后，保安也就让两人进去了。每天出入校园的学员基本骑的都是自行车、踏板摩托，保安也是看这两位骑着"街跑"进校园不放心才盘查的。"街跑"噪声比小踏板大很多，两人骑到远离生活区的操场附近，路灯挺亮也不会打扰到大家。袁野和方铭沿着这条路来回换骑了几十趟，基本做到了低速时换挡平顺。方铭胆子比较大，敢骑到每小时 60 公里，还扬言可以更快。袁野本着安全第一，最快也只到了每小时 40 公里。熟悉完车况，两人回到寝室在网上挑头盔，鉴于济南的天开始凉下来，在方铭的极力建议下，两人又挑了骑行服跟手套，又花去两人不少钱，用方铭的话讲："你想飞，总不能光着身子去飞吧。以前骑小踏板，那风都嗖嗖的，所以必须来全套。"

两人挑完“装备”就去自习室接陈丹阳和多吉。陈丹阳和多吉看到加个油的功夫小踏板变“街跑”了，问两人什么情况，两人把换车的经过讲了一遍。陈丹阳问牛老板那里还有没有“街跑”，袁野说，还有几辆。陈丹阳赶忙问：“还剩什么颜色？红色的有没有？”

多吉也问：“黄色的有没有？”

袁野回答：“上车，牛老板应该还没关门，去看看不就知道了。”

四人再次来到牛老板的修理铺，陈丹阳跟袁野一样，选了辆黑色的，多吉选了辆黄色的。回寝室前方铭告诉陈丹阳和多吉：“我跟袁野已经在网上订了全套骑行装备，你俩回去记得也订上啊！”

第二天上课，因四人从伪追风少年进阶到不折不扣的追风少年，赚足了回头率。课间沈盈盈来找方铭，希望方铭中午能带她去济南市区找找乐器店，她弹古筝的义甲该换了。方铭马上答应了沈盈盈。中午一下课饭都顾不上吃就带上沈盈盈，留给众人一个潇洒的背影，追风而去。

袁野、多吉、陈丹阳三人一看天空乌云压顶，大家在网上订的头盔和皮衣还没到，在食堂里草草吃完饭，就赶快把摩托停到车棚里，没多久天空就下起了雨来，一直到下午上课前都没有停。袁野为了避免被淋成落汤鸡只好准备打伞步行去上课，而多吉则课都不准备去上了。袁野刚走到楼下就看方铭浑身湿透，眼镜片上还挂着水珠，十分狼狈地回来了，冲向寝室时还叫袁野等他换个衣服一起去上课。等方铭换完衣服一见袁野，就直接道：“我跟沈盈盈看样子真没得啥子缘分，她刚买完义甲就开始下雨，我只好把外套给她披在身上，我在前面挡雨，回来以后她身上都没怎么湿。”袁野鄙视方铭道：“我看你是故意说反话嘚瑟吧？快去上课，别忘了咱还有赌约呢！”

方铭和袁野刚走到教学楼，雨就停了。两人刚收了伞，方铭就收到条短信：“您的快递已到学院门口，仅等候半个小时，如未领取，后果自负！”没办法，网购东西的学员太多，快递员每天都是这个时间段在院门口等学员自取。袁野跟方铭只好先去取快递。来到门口，拿了快递，两人迫不及待地打开，头盔、手套、骑行服的外观质感都不错，回寝室两人穿戴一番，课也没心思去上了，迫不及待地走向了车棚。没想到刚到车棚就遇见了同样没去上课的多吉和陈丹阳。他俩也是刚收到全套的装备，想马上跟自己的车好好磨合一下。

四人骑车来到了学院挨着山边的那条最偏僻的路上，旁边是仿真变电站，刚好也没人，四人就穿戴上全套骑行装备，开始感受“街跑”的加速感。为了保证安全，几人一起清理了路面的碎石，并在大约中间段的位置放了两个头盔做标记。唯一没有完成高空抓杠的方铭，此时要第一个尝试用最大油门加速到这条路的一半时车速能有多快。方铭跳上摩托车，合上头盔，用手对三人比了个 OK 手势，然后双脚离开地面开始加速。随着发动机的剧烈嘶吼，满油门加速后的方铭就像离弦之箭破风而去。车身一过这条路的中间点，方铭松开油门慢慢减速，掉了个头之后，又风一般地冲了回来。

方铭停下来后直呼过瘾，摘下头盔对三人道：“太爽了！差一点儿就能过每小时一百公里了。没想到国产二手车能有这么猛。”

三人问方铭是如何做到加速这么猛的。方铭回答：“一挡是左脚往下踩，后面的六个挡位都是往上钩起一挡一挡地往上升，我只在起步前挂好一挡，捏着离合猛加油，接着松开离合，车就会窜出去。由于重心后移，猛一下加油力道更大，左脚面一直钩着挡位，没捏离合，就开始一挡一挡往上升，过了头盔做标号的位置，松了油门，开始降挡减速。”

陈丹阳惊奇地道：“牛啊！你这是刚领悟的吗？”

方铭拱手道：“之前看过别人写的教程。”又当即试了一遍，感觉比第一次加速还要猛一些，掉头回来说，“这次车速已超过了每小时一百公里了。”三人都对方铭竖起了大拇指。袁野劝方铭快去投份人身意外保险。方铭笑着道：“袁野，你可别咒人。”袁野道：“实心话。”

多吉一连试骑了三遍，最快也只跑到了每小时 60 公里。袁野按照方铭讲的试了下，还是胆子太小，和多吉的速度差不多。陈丹阳试骑时，可能是由于她体重轻，起步的时候车头都翘了起来，吓得她立马停下，惊呼：“我还是慢慢骑就好。要飞你们飞吧！”

方铭将他们的车都试了一下，都能达到每小时 100 公里。最后大家都认同：追多快的风关键还是看追风人的胆量。大家在一起一趟趟地练习，相互总结经验，用心去熟悉自己车的状况，一直到天黑才结束，一行 4 辆车才慢慢地骑向学院大门。一出学院大门，便破风而去。

第二天晴空如洗，万里无云。刚上课没一会儿，方铭就凑过来问袁野想不想去看海。袁野很诧异地回答道："现在?"

方铭小声说："嗯。我长这么大还没亲眼看过大海。刚刚我用手机研究过，咱们骑车走国道，到最近的海边只要两百多公里，咱们骑慢点，就算每小时六十公里，三个多小时也能到海边。"

袁野回答："靠，你疯了啊，不过我喜欢，下课我去问问多吉和大丹要不要一起去。"

课间袁野一问，陈丹阳满口答应，多吉犹豫了一下道："我怎么认识你们几个疯子了？！路上都慢点啊，我来打头阵，你们几个疯子不准超过我!"

四人回寝室换好全套装备，袁野和陈丹阳一致推让车技最好的方铭领航带路，多吉只好同意。他们用透明胶把陈丹阳的手机粘到方铭的车上，等做好准备工作，方铭跳上摩托车，对三人讲道："哈哈，我嫂子就是卖保险的，我来西藏工作前就买过意外险了。"说着，就把头盔面罩一合，油门轰到底，"嗖"地飞去，三人一路上都很费力地勉强才跟得上方铭。跑出了济南市，车少路佳，前面又有方铭开道，几人的速度也渐渐地快了起来，风声隔着厚重的头盔涌入耳中，仿佛四人所有的烦恼都随风而去。中途四人在滨州市郊加了油，休息一下又出发了，两个半小时就跑到了东营市。此时，地平线的尽头出现了一抹深蓝，刺激着四人各将身体贴紧油箱，抬头隔着头盔望向天边的大海，将油门拧到了极限，向着大海一路冲去……

四道急刹，追风少年们将车停在滨海大道的路边。摘下头盔的一瞬，阳光让四人双眼略微感到些不适。

袁野摘下手套，搓了搓近乎麻木的双手，深吸一口带着海水味道的咸湿空气，感慨道："自由就是现在这种感觉吧？可以说走就走。"

多吉感慨道："回了西藏再想看海可就没这么容易了!"

陈丹阳问方铭："你小子是不是早就计划好来这儿看大海了?"

方铭长出一口气："也许吧。不要说话了，我想安静地看看大海。"

三人见方铭趴在摩托车上看着大海发呆，于是留下他，翻过护栏慢慢地朝海边走去。

袁野边走边说："这小子今天不正常啊！"

陈丹阳附和道："对呀，感觉他有心事！"

三人在海边溜达了半天，方铭才走过来跟大家讲："我妈昨天住院了，她不让家里人告诉我，是我姐早上偷偷告诉我的。"

袁野立即道："那你来海边干毛啊？！应该先回去看看你妈。"

方铭摇摇头："我妈的想法你不懂，老人家担心我才参加工作，回去不太好。国庆节放长假的时候我应该回家看看的。"

陈丹阳问方铭："老人家什么原因住的院啊？严重不？"

方铭回答："之前肾就不太好。我姐说我妈腿都肿了才住院的，尿蛋白多了好几个加号。"

方铭电话响了，他赶紧接起电话。三人盯着方铭接了电话听了半天，一句话也没说，表情从凝重慢慢变得轻松起来，挂了电话告诉大家："我姐说没事了，是肾炎，早上打完利尿跟消炎的针，下午腿就消肿了。医生说，再打几天消炎针，尿蛋白没加号就可以出院了。"

袁野拍拍方铭的肩膀："没事就好！看够海了就回去。可别骑那么快了啊，你妈妈知道了会担心你的！"

方铭脸上终于露出了笑容："对哦，你们骑得也很生猛啊，每小时 100 公里你们不也跟上了嘛。"

三人都没有搭理神经病一样的方铭。中午四人在海边随便找了家海鲜大排档，好好品尝了一番新鲜的海产才回去。

时间如流水，稍纵即逝。在济南学习培训的后半学期日子过得很快，转眼就临近期末，天气也变得越来越冷。他们只会在周末天气好的时候去济南附近好玩的地方转一转。几个月来，他们吃遍了济南的大街小巷。考试前，那些追求优秀学员称号的精英动不动就会在自习室或者实验室里待到后半夜才回寝室，方铭仗着 C 语言编程十分了得，修改了题库文件，帮助西藏电力一起来的搞定了所有需要在电脑上完成的考试，实操考试和几门需要闭卷考试的课程都玩命背了几个通宵，最终用实力告诉当初在篮球场差点儿打起来、看不起西藏学员的同学：彪悍的人生不需要解释！

喜迎新年的元旦晚会上，袁野为众多学员的文艺表演叫好，尤其是方铭心中的女神沈盈盈同学的琴技，在表演结束前的霸气一挥，气场直逼东方不败，最后拿下了乐器组的第一名。元旦期间，方铭借了陈丹阳的骑行套装，带着沈盈盈去海边看了日出。回来后方铭告诉大家，这就是他和女神的结局了。大家听了只能说："故事的结局虽然早已注定，但在内心留下一些美好的思绪也未尝不是件好事，缘来则聚，缘去则散。"

马德隆说："在济南的日子里我跟山东大学的女朋友处得非常好。她说等毕业了会来西藏陪我。"

袁野说："德隆，虽然你跟西藏电力一起来的我们几个相聚较少，跟山大女友相聚较多，但哥们很高兴，你给咱们西藏电力赚来了一个大学生媳妇，这也是对咱们西藏电力的贡献呀！"大家又说又笑，不亦乐乎。

追风少年们要跟济南说再见之前，又去了趟海边看了日落，算是对陪伴自己追过风的座驾正式道个别。

那是离开的前一天，他们只用了两个小时就在太阳落山前赶到了海边。由于大海在东，看日落只能背对着大海，作为80后的四人都是动漫《海贼王》的剧迷，此时袁野、多吉、方铭、陈丹阳四人面对夕阳，背朝大海，远处滨海的路边整齐地停着四辆摩托车，袁野举起左手，带头唱起了Beyond的《海阔天空》，其余三人也都举起了左手跟袁野一起吼了起来，旋律从大海的方向越过四辆整齐地停在公路边的摩托车，追寻夕阳的余晖传向远方……

今天我　寒夜里看雪飘过
怀着冷却了的心窝漂远方
风雨里追赶　雾里分不清影踪
天空海阔你与我
可会变（谁没在变）
多少次　迎着冷眼与嘲笑

从没有放弃过心中的理想
一刹那恍惚 若有所失的感觉
不知不觉已变淡
心里爱（谁明白我）
原谅我这一生不羁放纵爱自由
也会怕有一天会跌倒
背弃了理想 谁人都可以
哪会怕有一天只你共我……

昏黄的天际渐渐失去了灿烂，但也曾在不久前的那一刻辉煌过。夕阳最后的余晖努力地照亮归程之路，不想再对着落日沉思，不想再对着思想凝视，不想再像梦游神那样神志恍惚，希望大家都可以找回那失落的梦。最爱的歌最后也算唱过，毋用再争取更多，戴上头盔，大家最后再做一次追风少年，只留给大海一个潇洒的背影，一路向西逐阳光而归。

路上，方铭在前打头阵。天色暗淡后大家也都减速慢行，之前跟牛老板约好今晚过来，虽然赶到修理铺时已经九点多了，但牛老板还在等着大家，牛老板仔细查完四辆车后，爽快地按照之前谈好的，把钱退给大家。四人帮牛老板把车推到雨棚下，整齐地摆好，恋恋不舍地把钥匙递给牛老板后，牛老板还对四人讲："头盔你们留着也没有用，不如留给我算了。"

四人立刻表示要留着做个纪念，袁野跟牛老板讲："追风的感觉，也许今生我们都不会再有了，留着挺好。"

牛老板不理解地道："不就是个物件嘛，你们留着就留着吧，平时晚上七点我就关门了，大冷天的我可等了你们两个多小时呢。"

于是四人帮牛老板关好门，叫牛老板一起去桥头撸串喝啤酒，牛老板也没拒绝，马上讲："我也是重感情的人，以后你们几个有机会再来济南想骑车来找我就是。"

天气比较冷，大家最近也都没来撸过串，烧烤摊已经搭起了大棚来，生意依旧火爆。进去后一股暖意扑面而来，四人的眼镜同时蒙了雾，坐下点完菜眼镜上的雾才散去。来吃烧烤的基本上都是学院的学员，看样子大家都是临别前就近来这里聚一下。多吉点了不少肉，建议大家都别喝啤酒了，刚从海边回来，都被吹了个透心凉，喝点白酒暖得快。于是叫烧烤摊老板先来上一瓶52度牛栏山二锅头，倒好酒，陈丹阳一口干了一杯。牛老板也跟着四人干了杯酒，讲道："附近一带不论玩摩托车的还是上下班骑电动车的，基本都找我修车。"

陈丹阳道："这不废话吗？附近就你一家摩托车修理铺啊！"

牛老板哈哈一笑，跟陈丹阳干了杯酒，然后继续道："旁边大学跟你们国网技术学院的同学在我这里修车买车的人也不少，但请我吃饭还是头一回。谢谢你们几个小兄弟啊！"

大家边吃边聊，当聊到西藏这个地名的时候，牛老板异常激动，马上端起酒杯，非要跟大家干一杯，然后才跟大家讲："我当初就是在那曲当了两年兵，退伍后拿着退役金，玩了几年摩托才开了这家修理铺。一晃都快三十年了。这顿饭我请了，反正你们几个的车我转手还是卖那么多钱。"

大家听牛老板讲了这话后一起回敬牛老板一杯。陈丹阳又倒满酒敬了牛老板一杯："原来你和他们仨一样都是老西藏啊，失敬失敬。之前说的话您别往心里去啊！"

牛老板摆摆手道："哈哈，你说的也是实话嘛，附近只有我一家修理铺。"痛快地又点了两瓶二锅头，打算跟几位来自西藏的小兄弟喝个痛快。

当第三瓶二锅头喝光的时候，牛老板跟四人讲了个他在西藏当兵时的故事——

"我原名叫牛长闳，1985年8月，我跟车队去给驻藏北无人区的连队送冬囤物资，七百多公里的距离，六台车十二个人，过沼泽区时遇上了暴风雪，汽车一会儿熄火，一会儿趴窝。按计划三天的路程，可走了一个星期还没到，干粮也吃光了，大家饿得连说话的力气都没了。当时，六台车坏掉了两台，我们只能等待救援连队来搭救，可这样的天气，救援车辆很难找到我们。荒无人烟，我们只剩下求生的本能。当时也是运气好，我们连长听见了黄羊的叫声，循声望去，见一头狼正在追一只黄羊。连长赶快命令我开头车去追。当时我也不知哪儿来的那么大劲，纵身跳上车，边开边使劲按喇叭，猛踩油门朝野狼追去。狼叼着羊没跑多远，就扔下羊逃走了。最后我们把汽油倒进钢盔里点着，用油桶盛着雪水煮羊肉，整整烧了三钢盔汽油才把羊肉煮到可以吃，吃饱后，大家鼓起劲把两台车修好，并圆满地完成了任务，我们连队被授予了集体二等功。”

听完故事后，四人都记住了一个名字——牛长闳。喝完杯中酒，牛大哥告诉四人：“你们几个在西藏工作可要多注意身体。在西藏喝酒可不能喝这么多啊！我这修理铺也快拆迁了，等我闲下来肯定会再回西藏转转。西藏这地方啊，当初离开时我发誓不会再去，可离开了心里又一直想着。我的电话你们几个都有，现在就给我发条短信，我存好你们的电话，回头去西藏你们再请我喝酒。”说完就掏钱结了账。

四人给牛老板发完短信，道别后，就戴上头盔比画着骑摩托的动作，一路晃晃悠悠地往寝室走。追风少年的梦醒了，天却是黑的，等明天酒醒了，寝室里有些人已经离开。

济南培训的结束跟大学毕业相似但却不同，虽说大家也都在拍完毕业照后参加了最后的聚餐，但却没有了半年前那种纯粹的感觉。毕竟在这半年里，大家都体会到了在工作中所必须面对的功利，仅仅会在心底祝愿那些因离开而变得淡漠的朋友，透过彼此短暂的相识留下微微一笑的回忆。

令袁野难以忘怀的还有：西藏电力来的他们几个人，让本期培训的老师和学员都服了：不管是学习上、赛场上，还是吃喝玩乐、别出心裁的五花八门，都显示了来自雪域高原的电力人不比内地的差，很多地方还要强得多哩！

不知怎的，那天陈丹阳送袁野离开学院将要返回西藏时，当着大伙的面执意要拥抱一下袁野，袁野没有同意，使得陈丹阳很不开心。但当袁野踏上出租车的那瞬间，袁野回头看见了陈丹阳笑着给他飞了个吻。

第四章

我纵要依依带泪归去也愿意
珍贵岁月里　寻觅我心中的诗

“等风来”客栈天台的炭火已经熄灭，马德隆带来的霸王醉也喝光了。小满听完追风少年的故事问方铭：“怪不得我问你都不给我讲，原来这里面有你和沈盈盈的故事啊！说说你怎么带她去看的日出啊？有没有牵她的手？”天台上的几人一听哈哈大笑。

方铭识趣地说：“时间不早了，大家都散了吧，天台我来收拾。小满，咱们客栈还有房吧，大家都喝得晕乎乎的，今晚就让大家住咱们客栈吧，房钱算我的。”

小满听了有些生气道：“凭什么算你的，客栈营业执照上可是我的名字，要算只能算我的。你把天台打扫干净，把烧烤炉也洗干净，才用一次就烧得黑乎乎的。”

马德隆听了小满对方铭讲的话叹气道：“唉，我那个山东大学的女朋友要是能跟小满一样肯来西藏就好了。”

小满说：“德隆哥哥，你别往心里去了，她不肯来回头我给你介绍个喜欢拉萨的美女。前天有个内地来的女生，房费一交就是半个月呢。”

马德隆听了呵呵笑道：“算了，住多久也只是个过客，总有一天要离开西藏的。如果我回内地重新找一份工作，我女朋友也许就不会跟我分手了。”

多吉道：“马德隆，瞧你这话说的，是你的，跑不掉，不是你的，怎么追都追不上，看开点。”

陈丹阳看见袁野窝在椅子上就差打呼噜了，便对马德隆说：“都是你给他倒那么多酒，快把他弄到客房里去。小满，帮袁野拿张三楼的房卡，房钱记我账上就行了。”

小满笑嘻嘻地道：“袁野哥哥住客栈我怎么能收钱呢？反正三楼还空着间房，我去拿房卡。对了，多吉哥哥，马德隆哥哥，二楼还有个标间，你俩就凑合着住吧，我去拿房卡。”

方铭见小满没给自己安排住的地方，赶忙问小满：“我住哪儿啊？给我也拿张房卡呗。”

小满道：“你就睡一楼的高低床，用什么房卡？要房卡找你的沈盈盈去。”一转身，下楼拿房卡去了。

方铭无奈地责怪天台上清醒的三人：“都怪你们，非讲什么沈盈盈，跳过去不就没这些事了。”

多吉道：“你就别在这儿得了便宜卖乖了。你看马德隆看你的表情，羡慕忌妒恨！”

马德隆听了摇摇头：“我才不羡慕他呢！看我现在多好，晚上住哪里都没人管。”

三人一起把袁野扶到了三楼的房间。

第二天一早，袁野从睡梦中醒来，恍恍惚惚地还以为昨晚是跟牛老板在济南喝的酒。等袁野坐起身，揉了揉眼睛，仔细一看才想起自己昨晚在拉萨“等风来”客栈喝醉了，摸了摸挂在胸前的那枚戒指，猛然间想起艾灵已经不在了，一阵痛楚过后，袁野才回到现实。

袁野用凉水洗了把脸，走出房门，阳光已洒满客栈的庭院，昨天停在院中的那辆黑色摩托车已经不在了，只有小满一个人在修剪着盆景。

小满看到袁野，放下手中的剪刀抬头冲着刚睡醒的袁野喊："袁野哥哥，你可算醒了，他们一早就去上班了。方铭说你们赵主任让你缓两天，大家早上就没叫你。想不想吃'天下第一泡面'，我去给你煮一碗。"

袁野揉揉脑袋，对小满说："帮我煮一碗吧，昨晚感觉突然一下子就醉了。马德隆的酒好烈。"便跟着小满一起进了厨房。

小满在厨房里煮泡面的时候，袁野一直在旁边看着。她见袁野一直盯着自己煮面，好奇地问："袁野哥哥，干吗在厨房看我煮面啊？想偷学我的'天下第一泡面'吗?"

袁野点点头："以后我除了去吃食堂，估计只能自己在家里煮面了。"

小满马上回答："不会啊，我和大丹姐经常弄好吃的给你，你没地方吃饭或者吃腻了食堂可以来客栈啊。我们客栈离你们公司又不远。客栈开业后，方铭要是不在单位加班，每天都会来这里吃饭的。"

袁野道："他把攒着娶媳妇的钱都给你开客栈了。我不一样。"

小满听了脸红道："才不是呢。我是跟他借的。等我挣了钱就还给他。现在客栈生意很好，有不少客人都是在华山住过我们'等风来'客栈的回头客。"说完又往锅里打了个鸡蛋，用筷子搅开，才盛在碗里递给袁野。

袁野吃完面，觉得自己不去上班，在拉萨这座城里也找不到其他事可做，于是跟小满道了别，向公司走去。袁野出了客栈才想起房钱和泡面钱都还没有给小满，又折回客栈付给小满钱。

小满看到袁野又回到客栈，掏出钱包准备付钱，马上说："以后有空房你随便住，要是大丹姐和方铭知道我收了你的钱，回头还不把我赶出去啊!"

袁野只好收起钱包，想起陈丹阳说过她最近手头紧，便跑到银行取了钱，准备去公司把机票钱和小灵熙的奶粉钱一起还给她。

陈丹阳看见袁野来找自己还钱，只好接过来，数都没数就说了句："都说了小灵熙的奶粉钱我出了，机票钱你欠我的，剩下的我回去给小满，算你入伙的钱。你们这儿的食堂吃不了几天就会腻，小满的手艺强多了。我还要写稿子呢。你自己去玩吧，摩托车也借给你啊，追风少年。"

袁野摇了摇头："拉萨就这么大，能玩个啥？再说，我也没那个心思，还是回公司上班去吧，不打扰你写稿子了。”

袁野来到赵主任办公室，赵主任抬头看见袁野，惊讶道：“不是说让你适应两天吗？跑公司来干啥？”

袁野不好意思地道：“我也没其他事可做，闲着便会去想一些没用的。”

赵主任心想也是，袁野一个人在拉萨，待着也不是个事儿，于是道：“今年入职的新大学生安规都学完了，那个次旺正在会议室给他们讲课呢，一会儿我们还要开会研究青藏联网光缆熔接的方案，你先去跟他们聊聊，咱们部门通信班平时都要做些什么工作。”

袁野道：“次旺还是被你说服来咱们信通了，最开始他为什么不肯来呢？”

赵主任道：“说起来你可能不信，因为他舍不得在查龙电厂种活的那棵树。对了，还有件事跟你说一下，次旺来了以后，咱们公司决定再成立一个通信班组，专门跟青藏联网工程，刚刚开会定的，次旺是班长，你是副班长，马德隆和方铭也都调到你们班，再给你们补充几名新员工。”

袁野听了心中并没有多激动，他只是希望能够尽快地忙碌起来，工作一忙，别的事也就不想了。

袁野来到会议室门口，次旺正在给新员工讲课，袁野悄悄地走进去，在靠门最近的一个空位置坐了下来。次旺正在给大家讲他在那曲工作的经历，见袁野进来马上停下，给大家介绍道：“这位是袁野同志，运检中心新成立班组的副班长。我马上要去开个会，就让他来继续给你们讲吧。”说完跟大家打了个招呼就离开了。

次旺一离开，有个小伙子站起来道：“袁班长，你再给我们讲讲那曲呗，那曲真的有那么艰苦吗？”

袁野想起两个月前那曲停电的事，心头一紧，但还是压制住心头的苦楚给大家讲起了自己第一次去那曲巡检的故事——

虽说那是四月份的春检，但西藏的春天要比内地晚很久，尤其是那曲，依然是寒冷的冬季。袁野第一次去那曲巡检是运检中心的赵主任带他一起去的，赶到那曲已经是晚上了。赵主任为了让开了一天车的司机休息好，便让司机睡单间，自己和袁野合住一个标间。袁野刚进房间，赵主任就注意到袁野喘气十分费劲，而且嘴唇发紫，就赶快去车里把氧气瓶提上来让袁野吸会儿氧。袁野吸了十分钟才感觉好一些，呼吸频率也放缓了，这才起来洗漱一下，脱了外衣，穿着毛衣毛裤钻进铺有两层被子的被窝里继续吸氧。赵主任一看袁野准备吸着氧睡觉，便马上让他把氧气管放在枕头边，说这样吸一晚上氧气，第二天会对氧气产生依赖。等赵主任洗漱完，袁野问赵主任是不是没一点高原反应，赵主任说："还好，就是有点脑袋发胀。想当年刚来那曲的时候没有氧吸，好几个晚上都睡不好觉。不过现在来得多了，也就习惯了。"

袁野在那曲的第一夜，睡得异常难受，半夜嘴唇干裂到出血，加之又盖着两层被子，在被窝里总感觉胸闷，后半夜把氧气管插到鼻孔里才睡着。第二天一早醒来，洗脸照镜子时发现自己干裂的嘴唇比赵主任红一些，才觉得吸氧的效果非常明显。简单洗漱完，赵主任带袁野和司机在宾馆附近的藏餐馆里喝了甜茶，吃了藏面，刚出藏餐馆，天下起了大雪，温度骤降。赵主任让司机开车先在县城里转了一圈，找了家杂货铺买了两件军绿色的棉大衣，赵主任穿一件、袁野一件，才开始对那曲地区的信息通信机房进行巡检。

整个上午，次旺带着赵主任和袁野一起检查了那曲地调的信息通信机房，中午就在那曲供电公司的食堂里吃了午饭。吃饭的时候，赵主任跟次旺聊了许多工作方面的事。

看两人聊得差不多了，袁野才插话问："次旺师傅，你们那曲地区负责信息通信运维的就只有你一人吗?"

次旺平淡地说："本来去年七月好不容易要来了两个大学生，但是济南培训结束后两人都以身体无法适应为由辞职回内地了，我这个通信运维班长又成了光杆司令，不过早就习惯了。他俩培训前我还特别照顾他俩，基本没叫他俩加过班，当时他俩说那曲太干燥了，嘴唇和手特别容易干裂，那曲买的唇膏和护肤品效果也不太好，我去拉萨开会的时候特意给他俩带了唇膏跟护肤品，趁他俩不注意的时候悄悄放到了他们的办公位上，他俩当时一阵激动，还以为是哪个小姑娘看上自己了呢，但没想到最后还是没留住人啊!"

次旺是70后，身材中等并不高，皮肤黝黑，给人的感觉非常朴实，只看外表会让人感觉有一些苍老，面庞的皱纹很深，让第一眼见到他的袁野认为他是 60 后。

次旺讲前面那段话的时候，没有过多的面部表情和肢体语言，仿佛是在说一件与他并不相干的事，但是袁野从他的话语中体会出了无奈和凄凉。

吃完午饭，次旺对赵主任说："下午我跟你们一起去查龙电厂，看你们做通信电源的蓄电池放电实验。之前我去的时候，有三四节蓄电池电压总是偏低。顺便再去瞧瞧我种活的那棵树。你们的小皮卡太挤了，路不好走，我跟我们公司要辆车。"说完次旺便去要车。

袁野跟着赵主任上了皮卡，用棉大衣盖到腿上，问赵主任，那曲供电公司缺员是不是很严重，赵主任讲："肯定啊！那曲工资比我们还高，可是就是没人愿意去，即便是去了，那曲县城你也看到了，横竖四条街，海拔那么高，下班后又没什么娱乐，给你双倍工资你愿意来吗？所以，在那曲就算是躺着工作也算是奉献。对了，给你介绍条致富的路子，在那曲种活一棵树，那曲县政府奖励 10 万元。"

袁野听后惊讶地问赵主任："次旺种活了一棵树？"

赵主任回答："是啊，次旺这家伙也不知道怎么种活的。"

袁野继续问："那次旺领到 10 万元奖金了吗？"

赵主任说："如果你觉得次旺是为了钱才种树，那你算小看他了。"

袁野不解地问："那他为什么种树呀？"

赵主任回答："有一种精神，叫老西藏精神，没听说过吧？你太嫩了，再在西藏多待几年，没准你就能懂了！"

查龙电站离那曲县城只有 50 多公里路程，但是出了县城就只剩草原上的野路了。之所以说是野路，是因为连路基都没有，只有一条被车辙压出来的土路卧在草地上。那曲上午才下过雪，中午就是晴天了，草地上的雪反射的阳光异常刺眼，皮卡刚拐到野路上司机就戴上了墨镜。袁野盯着白茫茫的草原，不到一分钟，眼睛就开始难受。此时正是中午两点，是高原紫外线最强的时刻，车外温度升到了零度左右，野路上的积雪开始融化，路面上渐渐出现了不少混着冰水的泥坑。路况非常差，皮卡车的底盘虽然很高，但还是会蹭到凹凸不平的路面。50 多公里的路用了一个多小时才走完，等到了查龙电站门口，袁野感觉腹中的午饭都快被这条烂路颠得吐出来了，紧接着次旺也到了。

次旺让司机按几下喇叭，没几分钟就有值班员开了门。次旺带赵主任和袁野进电站时讲，从1993年查龙电站开工建设他就在这里工作。1995年8月查龙电站实现单机运行，彻底解决了那曲镇的用电问题，但是随着居民生活水平的提高，用电高峰时期，电站无法满足那曲地区的用电量，晚上经常会非计划停电。

赵主任对次旺道："别啰唆了，我都听你讲过好多回了。蓄电池充放电实验要做两个多小时呢。"

袁野看着披着银装的查龙水电站，宛如虎口扼在怒江上游的那曲河上，被眼前并不是很大的水电站深深地吸引住，他问次旺："次旺师傅，我第一次来那曲，麻烦你再给我讲讲查龙电站的历史呗。"

次旺看到袁野有兴趣就继续讲，电站所处海拔高度在4350米以上，建成后被誉为"藏北高原上的第一颗明珠"，总库容1.38亿立方米，总装机容量10.8兆瓦，主要建筑物由混凝土面板沙砾石坝、泄洪道、泄洪防空洞、引水、发电厂房及开关站等组成，是世界上海拔最高的水电站。

袁野惊讶道："查龙电站是世界海拔最高的水电站啊！那我可得好好巡检了。次旺师傅你带我去看看你种活的那棵树呗。刚刚赵主任告诉我那曲是种不活树的，你是怎么种活的?"

次旺自豪地回答："那棵树可被我视为珍宝啊！就种在电站的生活区，一会儿走的时候我带你去看看。"

袁野说："好吧，那这棵树是怎么种活的啊?"

次旺回答："七八年前，我还在查龙电站工作，老站长带着我们种了很多杨树，但是活下来的就只有我当时种的这棵。现在这棵树可被大家称为'查龙树'，每年冬天，我都会给这棵树刷上厚厚的白灰防寒，希望这棵杨树能一直陪着这座电站，为那曲百姓送上'藏北高原上的第一颗明珠'带来的光明。"

次旺看赵主任已先进了厂房，马上帮着袁野把沉重的蓄电池充放电实验仪搬进通信机房。等两人抬着实验仪进了通信机房，袁野已经喘得不行了。赵主任只好亲自接线，次旺在旁边帮忙，线刚接好次旺就接了个电话。

挂了电话次旺对赵主任和袁野说："公司的视频会议系统出了问题，我得赶回去处理故障，不然下午5点多的会没法继续开了。你们先忙，我先回去了。"

次旺一走，袁野对赵主任说："感觉次旺师傅不善言谈，怎么说起查龙电站和查龙树的时候头头是道，好像换了个人啊！"

赵主任回答："前些年有人采访过次旺，当时他应该把要说的话都背下来了。我都听他讲过四五回了，每次讲的都一样。"

蓄电池充放电实验差不多花了2个小时，检测出三节蓄电池容量不足标值的一半，达到更换标准，其余的下降到70%左右，还能继续用一段时间，等所有巡检工作完成后已经快6点了。赵主任和袁野离开电站时太阳还没落山，因为害怕路面完全冻实，司机开得很快。皮卡在离开查龙电站返回那曲大概走了一半路程，在飞跃一个小土丘时，落到一片混着冰碴儿的水坑里，突然熄了火，司机一连试了好几次都打不着车。

赵主任和袁野马上打开车门下车，看能不能先把车从水坑里往前推一些。但下车一看，车头前的水坑比车身还要长，要把车头推出水坑没有落脚点，而且积水已经淹没到车轮的轮毂处。驾驶室侧车门打开就是混着冰碴儿的积水，司机只好从驾驶室爬到副驾驶一侧下车。下车后，司机在路边找了块石头丢在车头的积水里，然后站在石头上支起引擎盖，看到发动机舱里溅了不少泥水，初步判断是线路进水短路了。赵主任只好给次旺打电话，让他派辆车过来先把车从水坑里拖出去再处理故障。

太阳已经落山，天色开始变暗，又刮起了大风，三人在车外待了几分钟就冻得手脚冰凉，肚子也开始咕噜咕噜叫起来，可谓饥寒交迫啊！于是只好钻回车里等待救援。半个小时后，天已经完全黑了，温度也越来越低，车窗上凝结了一层厚厚的冰霜，皮卡车四周又是一片漆黑，车内的气氛也变得越来越凝重。袁野将之前盖在身上的军大衣套在身上，紧紧地裹住自己。赵主任和司机坐在前排冻得直搓手。正在赵主任准备再给次旺打电话的时候，远处传来了随着路面起伏的灯光。三人立即下车，此时之前混合着冰碴儿的积水已经冻实。又等了七八分钟，次旺才开着一辆皮卡赶到。

次旺打开车门拿着手电走下车，第一句话就是："久等了。路面结冰了比较滑，车开不快。"

赵主任和司机帮忙打着手电，次旺站在冻实了的冰面上用万用表检查皮卡的电路，发现一个保险烧了，具体是哪里短路了也看不出来，只能打着手电继续检查发动机舱内的电气线路，并没发现哪里有破皮短路，当检查到靠近轮胎的一个接头处时，发现有些泥水干了的痕迹。

次旺说："应该是之前溅起的泥水落到了接头处，导致短路烧了保险。发动机熄火后的余温已经把泥水烤干了。"

次旺拔开接头，用卫生纸仔细擦了擦，接好后又从口袋里拿出绝缘胶布，在接头处仔细缠了两圈，又从他开来的那辆车上的保险盒里拔了个备用保险换掉了那个烧坏的保险。

换完保险后，次旺合上引擎盖，让司机去试着发动车子，一下就打着了。次旺搓了搓冻得发红的手："好了，咱们抓紧时间回县城，你们也冻了一两个小时了。"便指挥司机把车倒出冰坑，可司机怎么踩油门车都不动，还差点熄火。

次旺用手电一照冰坑里的轮胎，发现有三个轮胎被冻在了冰里，赶忙从他开来的那辆车上找出拖车绳，一头绑在被冻在冰里的前胎最上端的轮毂孔中，另一头挂在自己开来的那辆皮卡的拖车钩上，让司机挂空挡，然后才跳上自己开来的皮卡，发动车子，没加多少油门就把冻在冰里的车拖了出来。

车被拖出来后，大家都松了口气，次旺解拖车绳时，袁野才借着皮卡的灯光看到次旺的手已经被冻紫了。赵主任解开绑在轮毂上的拖车绳，对次旺道："还是你有经验！如果绑在我们车的拖车钩上估计拖半天也拉不动。"

次旺搓搓手，捂捂耳朵道："没什么，在这条野路上抛过锚的车不少。都是经验。"将赵主任递来的拖车绳收好，回到他开来的那辆车上，发动车子准备离开，赵主任喊道："次旺，一会儿我们车子跟着你，你带我们去县城找家能吃羊肉的地方，大家喝些酒暖暖身子。"

次旺打开车门，探出头道："好！没问题！"

等上了车，赵主任道："还好，这里手机还有信号，要不，晚上零下几十度能把人冻死。”袁野不由得浑身打了个冷战，觉得有些后怕。

野路又是冰又是坑的，两辆车开得都很慢，等到了县城找到吃饭的地方时已经晚上十点多了。袁野下了车没有跟大家一起进去，而是在寒风中竖起军大衣给艾灵打了个电话，没有提跟工作相关的一句话，只是想听一听她的声音。

打完电话，袁野进了餐馆，见手抓羊肉已经端上桌。等袁野坐好，大家才动起筷子。这时候服务员把温好的酒也端上来了，次旺边给大家倒酒边说：“我就不喝了，还得把车开回公司呢。”

赵主任说：“明天再来开嘛，一会儿我们送你回去。”

赵主任倒了三杯酒，端起酒杯敬大家道：“希望明天工作顺利！”他一口气喝光了杯子里的酒，然后招呼大家赶快吃肉。

吃完饭回到宾馆，袁野简单地洗漱了一下就钻进了被窝，昨天他吸了一夜的氧气瓶已经空了，白天又没有去医院灌满，晚上只能硬扛着了。

袁野头疼得厉害，怎么也睡不着，只好找赵主任聊天。已经十分困乏的赵主任也不好拒绝，只好打着盹应付着袁野。

袁野问赵主任：“在西藏工作是不是很苦？”

赵主任回答：“你觉得呢？今天，今个，你、你不已经在最艰苦的地方，袁、袁野，是最艰苦的那曲这个地方，工作了一天吗？”拍了一下袁野的肩膀，“要是跟、跟次旺比起来，咱、咱们在拉萨好多啦！”说着，一头倒在床上。

袁野为赵主任掖好被子，看着他打起呼噜，便关了电灯，拉上了门，回到自己的房间。这夜，他强忍着头痛，迷迷糊糊地睡着了。

第二天早上八点多，天还没亮，赵主任就叫醒袁野和司机。大家起来后那曲县城街上的餐馆都还没开门，只能饿着肚子前往海拔 4800 米的安多县。一路上袁野的头一直疼着，路上的风景只有黄色的草地覆盖着一些白色的雪，背景是蓝得让人只能感到更冷的蓝天。赶到安多县城的时候已经是十一点多了，在县城随便找了家川菜馆吃了饭。这时袁野感觉头更疼了。到了安多变电站通信机房门前，赵主任让袁野在车里休息，但袁野坚持要跟赵主任一起去机房，想尽快完成工作早点赶回那曲，至少那曲的海拔能低几百米。

工作一结束，袁野忍着头痛马上收拾设备。回到那曲赵主任让司机先去一趟医院把氧气瓶灌满，然后直接送袁野回宾馆吸氧。

袁野一个人躺在床上吸了半个小时的氧头疼才有所缓解，正准备烧水泡面时，赵主任提了些吃的来了，吸过氧的袁野三两下就吃光了。等袁野洗漱完钻进被窝一直到睡着，赵主任一直都坐在笔记本电脑前整理这两天的巡检资料，直到很晚才睡。

早上 7 点多，赵主任还没有醒，袁野已穿好衣服，想洗个头，但来到洗手间发现没有热水，只好用凉水简单洗了下脸，然后披上军大衣，轻轻打开门，准备去那曲的街上逛一逛。

袁野掀开宾馆门前厚厚的门帘，寒冷干燥的风顺着军大衣的衣领灌入身体，让袁野一下清醒了不少。整条街的路灯都是暗的，路上只有几条流浪狗，没有一个人。袁野索性戴上耳机沿着铺满破损或者松动翘边地砖的人行道孤独地走着。他点燃一支烟，向着天际破晓的地方，带着急速的喘息慢慢地走着，直到天大亮。

回拉萨的路上，赵主任问袁野想不想去纳木错看看，袁野说：“算了，留下点遗憾，也有再来那曲的理由。”

袁野这一趟基本走完了 109 国道的西藏段，只有快到拉萨时，路边才开始有了树木。袁野突然想起次旺在那曲种活的那棵树，感悟道，“那棵树也许就是次旺心中的老西藏精神。”

袁野在讲到老西藏精神时，曾有新员工问到过：“到底什么是老西藏精神?”

袁野回答：“老西藏精神就是‘特别能吃苦、特别能战斗、特别能忍耐、特别能团结、特别能奉献’，具体是什么，就要看你们自己的理解了，毕竟一千个人眼中，有一千种老西藏精神。”新员工们面面相觑。

中午的时候，方铭刚从城区变电站回来，叫袁野一起去客栈尝尝小满的手艺，还告诉袁野，陈丹阳也会去客栈吃午饭，袁野没其他地方去，只好跟方铭一起去了客栈。

袁野和方铭一进客栈，菜香味便扑面而来。小满做了两荤一素，味道很好，吃饭的时候小满跟陈丹阳和方铭商量招几个小姑娘来客栈帮忙。客栈虽说开业不到一个月，但客人多的时候小满一个人忙不过来。

陈丹阳听了对小满说："以后客栈经营的事情你自己做主就好，不用问我。"

方铭的意思跟陈丹阳一样，还说可以招个厨师，这样客栈加餐饮人气一定更旺，小满一听马上说道："这样不行，如果吃饭的人多了，把客栈搞得吵吵闹闹不说，满客栈都会是油烟味。"

方铭听了点点头："还是小满想得周到。"

小满说："我还想上网订一批带加湿功能的暖风机。马上就 10 月份了，拉萨的冬天晚上又冷又干燥，会影响客人的入住体验。"

方铭马上说："你做主就行！"

小满不好意思地说："咱们这不到一个月的营业额还不够一个房间配一台暖风机。"

方铭道："我工作几年攒的钱已经都给你了，要不，等我下个月发了工资再给剩下的房间配，实在不行我再跟家里开口借些钱。"

小满道："你都多大的人了，还好意思跟家里要钱？"

陈丹阳说："袁野今天刚好还我奶粉钱了。我是他儿子的干妈，本来买几罐奶粉是应该的，可他……这样吧，这奶粉钱算他也入股。你俩觉得行吗？"

小满开心地道："行啊，我正想拉袁野哥哥入股呢，就是不好意思开口。"

陈丹阳看袁野没说话，便继续道："别光奶粉钱啊，还有尿不湿的钱呢，你还有多少钱，都掏出来。我觉着每间客房应该再配上制氧机，那客人在网上的评论一定更高，以后生意一定更好！"

袁野一想，自己现在除了给两家老人生活费，也没有什么其他的开销，就说："好吧，反正我现在也没有什么其他开销，小满你给我个卡号，我一会儿给你转点钱。现在艾灵不在了，攒着买房的钱我也没地方花了。"

三人瞬间脸上的表情都变得有些阴沉，小满和方铭不再说话，只有陈丹阳对袁野说："想点儿开心的，人要向前看！"

小满赶忙说："对，要向钱看。袁野哥哥。"

袁野能感觉出来，三个人看自己想起了伤心事，是在故意活跃气氛。袁野也明白，陈丹阳和小满想让自己入股，也是给自己希望。

吃完饭，袁野就给小满转了钱，能占多少股份也没有问。下午上班时，运检办公室里只有袁野一个人没事做，其他人都在忙，袁野只好去找赵主任，想让他赶快给自己安排点儿事做。还没出门，就碰见次旺急匆匆地往办公室里走，看见袁野马上说："袁野，你有没有网银？帮我往这个账号上转些钱。"递给袁野一张汇款单，上面的汇款人填的是马德隆。

袁野不解地道："汇款人是马德隆啊？你没拿错单子？"

次旺说："刚刚我听见小马打电话，好像是他家里有人住院要做手术，小马说工资一发就汇钱过去。他也没开口跟大家借，咱们先帮帮他！你帮我汇五千过去，回头我取了现金再给你。这个单子是我在他办公桌上找到的，你转完钱把单子放他桌子上，我也不用往银行跑了。"

袁野赶忙问："转完钱后我做什么工作啊，总不能让我闲着吧。"

次旺说："你给小马转好钱就行了，我还要继续去开上午的会，你转完钱可以给新员工讲讲工器具的使用。咱们过几天就要去那曲协助青藏联网工程敷设光缆。"

次旺一离开，袁野给方铭、多吉还有陈丹阳打了电话，把马德隆的事给几人说了下，大家一致表示这个忙肯定要帮。不到半个小时，袁野的卡里就凑出了三万块，他马上用网银把钱转到了马德隆的那张汇款单的账号里。然后袁野又去会议室叫了几个新员工，把运检中心的工器具和仪器仪表都搬到会议室，一件件地摆开，足足摆满了大半张会议桌。新学员看到铺了半张桌子的工器具和仪器仪表，问袁野："我们不就是修电脑和电话的嘛，需要这么多工器具和仪表吗？"

袁野马上阴着脸问大家："谁告诉你们的？"

有人道："没谁啊，听'信息通信公司'这几个字不就是这个意思吗？"

袁野无奈地给大家讲："咱们公司不光修电话、电脑。电话和电脑统称桌面终端，是我们运维职责中非常小的一部分。大家应该知道，现在是信息化办公时代，咱们的电网未来的发展目标是智能化，智能化的发展离不开各种各样的业务系统，而所有的业务系统都归咱们公司运维，最基础的是办公管理系统，还有百余种专业系统，而这些系统都部署在咱们核心机房的资源池中。"

新员工们越听越惊讶。有人问："感觉你说的都是信息类的，那通信呢，感觉不是很重要啊？"

袁野继续讲："咱们通信相当于是各类业务系统的高速公路。现在各厂站间的信息传输都是通过光纤通道，最重要的就是稳控和继电保护。大家都清楚，现在咱们电网是一张复杂交错大网，如果有一个点接地短路，不及时切断，很可能会把整张网拖垮，后果就是大面积停电。而稳控和保护系统，发现哪个点出现问题，就要立即通过咱们的'高速公路'把断路信息传至与这个点直联的其他点，将它切断，避免故障点影响到整张电网的稳定运行。"

大家听了才明白自己工作中的责任对电网来说，有多么的重要。这时候，袁野看到有位新员工拿出唇膏往嘴上抹，还是位男同学。

袁野继续讲："现在还不算是拉萨最干燥的季节，告诉你们一个防止嘴唇干裂的办法。"

新员工一听都来了兴趣，马上问到底什么办法。

袁野告诉大家："很简单，以后早上起来可以喝杯酥油茶，酥油茶油脂含量很高，沁在嘴唇上比唇膏效果好。"

有几位藏族新员工马上说："袁班长说得对，我们早上会喝一些酥油茶，一整天嘴唇都不会干裂。"

等新员工说完，袁野开始给大家讲每样工器具的使用方法。当讲到光纤切割刀和光纤熔接机的时候，袁野把当初在国网技术学院上实操课时，老师讲过的那些注意事项都告诉了新员工，尤其是"刀头很锋利，纤芯刺入皮肤折断后很难取出"的这些细节。袁野讲完工器具和仪器仪表的使用方法后，问大家都是学什么专业的，大家说来说去也只有两个专业，信息和通信。

有位新员工问："袁班长，你是学什么专业的啊？保护、稳控什么的我们怎么都没听说过。"

袁野回答道："我是电气工程及其自动化专业的，信息和通信都懂一点。"

那位学员又继续问："信通公司不是只招信息和通信两个专业吗？电气专业不是应该去检修公司或者供电公司的吗？"

袁野问道："你们来西藏电力也是在学校里签的三方就业协议吗？"

大家回答："是。"

袁野继续问："那西藏电力去你们学校招聘会的老师是不是姓朱?"

大家又说："是呀。"

袁野道："好吧，现在时间还早，那我给你们讲讲我刚来西藏工作的经历吧，你们听完就知道我怎么来的信通公司了。"

袁野大学毕业后回到家没几天就接到了朱老师的电话，电话里告诉袁野西藏电力公司的报到时间和地点。袁野问朱老师自己被分到了西藏电力的哪家公司，可朱老师说报完到才会公布。于是袁野在报到前一天拖着行李箱上了长沙开往拉萨的 Z264 次列车，火车到了西宁车站后，全车旅客都要换乘高原型供氧列车继续进藏。上车后第一件事是填写一张旅客健康登记表，需要填写住址、家庭联系电话及身体健康情况。列车上很多旅客都穿着冲锋衣，让感官敏锐的袁野一眼就看出他们是去拉萨的游客。

换乘完列车后，整列火车的每一节车厢全都满员。袁野跟与自己同一间隔里的旅客聊天，得知他们都是跟团去西藏旅游的。袁野从他们说话的口音能够听出他们来自广东，这让袁野想到曾经看过的一篇新闻，全国出行旅游人数最多的省份就是广东，看样子这篇报道属实，毕竟广东省 GDP 常年稳居全国 31 个省份第一。

一路上的风景袁野并没有多看，毕竟自己是去西藏工作的，将来看风景的机会还有很多。广东没有很高的山，也没有很蓝的天，很少能见到广阔的草原，所以这些来自广东来的游客一直长枪短炮不离手，单反相机轮流隔着车窗拍，甚至在到站停车时特意跑到站台上，用湿巾把车窗外玻璃上的污渍都擦干净，不愿错过隔着车窗随便一拍就能装裱成画的美景。

当火车过了格尔木开始翻越唐古拉山时，虽然车厢内的弥散供氧系统一直都在供氧，但还是有很多人出现了头疼的症状，严重的把才吃下去没多久的泡面都吐了出来。列车员见状，叫来了随车的医务人员对他们进行了简单的检查，医务人员告诉他们只是轻微的高原反应，没什么大碍。只需保持平卧着用氧气管吸会儿氧，不要再继续走动症状就会减轻。有些不愿错过美景的游客，坐在过道的折叠椅上，边吸氧边用手中的相机不停地记录着窗外飞驰而过的美景。在经过可可西里的时候，有的装上了长焦镜头，抓拍下列车行进生命禁区时出现在窗外的精灵——藏羚羊。

当火车经过措那湖时，车厢里有高原反应躺着的旅客都坐了起来，他们不愿错过窗外的美景。

袁野感慨地自语道：想看高原上的美景，坚强的身体和勇敢的心，两者缺一不可。

高原型列车经过二十多个小时行驶，终于抵达拉萨。下了火车后，袁野并未觉得有太多不适，只是拖着行李箱走出站台，才感觉呼吸频率有些快。出了火车站，袁野打了辆蓝白相间、外观具有西藏特色的出租车，直接去了国网西藏电力的报到点。路上，袁野给带着自己一同在校园招聘会签了西藏电力的同学多吉打了电话。

多吉家就在拉萨，报到第一天他就走完了报到流程，也知道了自己被分到了电科院。袁野问多吉自己被分到哪家分公司时，多吉说当时看分配名册只看到了自己那一页。两人相约在报到点的宾馆门口见面，等见面后多吉再去帮袁野打听他被分到了哪家单位。

出租车到了宾馆门口，多吉已经在门口等着袁野。看见袁野下车，多吉接过袁野的行囊："刚到拉萨少运动。先抽根烟缓一缓。"边说边放下行李，从口袋里掏出一包红景天香烟，抽出一根递给了袁野。

袁野掏出打火机打了半天打不着，多吉立即掏出自己的打火机递给袁野："用我的，你手里的就扔了吧。西藏得用高原型打火机。内地的打火机到了西藏缺氧打不着。"

袁野只好把自己的打火机丢进垃圾桶，用多吉的打火机点着烟抽了一口，感觉味道还不错，隐隐约约间觉得有些中药的味道，想起了多吉在招聘会现场承诺给袁野来一条这个烟的事，笑着对多吉道："你说过，我来西藏工作就给我一条的烟就是这个烟吗？"

多吉不好意思地道："等第一个月工资发下来，肯定给你买一条。绝不食言。"

宾馆前厅里，负责接待新入职大学生的负责人，还是当时在武汉负责招聘的朱老师。陆续来了不少大学生都正在前厅排队办理入职手续，附近围了不少办完手续的新同事。多吉告诉袁野：“负责接待大家办入职手续的是区公司人资的专责，办完入职后统一由各分公司人资的人把新员工接到本公司安排的住地。由于之前有几个大学生在报到时看了分配名册，知道了自己被分到那曲、阿里那些偏远艰苦的地方，当时就拒绝办理入职手续打道回府了，分配名册这才被收了起来，等各分公司人资统一来领人时再告诉大家被分配的单位。”

多吉报到第一时间就来了，而且一直在给朱老师帮忙，他让袁野先去排队办理入职手续，等人少的时候再找朱老师要一下分配名册帮袁野看一眼。

由于此时正值拉萨的旅游旺季，车票比较难买，报到时限一共是两天半，第三天下午的时候由各分公司来亲自点名带走。住宿是按报到顺序分配房间的，来的比较早的是双人间，晚的就只能是三人间了。袁野是在第二天下午赶到的，剩下的只有三人间了。袁野办完报到手续，多吉陪袁野到了房间。靠窗和靠门的两张床上都放了行李，只有一个人躺在中间那张床上，用一口浓重的湖北口音的普通话讲：“兄弟们可算来了哈，一个人躺在这独自高反无聊死了。我叫马德隆，福（湖）北来的，来来来，三个人刚好凑一桌来斗地主，打打牌就能忘了高反。”

袁野和多吉听后只感觉太巧了，多吉跟马德隆讲：“我们俩就是湖北三峡大学毕业的，听你说话就知道兄弟你是地地道道的福（湖）北人。”

马德隆高兴得一骨碌起身，在自己包里翻出了一副扑克，招呼两人过来斗地主。

马德隆洗牌的时候，袁野仔细阅读了刚拿到的报到须知。上面强调了到拉萨一周之内不要洗澡，感冒容易引起肺水肿，120 房间有氧气瓶，如出现高反症状可以去吸氧，还有晚饭时间等信息。此时离晚饭时间还早，两人跟马德隆斗了一下午的地主。

离吃饭还有十几分钟的时候，多吉和袁野去了宾馆大厅，准备找机会帮袁野看看分配名册。来到大厅，此时已经没人排队报到，多吉拉着袁野凑过去跟朱老师套近乎。他给朱老师递根烟，袁野马上给朱老师点上，两人一左一右，对朱老师奉承道：“辛苦了，抽根烟休息休息。”

朱老师也没有太推辞，说大厅不让抽烟，要去门口抽，就让袁野和多吉在这帮忙守一下，多吉之前就给朱老师帮过忙，已是轻车熟路，坐到了接待桌后的椅子上告诉朱老师放心休息，然后目送朱老师出了大厅。

等朱老师在门口抽起了烟，多吉从接待桌的抽屉里翻出了人员分配名册，翻到倒数第二页才看到袁野的名字。这一页是国网西藏信息通信公司的名单，一共 14 人，6 个计算机信息专业的，6 个通信传输专业的，马德隆的名字也在名单上。剩下最后 2 人中 1 个是财务会计专业，最后 1 个就是袁野的电气工程及其自动化专业。

多吉高兴地对袁野讲："你小子运气好啊，信通公司才成立的，目前和检修公司共用一栋办公楼，办公地点也在拉萨。"

袁野第一志愿报的检修公司，第二志愿报的林芝供电公司，根本没报信通公司，但是否服从分配选的"是"。

袁野还不知道信通公司是干吗的，多吉告诉袁野："就是修电话和电脑的，比检修公司清闲多了。"

得知能留在拉萨工作袁野很高兴，马上跟家里和艾灵说了这个好消息，然后用手机上网查了下将来自己是干什么工作的。查完才明白，国网西藏信通公司主要承担西藏自治区电力系统信息、通信系统的建设、运行与维护，负责西藏境内国网一级通信电路及设备的运行维护；负责信息、通信系统运行监控、调度、检修和日常维护；负责国网西藏电力有限公司本部信息机房、网络、主机存储、信息安全设备及营销信息系统硬件、网络、平台软件的运行维护，为国网西藏电力有限公司本部重要工作会议、视频会议及应急指挥中心信息、通信系统提供业务保障和技术支撑。看完以后觉得多吉说得有道理，好像就是跟修电脑、电话相关的工作。

袁野回想起自己的专业课，感觉软件技术基础、微型计算机技术、计算机网络、自动控制理论、电力系统继电保护，这几门好像跟信通公司有点关系，还有自己的全国计算机等级考试二级 C 语言合格证书能派上用场了。

朱老师抽完烟回来了，看到袁野和多吉在看分配名册，瞪了两人一眼，多吉马上把分配名册放到抽屉里，跟朱老师赔笑脸，朱老师这才笑呵呵地对多吉说：“就知道你小子没安好心！”

袁野赶快拿起水壶往朱老师的杯子里添水，多吉把椅子摆正请朱老师坐下。袁野看到气氛不算尴尬了，才问朱老师：“朱老师好！我怎么被分到了信通公司？我的专业应该和供电公司、检修公司或者发电公司对口才对。”

朱老师喝口茶跟袁野讲：“各电厂及变电站都有信息通信机房，机房里还有负 48 伏的直流供电系统，信通公司需要电源专责，你小子运气多好，多少人想进信通公司都进不去呢。”听了这番话，袁野的心才算放到肚子里。

多吉请朱老师去外面吃饭，被朱老师拒绝了：“我晚上就住在宾馆里，要时刻关心刚报到的每一位员工。知道吗？”

多吉道：“朱老师说得对。那就改日吧。也是我俩的一点心意。”

“谢谢啦！”朱老师喜眉笑眼地摆摆手，“快吃饭去吧。”

俩人谢过了朱老师，到外面餐馆去吃饭，多吉要让袁野尝一下正宗的藏餐。袁野很乐意。吃饭的时候多吉还点了一瓶青稞酒，算是给刚到西藏的袁野接风。见袁野头有些疼，告诉袁野，头疼是正常的，在拉萨睡两三个晚就好了，第一周别洗澡，不要做剧烈的运动，没啥大问题的。多吉还告诉袁野：“我来得早，分了个双人间，我和我室友家都在拉萨，晚上都不在宾馆住，你就拿我的房卡晚上一个人睡，好好休息一下。”说完把房卡给了袁野。

袁野回到宾馆，刚刚喝了不少跟米酒差不多的青稞酒，感觉脑袋昏昏沉沉的，不过喝完青稞酒，头痛缓解了一些，很快就睡着了。

第二天早上，袁野在宾馆餐厅吃过早餐后就打算出去转转，下午 3 点半各家单位才派人来宾馆接被分配到自己公司的新员工，趁着这半天的时间正好逛逛闻名世界的日光城拉萨。多吉对袁野讲过，拉萨真正意义上的市区就是城关区，围绕着布达拉宫和大昭寺向四周延伸到山脚下，骑自行车转一圈差不两小时。多吉建议袁野可以趁着现在是骑行进藏的旺季买一辆二手自行车，基本都是美利达或者捷安特的，价格很低，原价三四千块钱的自行车现在不到一千就能买到，当然买回来自己得把各种零部件都换一遍。多吉说他上大学时候骑的那辆捷安特自行车，就是在拉萨几百块钱挑了辆车架比较新的自行车，然后带着车架回学校上网买配件自己翻新的，总共才花费不到 1500 块。就这样，同学们还都认为多吉是个土豪，天天骑一辆比踏板摩托车都要贵的自行车上课。

城关区的主干道基本都能看到布达拉宫。袁野一直向着布达拉宫的方向走，走了二十几分钟就到了。绕着布达拉宫转了一圈后，按照着路边的指示牌走到大昭寺。进布达拉宫参观需要提前预约，袁野没能进去。大昭寺不用预约，袁野买了门票进到大昭寺里，游客很多，导游自然也不少，一番游览，基本上跟着不同团队的导游听完了有关大昭寺的传说和故事。

袁野从大昭寺出来，回头看到大昭寺里星星点点的酥油灯，还有门前那些虔诚的佛教信众，他们双手合十，又轻触额头、口和胸部，最后用身体与地面平行掌心向下俯地额头轻叩地面。在这一瞬间，袁野突然觉得自己喜欢上了这座城。离开大昭寺，袁野从附近古老的小巷里独自穿出，赶在午饭前回到了宾馆，因为拉萨物价在全国都是数一数二的，袁野现在还没有赚到能够养活自己的钱。

午饭时间宾馆餐厅里人很多，和早饭时餐厅里寥寥无几的样子形成了鲜明的对比。袁野去得有点晚，得等其他人吃完了才有位置坐。正当袁野打完饭菜找空位时，看到靠窗的一张四人桌上坐着多吉和马德隆，他端着餐盘挨着他们坐下。多吉和马德隆的餐盘里还有不少饭菜，袁野以为两人光顾着聊天了，没想自己一尝发现饭菜不是一般的难吃，跟水煮的差不多，三人会心地摇摇头，起身回到了多吉的房间里，边聊天边玩扑克。

斗地主用来消磨时间很不错，没打几局就到了集合时间。三人下了楼来到大厅，早已人满为患，除了地上，能坐的地方都有了人。单位分配名单此时已经贴在了大厅显眼的位置，看到分配名单，有人欢喜有人愁。

分配规则是根据毕业院校和专业按需分配，要去偏远地区的同事绝对是满面愁容。袁野本以为拉萨本地的公司会早一些过来接人，没想到拉萨以外的地市公司却早很多，究其原因可能是在拉萨的单位下午上班后才会从公司出发来报到点接新员工，而地市公司很早就赶到拉萨等着接新员工。四点多电科院的人把多吉接走了。然后是检修公司来人了，检修公司招的人应该是最多的，浩浩荡荡走了一大群。信通公司的人最后才到，只来了一个人，是综合管理部的主任。

袁野讲到这里就停下了，看着眼前的这些新员工，感觉自己好像真的老了，在他们眼中自己可能已经是老西藏了，只好问会议室中听得非常认真的新员工："是不是和你们的经历差不多啊?"

新员工们听了回答："基本上差不多。"

袁野继续道："咱们西藏电力公司整体缺员严重，每年招的人很多，辞职的也不少。我希望大家都能够在这里扎下根来。现在全西藏电网的光传输网络都归咱们公司管，咱们相当于内地的省信通公司了，将来肯定会成立地市信通公司的，如果你能坚持到那一天，很有可能成为地市信通公司的领导。好，麻烦刚刚帮我拿工器具和仪器仪表的工友，再帮我放回原处。离下班还有一个小时，大家休息十分钟继续看电力安规吧，其中的每一条都是电力前辈用惨痛的代价，甚至生命总结出来的经验，请大家一定要铭记!"

快下班的时候次旺来找袁野，还拿了5000块现金，问袁野钱给马德隆转了没有，袁野说："转了，我又找了几个同事，加上你的五千，一共凑了三万块，都转过去了。"

次旺把钱递给袁野："那我就放心了。马德隆也不跟大家说一声。"

袁野说："他这人比较好面子，有什么事儿都闷在心里。"

次旺道："回头他要是问你，你就说我的钱不急，他什么时候有了再给我。明天上午9点半去电科院开个会，电科院要在那曲做个高原型实验，需要我们临时π接四芯光缆给他们用，赵主任让你一块儿参会。"

袁野点了点头说："知道了，明早我直接过去。"

次旺拍了拍袁野的肩膀说："还是你想得周到，知道帮马德隆多凑点钱，比我强。"

袁野道："多亏你找我转钱，要不是你细心，我都不知道有这事儿呢。对了，马德隆呢？一天都没见他。"

次旺说："我早上让他去贡嘎变电站处理故障了。"

下班后，方铭找到袁野，叫他晚上一起去客栈吃饭，小满下午买了条鱼，要给大家做鱼火锅吃。到了客栈，陈丹阳已经在厨房里与小满一起做饭了，袁野正想进厨房帮忙，手机响了，是马德隆打过来的。袁野接到电话，听到马德隆的第一句就是："袁野，太感谢了，我妈下午去银行取钱，一看多了三万块，一查是你转的，你是怎么知道我急用钱的?"

袁野回答："是次旺告诉我的，他听见你跟家里讲电话，又看见你办公桌上的汇款单。你家里谁病了，严重不?"

马德隆道："唉，我爸，冠心病突然严重了，要做搭桥手术，我妈昨天晚上才告诉我的。早上跟赵主任借了些钱，加上你转的，手术费基本上凑够了。袁野，等我发了工资，慢慢还你。"

袁野道："钱不是我一个人的，有次旺的五千块，多吉八千块，方铭三千块，陈丹阳的一万块，只有我的是四千块。"

马德隆感激道："兄弟姐妹们真给力！帮我谢谢大家，这份恩情我马德隆记在心里，我就是砸锅卖铁也要把钱还给大家。"

袁野说："钱不急，要是不够一定要跟兄弟们说，大伙再帮你凑，有事别一个人扛着。"

袁野听着电话里马德隆的声音开始颤抖了，感觉是快要哭了，就赶忙挂了电话。

等鱼端上桌，袁野告诉大家："刚刚马德隆来电话了，让我转告大家，咱们的恩情他都记下了，砸锅卖铁都会还大家的钱。我觉得他快要哭了，就赶紧把电话挂了。"

陈丹阳问袁野："他家谁病了啊？什么病啊？严不严重?"

袁野说："他爸，冠心病要做搭桥手术。"

小满吃惊道："怎么不跟我说啊！他是不是已经回去了?"

方铭道："今天还上班呢，过几天国庆节估计会回去，再说他今年的假也才休完。"

陈丹阳说："国庆前后的机票我早看过了，进出拉萨只剩全价票了，一趟来回至少得花万八千，国际航班都没进出拉萨贵，而且火车票早都没有了。"

小满道："哈哈，票越贵说明游客越多，咱们客栈国庆节肯定天天房满。"

陈丹阳对小满说："跟你不在一个频道上。我的意思是马德隆国庆想回去全价票都没有了，只剩下商务舱了。"

小满听了吐了下舌头不再说话，开始专心地吃起了鱼火锅。

第二天袁野和赵主任、次旺准时来到了电科院会议室。一进门，袁野看到了多吉，两人相互微笑一下算是打了招呼。赵主任和次旺在会议室里坐定，袁野坐到了两人身后。

开会的时候，电科院一直在说他们要在那曲做的高海拔实验有多么重要，需要信通公司提供四根纤芯到实验场地。赵主任一直在跟电科院说他们现有的光纤资源不能π接，如果在接头盒上抽出来几芯可能会影响在运业务，而且那曲海拔太高，信通公司目前的熔接机在那么高的海拔不一定能够熔得好。他让电科院先等一等，现在青藏联网工程的基建正在进行，等铁塔架好了，光缆不用π接，通道也能到那曲的实验点。可是电科院完全不听赵主任的，还是要他们提供通道，会开到后面都快要吵起来了。

次旺生气地问电科院领导："现有光缆上面都有业务在运行，从接头盒里给你们抽几芯，如果在运业务断了谁负责？"

多吉说："我在国网技术学院培训学的也是通信专业，大不了到时候我去，你们配合就行，业务断了算我们电科院的。"

电科院的领导听多吉说了这句话，得意地说："那到时π接几芯就让我们电科院的小伙子一块儿去，你们在旁边指导他就行了，要是在运业务断了算我们的。"

赵主任生气道："那你们自己干就行了，找我们开什么会？组织措施、技术措施、安全措施和施工方案你们去西藏电力公司走完流程拿给我们看看不就行了吗？"

电科院的领导没说话，多吉回答道："不就'三措一案'嘛，我来写。"

电科院的领导一听更得意了，说："'三措一案'我们也写了，到时候你们配合配合就行了。"说完就散了会。

出了会议室的门，次旺道："电科院非要现在做什么实验！想一出是一出，还跟我们抢工作，不知道急什么？到时候我可不去配合他们。"

赵主任说："嘿嘿，就你的脾气我还不知啊，到时候你肯定不放心，会亲自去的。"

次旺道："你看我到时候会不会去？刚刚那个小子也太嚣张了，到时候我看他怎么熔。"

赵主任道："这不就得了，还说你不去。"

袁野看次旺气消得差不多了才说："别跟他生气了，给马德隆转的钱还有多吉的呢。都是为了工作，没必要生气。"

听袁野这么一说，次旺心里才算舒服了些："你这么说，那个叫多吉的还算可以。我就不跟他生气了。"

赵主任一听袁野提到马德隆，就问："马德隆家里怎么了？昨天一上班就跑过来找我借钱，我问他干吗用，他只说家里有事儿。"

次旺回答："他家里有人做手术。具体怎么回事我也不清楚。"

袁野犹豫了一下，说："他爸爸冠心病，要做搭桥手术，我还有和跟他关系好的几个朋友一起帮他凑了点钱。"

赵主任忙道："那他怎么不找我请假啊？这么大的事儿我肯定要放他回家的。"

袁野说："这段时间火车票不好买，机票不是全价就是商务仓，他都开口借钱了，肯定不舍得买高价机票回去。"

赵主任点点头："也是。我问问他，还是让他回去一趟吧。"

袁野刚回办公室，多吉就打来电话："大夫哥，帮个忙呗，你们以前线路π接的'三措一案'给我发一份呗。"

袁野回答："刚刚的劲头怎么没了？我以为你都会呢！"

多吉说："我不就是想在我们领导面前多表现表现嘛。快快，给我找一份相似的，我弄完还得跑审批流程呢。那个我写完了你再帮我改改，到时候可别闹出笑话。"

袁野疑惑道："不对啊，你之前很低调啊，怎么今天跟打了鸡血一样，不说实话不给你！"

多吉道："大夫哥啊，我不是还单身着嘛，你们公司次旺的女儿，和我表妹是同学。其他我就不多说了。"

袁野明白过来，道："你这家伙想老牛吃嫩草啊，还表妹的同学？你还真好意思啊!"

多吉道:"哎呀,你就别说啦,这都快下班了。"

袁野道:"好吧,很久没听过你叫我大学时的外号了,看在你今天叫了这么多声的分上,我帮你写了。可这都快吃中午饭了,上午肯定来不及。这样吧,下午下班前发给你。"

多吉连忙谢道:"好嘞!谢谢大夫哥,回头一条红景天,别忘了在次旺面前多说说我的好话啊!"

袁野回了句:"放心。已经说过了,昨天让我给马德隆转钱的就是次旺。我跟次旺说了,凑钱的也有你一份,当时次旺就夸你很不错。"

多吉开心坏了,说:"红景天,两条。其他我就不多说了,都记在心里呢。"说完就挂了电话。

中午,袁野去"等风来"客栈简单地吃完饭就回了办公室,帮多吉写"三措一案",下午一上班就给多吉发了过去。提前了四个多小时,这使多吉十分感动,当天下午就跑到西藏电力公司走完了审批流程。

第二天上午上班没多久,赵主任就叫了次旺、袁野、方铭、马德隆去办公室,手里拿着那份袁野帮多吉写的"三措一案"说:"电科院那个叫多吉的小子可以啊,'三措一案'已经都签过字、盖完章拿来了。"随手递给了次旺。

次旺看完,啧啧称道:"这小子还真有两把刷子,方案里连去接头盒近端站点发红光确认π接纤芯都想到了。"递给了袁野。袁野看都不看一眼,就递给了赵主任。

赵主任说:"虽然π接是电科院负责,但光缆还是咱们的,还是得派人去那曲配合一下,袁野和方铭去近端站内配合,次旺和马德隆去现场配合,把咱们的熔接机也带上。都是西藏电力的事儿,该出手时就出手。"

出了办公室的门,等次旺走远了,方铭和马德隆才问袁野:"方案是你写的吧?多吉可都和我们说了,在次旺面前多说说他好话。哎,次旺的女儿你见过没?"

袁野道:"多吉写的,我就帮他改了改,要不是多吉跟我说,我都不知道次旺有个女儿呢。"

方铭说："怪不得昨天中你吃完午饭碗都不洗就跑了，原来要给多吉改方案啊。"

马德隆道："这事你都瞒着我们，不够意思啊！虽说多吉是你大学同学，但，跟我们也是哥们啊！"

袁野回答："我哪里瞒你们了，你们又没问我。"

方铭说："赵主任啥意思啊，后天就国庆节了，这是让我们去那曲过国庆节啊。"

袁野道："方案上的日期我也没注意，你打电话问问多吉，看他们电科院想什么时候搞。"

马德隆给多吉打完电话，说："明天出发去那曲，国庆节当天就要搞，今晚他请我们几个吃饭。"

方铭道："别啊，小满一个人守客栈多不合适啊。我给多吉打电话，让他就在客栈附近的饭馆里点好菜，端到我们客栈里，今天也让小满吃一回现成的。"

马德隆叹气道："有了女朋友就是不一样。"

晚上吃饭的时候，多吉按照方铭的要求，在客栈附近的一家餐馆里点了八个菜，让服务员送到了客栈里。多吉请几人吃饭的目的就是想让大家在国庆节期间的π接工作中帮助自己，给次旺留下个好印象。

袁野不解地问多吉："干吗这么客气啊？我一直想不明白，你为什么非要让次旺认可你呢？让她女儿认可你不就得了？"

多吉说："我舅舅以前和次旺在查龙电站是同事。我上初中的时候，我舅舅带我去查龙电站玩，我在电站里看见两棵小树苗，当时贪玩折断了一棵。"

袁野明白了，他知道查龙电站里至今活着的那棵树在次旺心中有多重要，但是桌上的其他人并不明白在那曲一棵活着的树有多么宝贵。

马德隆听多吉讲完，道："不就一棵树嘛，我之前跟赵主任去那曲听说过，在那曲种活一棵树有十万块钱的奖金。"

小满惊讶道："这么多钱啊！你是把次旺的十万块钱给折了啊，他能不恨你吗！"

方铭马上道："别乱说，次旺在那曲种树不是为了钱。"对多吉说，"看样子你那一折，真伤了次旺的心了，怪不得你费那么大劲儿想给他留个好印象。"

次旺说："我认识央珍也才不到半年。之前她告诉我她爸爸在那曲电力公司，我也不知道他爸是次旺啊。现在我和央珍都是偷着谈恋爱，我都不敢告诉咱们公司的人，就是怕次旺知道了不同意我和央珍在一起。"

一直在看手机的陈丹阳扬起头，道："那你们国庆节可得好好帮助多吉啊，这可关系到他的终身幸福。我国庆节就不和你们掺合了，我要去林芝，听说林芝是西藏最美的地方，借多吉这顿饭我就提前祝大家国庆快乐了。"

一顿饭吃完，大家明白了多吉的苦心，也知道了次旺有个女儿叫央珍。

次日清晨，三辆皮卡驶向那曲，信通公司两辆，电科院一辆，三辆车上所有的人都不是第一次去那曲，每个人都带着不同的心情，一路颠簸到那曲天已经黑了，大家到了宾馆就早早睡下，希望明天能够顺利地完成工作，这样还能拥有国庆假期中剩余几天的自由支配。

第二天一早，那曲的天阴沉沉的，还刮着很大的风。大家在茶馆里吃过早饭后，多吉、次旺、马德隆三人坐着两辆皮卡去了标号 729 的 π 接点处的铁塔，工作任务是把光缆接头盒取下，找出没有业务的四芯熔接至从高海拔实验处放过来的临时光缆。袁野跟方铭坐一辆皮卡去变电站里，工作任务是开站内工作票，然后在通信机房的熔配单元上找出没有业务的四根纤芯，发红色可见光，帮助 π 接点现场工作人员确定断开哪四芯熔接至临时光缆。

袁野很快开完工作票，随即就给次旺打电话，告诉他们可以开始 π 接了。

袁野和方铭一直待在通信机房，直到马德隆打过来电话，电话里夹杂着很大的风声："接头盒取下来了，你们现在发光，我们找出来四芯就断开准备熔接。现在风有点大，动作快点啊。"

方铭立即在刚刚找出来没有业务的四根纤芯上接上 OTDR 开始发红光，马德隆在电话里确认找出一根后，才换第二根，四根全部找出来花了不到 5 分钟时间，然后 π 接现场就开始熔纤芯。半个小时以后，马德隆打电话过来说："袁野，多吉已经把四芯光缆熔好了，接头盒也挂回去了。不过现场开始下雪了，你再确认在运业务是否正常，如果没问题就结工作票吧。现场雪下大了，就算有问题也没办法现在处理了。挂电话了，我们收东西准备撤了。”

袁野和方铭用最快的速度检查完在运业务都没有问题，方铭又打电话跟网管确认过没有告警，总共不到2分钟。袁野又给马德隆打过去电话：“都确认过了，在运业务都正常，你们赶快撤吧，我结完票就回去。咱们宾馆见。”

马德隆气喘吁吁地回答：“好，东西刚收完，准备下山了。这鬼天气，才几分钟啊，山上都有积雪了。不说了，宾馆见！”

袁野和方铭收拾完通信机房里的设备，刚结完工作票，电话就响了，袁野一看是马德隆来电话马上就接了。马德隆喘着大气断断续续地道：“袁野，不好了，出事了，下山的时候，多吉和次旺摔到山坳里去了。”

袁野马上对着电话喊道：“山坳深不深？人怎么样啊？”

马德隆说：“不知道啊，我还没下去。”

袁野焦急地对着电话喊道：“给司机打电话，叫他俩开车往山坳里冲，救到人就往那曲人民医院开。我报120，路上你们见到救护车就停。”

挂了电话，袁野马上打120，方铭也大致听明白是怎么回事，赶快给赵主任打电话说出事了。袁野挂了120的电话，一把抓过方铭的电话：“现在别给马德隆打电话，他还在山上，别让他再分神了，我现在就去现场！”

袁野和方铭连安全帽、工具、工作票都顾不上拿，空着手就冲出了变电站，跳上皮卡车，让司机往729基铁塔开。司机知道出事了，开着皮卡冲出变电站，疯一般地奔向729基铁塔。路上没有风，也没有下雪。

十分钟后，袁野的电话响了，是马德隆打来的。电话里，马德隆哭着道：“次旺昏迷了，嘴巴鼻子都是血沫。我和司机先把他抬上一辆皮卡，先往那曲方向走了，我和另一位司机刚把多吉抬上车，他说他的腿断了，我们刚上109国道，也往那曲开。”

袁野心中一沉，拨通了赵主任的电话，向他报告了这里的情况。

皮卡飞奔了二十多分钟后，司机远远看到109国道旁有一辆救护车和两辆皮卡才开始减速。等袁野和方铭坐的第三辆皮卡在路边停稳后，两人和司机下了车，跑到救护车尾部，看到担架上的次旺，头上的绷带渗出殷红的鲜血。医护人员正将多吉慢慢地往担架上抬。将多吉放稳后，医生用两根夹板固定了多吉的左腿。整个过程，多吉一直睁着眼睛，瞪着早已放晴的蓝天，眼角的泪水顺着脸颊往下流。医护人员给他的左腿上夹板时，多吉都没有发出一丁点儿声音。马德隆坐在路边干燥的路基上哭，仿佛那场雪根本不存在。

袁野和三辆皮卡的司机帮着医护人员把多吉抬上救护车后，一直到医护人员上了救护车关上门，都没有再刮一丝风。等救护车鸣笛开走，马德隆还坐在干燥的路基上哭。袁野愤愤地冲过去，狠狠地将他踹翻，他依然趴在地上哭。方铭和司机赶快将满身是灰的马德隆扶上一辆皮卡，袁野和方铭上了另外两辆皮卡，三辆皮卡才沿着 109 国道向着那曲方向，追赶仿佛已经走到了天边的救护车。

袁野在车上接到了赵主任的电话，不等赵主任问，便平静地回答道："次旺和多吉都在救护车上，次旺头部受了伤，多吉腿断了。"说完袁野就沉默了。

赵主任心中一寒，一阵苦涩的酸痛涌上心头。他寒的是，袁野说话的语气让他不知道跟袁野讲什么，他酸的是次旺那边还不知道是什么情况。赵主任用和袁野一样平静的语气讲道："知道了，咱们公司的领导也在路上了，电科院的领导应该也出发了。你在医院要撑住。那曲电力公司的人应该已经到医院了，他们会先帮忙垫付医药费的。"

等三辆皮卡孤单地追随着救护车到了那曲人民医院，救护车门已被打开，两副担架被抬到了两辆推车上，由医护人员推进了门诊楼的抢救室。袁野和方铭一直待在抢救室的大厅内，那曲电力公司来的人帮忙办理了入院手续。

不知过了多久，一位戴着口罩的医生过来对袁野和方铭说："都检查完了，年轻的那位病人除了左腿股骨干骨折外，其他都是皮外伤，目前生命体征平稳。问他话，他也不回答，也不知道喊疼，我们建议尽快去拉萨手术。另一位头部受伤比较严重，断了两根肋骨，现在肺部和头部都有积血。我们建议立即去拉萨做手术，我们这医疗条件很有限，病人可能会有生命危险。务必抓紧时间安排救护车送病人回拉萨。"

方铭对医生说："我们问一下他们家人再做决定。麻烦您稍等一下。"见袁野不说话，方铭连忙给赵主任打电话，"赵主任，多吉刚做完检查，就是左腿骨折，其他都是皮外伤，现在生命体征平稳，次旺头部和肺部都有积血，有生命危险。医生建议尽快送两人回拉萨做手术，我们也没法拿主意，得问下次旺和多吉家里的人。”

赵主任道：“不用问，安排救护车送回拉萨。你在救护车上陪护，我们估计还有四五个小时才能到，你跟袁野说一声先去吃饭，吃完饭让他跟马德隆回宾馆等着。”

方铭挂了电话，想到自己都没心情吃饭，就没跟袁野说吃饭的事，只是转告袁野：“你和马德隆先回宾馆等着赵主任他们，我马上陪多吉和次旺坐救护车回拉萨。”

医生让护士拿来十几份检查报告交给方铭：“腿断的那位骨折手术越快做越好，另一位比较危险，一直深度昏迷，我们已经将肺部的积血引流出来，头部的积血我们无能为力，你尽快办一下手续送两位病人回拉萨吧。”

方铭跟那曲电力公司来的人说明了情况，那曲电力公司的人马上帮忙办理手续，医护人员抬着多吉和次旺上了救护车，方铭也一起上了车。袁野看着救护车离开了自己的视线，才跟那曲电力公司的人说了声谢谢，就带着三辆皮卡和马德隆回了宾馆。

到了宾馆，三位司机帮袁野一起把瘫在皮卡上的马德隆弄回房间，袁野就一直坐在马德隆的房间里盯着他，一句话都没跟马德隆说。

袁野盯着马德隆一个多小时了，精神都快崩溃的马德隆才说道：“下山的时候，次旺提着熔接机走在最前面，多吉提着熔接工具箱走在中间，我左手拿着光功率计，右肩挎着光时域反射仪走在最后，当时雪很大，山上瞬间就落了一层挺厚的雪，下山的时候经过山坳，多吉和次旺走在前面把雪都踩实了，我在最后滑了一下碰到了多吉，多吉又滑了一下碰到了次旺，次旺没站稳就往山坳里滑，多吉赶快伸手去拉他，结果他俩都滑到了山坳里。当时司机就把车停在路边，应该都看到了。等我下到山坳，次旺的身体趴在熔接机上，嘴巴和鼻子都是血沫。多吉躺在次旺几米外喊腿动不了了。当时我和两名司机差不多同时赶到山坳，我们一起把次旺从熔接机上搬开，他的头上也有不少血。”

马德隆说到一半就开始哭。袁野拍拍马德隆的肩膀，哭着道：“你没做错什么，错就错在老天下了一场急雪。今天踹你那一脚是我对不起你。”

袁野抹着泪出了马德隆的房间，回到自己的房间。此时已经是晚上九点多了，那曲的天才刚黑透，袁野衣服也没脱，就钻进被窝，让自己什么都不去想，疲惫感和身体的各种不适感瞬间袭遍全身，不到五分钟，就昏睡了。

这一夜，袁野一直在做噩梦，翻来覆去，浑身软绵绵的。他努力地睁开眼睛，掏出手机看了看时间，已是中午 12 点多了，就给赵主任打了电话。电话一通，赵主任用平静到可怕的语气对袁野讲："我们已去过现场了，山坳中的一块石头上有血迹，次旺摔下来的时候头应该撞在了那块石头上，到现在还在昏迷，公司已经送他去北京做手术了。马德隆写了封辞职报告，已经坐 11 点 50 分的火车走了。"

袁野挂了赵主任的电话立即给马德隆打电话，但是一通就被挂断，试了几次都不行，就在袁野继续拨电话的时候，短信栏里几个字跳进眼里：拜拜，可怕的西藏！紧接着，是马德隆的语音：

"袁野，我走了，头也不回地走了，就算带着泪我也要回家。最珍贵的岁月已经被我留在了西藏。"

"我爸的手术昨天就做完了，非常顺利。感谢你们的帮助！"

"昨晚我想了一整夜，西藏实在是太艰苦了，我真的受够了。我打算先去找在济南培训时认识的女朋友，告诉她我辞职了，悔不该当初没听她的话去了西藏，现在回头了，不再去西藏了，如果她依然愿意跟我在一起，那我就娶她，抓紧时间和她生一个孩子，我想这样我爸也能活得久一些。"

"欠大家的钱，请你帮我用住房公积金来还给大家。我查了一下，在西藏这几年已经有四万多了。剩下的请帮我交给次旺的家人。"

"西藏的电话卡等你听完这段语音时，我已经把它丢了。我欠大家的情，在内地还，我在内地等你们的到来！我现在唯一的遗憾是当初没能跟你们做一次真正的追风少年。"

袁野的泪水唰唰唰地流着，实在难以抑制内心的情感，竟抱头痛哭起来……

第五章

虽已告别了　仍是有一丝暖意

仍没有一丝悔意

多吉从那曲回到拉萨就进了西藏自治区人民医院。多吉的姑姑在自治区人民医院工作，马上帮他安排了骨科的单人病房，第二天上午多吉就进了手术室。

方铭在电话里告诉袁野，多吉的手术整整做了八个小时，做完手术昏迷了两天才醒过来。袁野刚从那曲返回拉萨就去医院看望多吉。

多吉躺在病床上双目无神，看到袁野的第一句话就是“次旺不应该抓着熔接机不放的，如果当时他放手，结局就不会是这样”。

袁野回答道：“如果放手他就不是我认识的次旺了。他来信通公司以后，总是跟新员工讲‘这台熔接机可是咱们西藏电力最贵的一台，其他型号的熔接机在海拔超过三千米的地方根本熔不出衰耗这么低的光纤’。马德隆跟我讲了当时的情况，要怪就怪变幻无常的天气吧，你也没必要自责。央珍来看过你吗?”

多吉目光暗淡，摆了摆头。

袁野一时不知道跟多吉说什么好，只能坐在多吉床前，默默地陪他坐着。

过了几分钟，多吉自己把吸氧管拿下来对袁野说："帮我把氧气关了，我想抽支烟。"

袁野转身去关病房门，看了一眼过道，没有医生和护士，转身走过去帮多吉把氧气关了，然后把病床摇起来，拿了个一次性纸杯，倒了点水放在了床头的柜子上，打开病房的窗户之后才从口袋里拿出烟盒，抽出一支递给多吉，帮他点着。

多吉左手夹着烟，吸了一大口才指着右手的镇痛泵说："比这个东西管用多了。"

袁野不知道怎么回答，看着多吉缠满绷带的左腿，问："腿怎么样了？"

多吉指了指旁边的片子说："希望以后还可以正常走路。"

袁野拿起片子，走到窗前，对着阳光看了一下，一整根大腿骨中有一根筷子一样的东西，上下两端各横插着两颗横向贯穿骨头的螺钉，大腿骨的正中间有一道锯齿状的缝隙，宽度和横向贯穿骨头的螺钉差不多。袁野在片中右下角看见了比例尺，大概比对了一下，缝隙的宽度有近1厘米。

袁野放下片子问多吉："缝了不少针吧？"

多吉回答："医生说，从膝关节到腰部断断续续缝了三十四针，骨头中间那根髓内钉是从屁股后面沿着大腿骨骨腔一直插到膝关节，过几年等骨头完全愈合了还要再拆出来。"

袁野摸摸自己的左腿，感觉整条腿都在发麻，问多吉："那不是又要割开拆掉了再缝上吗？"

多吉没有说话，只是在一次性纸杯里弹了弹烟灰，深吸了一口。

袁野继续问多吉："疼吗？"

多吉把烟蒂扔进一次性纸杯里，道："你手里扎过刺吧？就是刺不拔出来的感觉。"

袁野拿起床头装着烟蒂的纸杯丢进了垃圾桶里，打开病房的门，说："听你这么说应该很疼。我看你骨头上钻了那么多洞，螺丝又上得那么齐，将来肯定能正常走路。呃，片子上看不出那四颗螺钉是十字槽还是一字槽，而且也没上螺帽和垫片，时间长了不会掉出来吧？”

多吉惨白的脸上终于有了点笑容，道：“大夫哥，你以为是在组塔啊？还上螺帽加垫片？对得起你在大学里的外号吗？”

袁野看多吉心情好了一些，帮他把病床摇平，说：“马德隆第二天就从那曲辞职走了，手机号也换了。”

多吉叹气道：“当时真不怪他，下山的路太滑了。袁野，马德隆没说去干什么吗？”

袁野回答：“没具体说去干什么，应该去做追风少年了吧。”

这时候进来一位护士给多吉换药，闻到满屋子的烟味，对袁野厉声道：“医院不准抽烟，你还在病房抽烟！要抽去医院大门外抽。”便狠狠地瞪了袁野一眼。

袁野一脸惭愧地对护士说：“我的错。您先忙。等我出去您再拆他腿上的纱布，我没勇气直面伤口，这就去医院大门外。”

护士抬高嗓门：“快出去！”

“好好好。瞧您，把我吓的。”袁野似笑非笑地向护士点头，对多吉招了招手，就离开了病房。

袁野刚走出骨科的大门，就看见方铭和小满提了些水果迎面走来。袁野拦住两人，说：“护士正给多吉换药，你俩还是等一下再进去吧。”

小满不开心地道：“不就是换个药嘛，刚好看看他的伤口。”

方铭对小满说：“多吉整条左腿从膝盖到屁股切了六处刀口，总共缝了 34 针，你就别看了，咱俩等会儿再进去吧。”

小满道：“我看看多吉就得回去。客栈里只有两个刚招的小姑娘，网上的订单怎么处理她们都还不会呢。”

袁野对小满说：“没事儿，你俩先在这等着，多陪会儿多吉再走。我现在就去客栈帮你处理网上订单。呃，陈丹阳呢？还在林芝？”

小满说：“你自己打电话问她呗。嗨，我说哥哥，你们两个好怪呀，她打电话问我你回拉萨没，你又问我她从林芝回来没，你俩怎么不直接打电话？”

方铭道：“就是就是，咱们刚到那曲那天晚上，我都睡了，她还打电话给我，让我多注意点你，还问我你哭没哭。”

袁野摇头道：“你们俩这一唱一和的，才认识几个月啊。你俩自己在这等吧，我先去客栈了。”

小满说：“好吧，我把入住系统密码发到你手机上。对了，前几天公安过来要求我们装一套监控系统，但他们提供的监控设备太贵。”

袁野说：“那就上网买呗，我和方铭都是搞信息通信的，装几个监控还难不倒我俩。”

方铭说：“小满早就在网上订了，昨天就收到了，跟公安要求的品牌型号都一样，不过得接入他们的系统。”

袁野道：“那就接呗，这样挺好的，安全第一嘛。”

方铭道：“技术没有问题，关键是他们给了个安装人员的电话，我打电话过去那人一听我们准备自己装，设备 IP 和往哪接都不告诉我。”

袁野听了不屑地道：“不给就不给，到时候咱自己装，不管网线还是光纤，接到他交换机上，不给 IP 就是他们的事儿了。”

袁野到了客栈，刚在前台坐下，就进来一位民警。民警看了一眼坐在前台的袁野，严肃地道：“你们监控怎么还没装？”

袁野没有起身，道：“你给我 IP，明天就能装好。”

民警不懈道：“懂什么是 IP 吗？就算告诉你，你能装好吗？”

袁野拿出工作证放在柜台上：“我就是搞信息通信的。”

民警拿起工作证瞅了一眼，说：“呦，还真是搞信息通信的啊，而且是国家电网公司的啊！好，我现在就告诉你 IP，明天装不好停业整顿！”笑了笑，将工作者递给袁野。

袁野站起来，摇了摇工作证：“没问题，你指一下监控装哪里合适，再指一下接入你们系统要往哪里接线就得了！”

民警转身将需要装监控的地方指给袁野看，袁野立即掏出手机，打开摄像对着拍了起来。民警态度马上转变，抖了抖身子，一本正经地挑了几个位置：“这里，这里，还有这里都要装。”随后走出客栈，指着马路边的一个公共监控摄像头说：“看见没，那下面有个箱子，把网线接到那里就行了。”

袁野又问道："那个箱子有锁，我怎么往里插网线？"

民警道："你往里接线的时候给我打电话，我的电话号码就贴在你们柜台上。"

袁野关了手机摄像，民警的表情很快就恢复了常态，掏出烟，递给袁野一根，说："你怎么不怕警察啊？"

袁野接过烟点上，回答道："警民一家呀，我又没做违法的事儿，怕你做什么。再说你们本来不就是为人民服务的嘛！"

民警拍拍袁野的肩膀道："你们电力工人不也是为人民服务的嘛，我也是为了你们客栈的安全嘛，再说旅店需要装监控也是有相关规定的。"

袁野举起大拇指，笑着道："哪天我去你家帮你检查下空开，然后告诉你必须换我指定的，不换就停你家电。"

民警哈哈笑道："你说你咋那么爱较真儿呢，都是为人民服务嘛。告诉你，我家前段时间才换了智能电表。"瞬间拉下脸道，"换表不要钱，但是，换完以后，怎么电费每月多了几十块？"

袁野严肃地告诉民警："新电表灵敏度高，你家里的电器如果不拔掉电源，就会一直计费。你回家可以自己试试看，光插手机充电器，别连接手机，电表都会计费。以后要注意节约用电，科学用电，不用的电器把插头都拔下来，应该会给你省钱的。"

民警恍然大悟："你这么一说我就明白了，就跟家里的老自来水表一样，水龙头滴水时，水表不会走，水开大了，才会正常走表，你们这新电表灵敏度高了，这每一滴水都在计算范围之内了吧？"

袁野道："你这个比喻很好，很接近生活。"

民警说："好吧，监控你慢慢装，我也不催你们客栈了。对了，现在夜里有点凉，我们警务站里晚上一开电暖气就跳闸，有没有办法啊？"

袁野笑了笑回答："有啊，让电工给你换个大功率空开就没问题了。"

民警笑道："这样吧，你帮我换空开，我找人帮你装监控，怎么样？"

袁野马上道："没问题，等客栈老板娘回来了我去帮你换，空开都不用你买。"

民警道：“够意思，交个朋友，我也姓袁，单名一个方，方正的方。”

袁野伸出手道：“本家啊！我就不用说名字了吧，我的工作证你刚刚也看过了。”袁野主动跟袁方警官握了握手。

等方铭和小满回来，袁野找小满要了把螺丝刀，就拉着方铭去警务站换空开。

方铭路上问袁野：“干吗去给他们换空开啊？”

袁野回答：“为人民服务。嗨，换完空开，人家帮咱们装监控。”

方铭惊讶道：“互相服务啊！这样都行？”

袁野道：“我看行。”他把自己在客栈遇到袁方警官的事讲了一遍。

方铭听了道：“真行！”

两人在便利店买了两个大功率空开后，来到警务站。袁方警官下面执勤去了，值班民警一听是来换空开的，马上热情地说：“还是我们袁所心疼我们。”

“他是所长？”袁野道。

“哪敢有假。”值班民警道。

“告诉你，警察同志，我们可不是冲着袁方警官是所长来的。”袁野说。

“是为用户服务。”方铭道。

“好呀！”值班民警带着袁野和方铭来到配电箱前，指出了经常跳闸的那个开关。

袁野和方铭不到 10 分钟就换好了空开。回到客栈小满已经做好了晚饭，三人吃饭的时候袁野突然问小满：“你想你哥哥吗？”

小满回答：“想啊！不过来了拉萨好多了。我把哥哥的日记留在了华山的‘等风来’客栈，哥哥的照片也在那里。来了拉萨我感觉就是个全新的开始，每天有波波、丹阳姐，还有袁野哥哥，都可以陪我说话，帮我做事，每天都不会觉得孤独，在这里的每一天都很开心。”

袁野问小满：“如果你每天都还像从前一样待在华山的客栈里，是不是就没现在开心了？”

小满说：“嗯，应该是这样的。我待在华山的客栈里，没事的时候就会想我哥哥。要不，你就搬来住客栈吧，每天一个人回家，一定也会很难受的。”

袁野摇摇头道："我还是喜欢回家住，晚上在艾灵曾经睡过的床上才会睡得踏实，每天白天没事的时候来客栈，我觉得也很开心。"

方铭感觉气氛被袁野搞得有些凝重，马上打断两人说话："换个话题吧，什么你哥哥啊你媳妇啊的，都不要再说了。"扫视两人一眼："我有个想法，小满的'等风来'客栈现在全国都有两家店了，这两年骑行、自驾川藏线和青藏线的游客又那么多，咱们就沿着青藏线和川藏线把客栈开到华山去，怎么样啊？"

小满高兴地道："好呀好呀，我一定会加油的。"

方铭和小满越聊越兴奋，两人干脆拿出了纸和笔，写起开店的计划和方案。

袁野实在困得不行了，就找小满要房卡。小满急匆匆地丢给袁野一张房卡说："就剩这一间，别人刚退的，还没来得及打扫。我这就去换下床单、被套，你先凑合着睡。哦，丹阳姐还没回来，她的房间还是空的，要不……"看了眼袁野。

袁野做了个鬼脸，又看了看表，道："已经凌晨一点多了，实在是不想大半夜往家里跑。"见两人写方案正在劲头上，"你俩忙。把大丹的房卡给我吧。"

小满急匆匆地跑到柜台，把陈丹阳的房卡丢给袁野，继续如同打了鸡血一般与方铭讨论开分店的计划。

袁野拿着房卡上了三楼，进了陈丹阳的房间，倒头便睡，被褥上的香气将他带入当初他向艾灵求婚的梦境……

袁野在济南培训时的国庆节假期，和艾灵去了青岛的一家婚纱摄影工作室，这家工作室是艾灵在网上提前订好的。在这里，艾灵跟着工作人员在一间挂满婚纱的屋子里挑婚纱，一下就挑了七八套。袁野感觉很奇怪，为何只有婚纱没有男士的衣服？就问工作人员，工作人员告诉袁野，男士的衣服都是根据女士的婚纱搭配好的，不用选。

袁野感觉拍婚纱照男士好像不怎么受待见。挑婚纱的时候又来了一对拖着行李箱的男女，不知是领过证的夫妻还是没领证的情侣。艾灵挑完婚纱后，工作人员告诉两人，明天一共有三对情侣一起拍照，他们工作室的商务车加上摄影师、灯光师、化妆师刚好可以坐下，车有点挤，请谅解，平时都是一天安排两对情侣拍照的，国庆节期间拍婚纱照的人比较多，所以每天安排三对情侣。然后工作人员给了一张房卡，就是楼下商业中心的酒店，告诉两人可以先休息一下，等晚上七八点化妆师回来了再过来根据挑选的婚纱定妆，明天拍婚纱照化妆时不会浪费太多时间。艾灵预订的婚纱照套餐里包含了两晚的住宿和拍照期间的盒饭，两人离开前，工作室的工作人员提醒两人明天可以准备些零食、水果，因为拍照时间紧张不一定什么时间才能吃到盒饭。

两人拿了房卡跟正在挑婚纱的情侣聊了下，他们也是从济南过来的，未来两天大家都要一起拍照，先混个脸熟挺好。袁野和艾灵离开工作室后去酒店放了行李就去吃午饭，吃完午饭还看了场电影。之后两人又逛了会儿街，晚餐吃了牛排，艾灵还点了瓶红酒，服务员开酒的时候艾灵告诉袁野："这可是我们两个人喝的第一瓶红酒，要记住是在拍婚纱照的前一天你才请我喝的。"

听了艾灵这话袁野仔细回想了下，以前在学校的时候除了父母给的生活费没有其他经济来源，偶尔在课余时间去发发传单，一个周末酬金加起来还不到一百块，所以两个人在一起顶多也就是在情人节时去吃顿牛排，并没有点过好几百一瓶的红酒。吃饭的时候艾灵一直在期待什么，可惜袁野并没有做好准备。

吃完饭刚好到了和工作室约定好的试妆时间，袁野牵着艾灵的手默默地向工作室走去。一路上艾灵并没有说太多话，这时袁野才意识到，自己还差一个正式的求婚。

一进工作室，里面人很多，加上袁野、艾灵有六对小夫妻，三对刚拍完照正在挑需要精修入册的照片，袁野、艾灵和剩下的两对等着试妆。化妆师在根据各位女士挑的婚纱定妆选佩饰的时候，袁野看了今天刚拍好的照片，觉得摄影师水平很高，拍出来的照片对比眼前真人，颜值都高了许多。在艾灵试妆的时候袁野没什么事可做，就准备去楼下的商场里转一转。

袁野直接去了商场中的一家婚戒定制中心，一看钻戒的价格都很贵。服务员注意到袁野的神情，主动给袁野倒了茶："先生，有看上的款式吗？可以拿出来给您看看。"

袁野怯生生地告诉店员："我想买一枚求婚用的戒指。"

店员非常热情地给袁野拿出了好几枚钻戒，价格从几千到几万不等。袁野一直在脑海里算着账，自己刚参加工作没什么存款，跟家里要钱又开不了口，算了半天，拿不定主意。店员看出了袁野的顾虑，提醒道："先生，我们这里是可以刷信用卡的，现在国庆节期间，我们店的会员可以打折，您要是现在就买，可以给您办张会员卡。我们在全国各地的分店，都可以为您的钻戒提供每月一次的免费清洁保养。"

袁野详细了解了不同大小钻石的价格，心里加了下自己两张信用卡的额度，打算照着两张卡额度的上限买一枚。聊了半天钻石，袁野才想起还不知艾灵手指的圈号。店员很温柔地对袁野讲："先生，您不知道也没关系，我们是全国连锁，您可以在任意一家门店免费调换不同大小的戒托，而且还可以免费刻字。戒托的样式不喜欢可以为您免费更换一次。在我们店里买钻戒其实就是买钻石，每颗 30 分以上的钻石都有编码和对应的证书，编号都在钻石的腰部，需要通过镭射或者 10 倍以上的放大镜才可以看到。"说着拿了枚 1 克拉的钻戒用专业激光笔为袁野演示了一下，一照果真有编码被投射出来，接着又向袁野仔细介绍了钻石的价格一般是根据重量、颜色、净度、切工而定的。

听店员讲了半天，袁野一直在纠结要不要把信用卡刷光。他到商场门口一连抽了三根烟，想清楚以后，立即掐灭手中的烟，转身回到店里。那位店员看到袁野又回来了，立马端了杯冰咖啡，并且更加热情地对袁野说："其实每个女孩心中都有个 1 克拉的梦想，钻石又是很保值的，升值空间比黄金要大很多。"

袁野一口喝光了咖啡，故作镇定道："那就帮我选颗 1 克拉的。"店员随即喜笑颜开，请店里的经理给袁野拿来几枚 1 克拉钻戒仔细介绍起来。袁野从中挑选出一枚以埃菲尔铁塔为原型设计的钻戒。

经理看袁野挑了这枚钻戒，态度诚恳地对袁野讲："这款钻戒是我们店里戒托圈号最全的，您爱人现在不能试戴，如果戒托大小不合适等她过来时可以马上为您更换合适大小的戒托，最多半个小时就能为您换好。"

那位店员看袁野选了这枚钻戒，在旁边夸道："先生，您的眼光真好，这款是由法国著名设计师设计的经典款，国庆活动期间我们还能再送您一朵可以永久保存的镀金玫瑰花。”

袁野问：“可以给我按会员价打折吧！”

经理马上说：“没问题。”然后转身对店员说：“先给这位先生办一张白金会员卡，然后按98折结账。”

那位店员很快帮袁野办理会员卡，会员卡一办完，经理就带着袁野去刷卡。袁野跟着经理来到贵宾室，从钱包里掏出三张信用卡递给经理。经理接过三张卡开始刷卡，袁野输第一张卡的密码时，手还有点颤抖，直到输第三张卡密码时，内心已经完全平静了下来。

第二天拍婚纱照，袁野趁着艾灵化妆时找到摄影师，跟摄影师讲自己还没有向艾灵求婚，希望在教堂拍婚纱照时帮自己安排个求婚的场景，他想在婚纱照上留下真实的求婚场景。摄影师一听，直夸袁野有心计，非常乐意帮助，还问袁野用不用帮忙准备什么。袁野从衬衣口袋里掏出戒指，道：“一会儿你就安排个新郎单膝跪地向新娘求婚的场景，我就给她戴这枚戒指。”

摄影师看了眼袁野手中的戒指，惊讶地道：“嗨！有1克拉吧！等在教堂里拍照片时，我让灯光师尽量把灯光打上去，一定给你拍个完美闪耀的瞬间出来。”

当在教堂前拍照时，摄影师为袁野和艾灵安排了造型，特意让艾灵侧身站在教堂前，袁野单膝跪地托起艾灵的手，摆好姿势后，摄影师说：“下面拍一组求婚的照片，新郎自带道具的。”

袁野从衬衣口袋里拿出那枚钻戒，缓慢地戴向艾灵右手的中指。此时艾灵才明白袁野是在向自己求婚，感动得流出了眼泪，左手抚向眼角。摄影师抓住时机连拍数张，拍完后说这张照片一定可以做相册的封面。

艾灵眼角挂着泪水，但嘴角却向上扬着，对袁野说：“讨厌，还以为你这辈子都不打算跟我求婚了呢。”袁野没有回答，深情地吻了下艾灵的手背才起身。

等袁野一站起来，穿着婚纱的艾灵就给穿着西装的袁野一个大大的拥抱，此时专业的摄影师又是一阵抓拍，拍完后啧啧称道：“真情流露的效果是比摆拍的效果好很多！”自我陶醉地，“杰作！哈哈哈哈，真乃杰作！”

接下来的拍摄中，摄影师非常认真负责，每一个场景都会指点一对新人摆出不同的造型，每个造型又会拍很多张照片，当看到新娘妆花了，化妆师立即补妆，补完妆，摄影师才继续拍照。化妆师还一直在为三位新娘换妆。新郎的妆还好，化一次基本可以用一整天。

第二天的海景照和游艇照也很顺利，只是海风有点大，不过摄影师感觉很好，这样很容易拍出飘逸的感觉来。摄影师还特意为三位新娘拍了几张戴加长头纱的照片。结束的时候还为三对新人一起拍了张面朝大海举起左手的背影。摄影师跟大家同为 80 后，都看过《海贼王》。经过两天的拍摄，三位新郎早已混熟，大家一致认为，婚纱照里的男士其实就是个物件，存在的意义就是给新娘当道具。

最后一天回到工作室选照片时，跟摄影师当初说的一样，艾灵挑了那张袁野在教堂前求婚的照片做了相册的封面。最后修图的时候，摄影师特意体现出了一克拉的光线感，也算满足了袁野的期望。

挑完照片后，袁野和艾灵准备离开青岛，毕竟拍婚纱照都是在青岛的几个景点附近。袁野来青岛之前就想好了两人的下一个目的地是长岛。长岛位于胶东、辽东半岛之间，在黄渤海交汇处，虽然和蓬莱阁隔海相望，但国庆期间游客一定没有蓬莱阁多。

艾灵听袁野讲，送给她的那枚求婚戒指有 1 克拉，是刷的信用卡买的，要分 24 期来还，她没有责怪袁野，只是告诉袁野买钻戒的钱会和他一起来还。袁野说："这是我乐意送给你的，不用你的钱。"艾灵十分感动。两人离开青岛前，去了那家婚戒定制中心的店里换了合适的戒托，还让工匠在内侧刻了两个人姓名首字母的缩写和求婚的日期。艾灵对袁野精心挑选的这枚戒指非常满意，对袁野说："这枚戒指我会呵护一辈子。如果有一天我不在了，就算你送给别人，也不能把戒托上面刻的字抹去。"袁野说："我们一起白头偕老！"两人紧紧地相拥一起……

梦到这里，袁野仿佛听到艾灵正在自己的耳边说话。猛然间清醒了过来，此时房间里一片漆黑，袁野发现自己趴在陈丹阳的床上，胸口被自己一直挂在脖子上的钻戒硌得生疼。袁野坐起身来，回想起自己上一次梦见艾灵是在华山派出所睡着的那一晚，陈丹阳正抱着自己。袁野一个激灵跳下床，走出房间，看了下时间，自己只睡了半个小时。下楼时，他听到方铭和小满还在激情满满地讨论着客栈开分店的计划。

袁野走到方铭和小满跟前，把陈丹阳的房卡递给小满，说："在这儿睡不踏实，我还是回家去睡吧。"

小满说："袁野哥哥，丹阳姐不会嫌你睡她床的。"

袁野没有回答，头也不回地出了客栈。打车回到家中，躺在曾经和艾灵睡过的那张床上，耳边回响着刚才梦里艾灵说的"如果有一天我不在了"的话，情不自禁地泪流满面……"高原清澈如梦的漫天星辰啊，我祈求您保佑我的爱妻可怜的艾灵呀……"

一夜无眠。

窗外微白。

袁野抹去泪痕，下床洗漱后，见天刚蒙蒙亮，先吃了碗泡面，然后给家里打了个电话，得知小灵熙和父母一切都好，才去了客栈。

袁野一进客栈的门，看到有几位师傅正在装监控，方铭在旁边帮忙。

方铭见袁野进了客栈，跟站在椅子上装摄像头的师傅说："这位就是昨天下午跟袁方所长聊过天的帅哥。"

装监控的师傅一口四川话问袁野："我当是哪个哦，这么大的面子，让我们一大早来做活儿，还不得收钱。"

袁野本来就有些心烦，没好气地说："我叫袁野，跟袁所长一个姓！"

装监控的师傅一听，说道："原来是亲戚撒，我说怎得这么大的面子，放心，我一定给你装得巴巴适适。"

袁野没有接话，和方铭一起帮师傅装起了监控。

这天是国庆节假期的最后一天，陈丹阳终于舍得离开林芝回到拉萨。一进客栈，袁野看到陈丹阳脖子上挂着一部崭新的徕卡相机，便想起了老陈。

陈丹阳路过几人身旁时说："林芝实在是太美了，相机的内存卡都拍满了。小满呢？我去给她看我拍的照片。"

方铭道："好我的大记者哩，跑累了吧？先坐下歇会儿。小满正在打扫客房呢。”

陈丹阳说：“去林芝玩了一圈，心情非常好，晚上我请大家吃饭，叫上多吉和马德隆一起。”

袁野说：“我替他俩把你的心意领了。吃不成了。”

陈丹阳问：“为什么？”

袁野和方铭把那曲发生的事讲了一遍，陈丹阳听后惊讶道：“这，这，你俩是在写小说啊，别编故事逗我了！”

陈丹阳掏出手机给马德隆打电话，提示已关机，然后又给多吉打电话，打了半天都没人接。

袁野说：“自治区人民医院，骨科 3 床，不信你自己去看看多吉。”

陈丹阳这才相信，生气地说：“这么大的事儿，你们也没人打电话跟我说一声，还拿不拿我当哥们儿了。”

袁野叹息道：“告诉你也没用，又不能改变什么，还不如让你在林芝开开心心地玩几天。”随即岔开话题，“这个相机是老陈给你买的？”

陈丹阳回答：“是他买的。”又急切道，“先别说那些没用的，你们俩真没逗我？”

方铭说：“是袁野不让我和小满告诉你的，说让你在林芝好好过个节。你快去医院看看多吉吧。”

陈丹阳这才急匆匆地回了房间，一进门看到自己的床被人睡过，气呼呼地丢下背包和相机，冲下楼问：“谁没经我同意，就睡我房间了？”

方铭看见陈丹阳很生气，马上回答：“袁野。”

陈丹阳一听是袁野，语气才平和下来，说：“袁野，陪我一起去看多吉呗，我有些晕血，害怕去医院。”

袁野把手中做了一半的网线递给方铭，说：“行，我陪你一起去。”

袁野陪陈丹阳来到自治区人民医院的骨科病房，陈丹阳看见躺在病床上的多吉，才相信刚才袁野和方铭跟自己说的事儿是真的，不由得泪水夺眶而出……

国庆假期一结束，袁野进办公室看到次旺和马德隆的工位空荡荡的，次旺的桌上放着国庆前才领的还没来得及开箱的办公电脑，心中一阵酸楚。自从艾灵离开以后，袁野将不愿再想起的事装进在心中建起的那间没有灯光的房间，但房门总是关不紧，轻轻一阵风就可以吹开，门一旦被吹开，只有忙碌才能将这扇门再次紧闭。袁野坐在自己的工位上，强迫自己不去想次旺和马德隆的事。综合部的人资专责找到袁野，递给他一份委托书和辞职报告，上面盖着公司的章。

人资专责告诉袁野："这两份资料是帮马德隆提取住房公积金所需的文件，当时他委托你帮他取，国庆之前他就问过我公积金怎么取，我告诉他买房子、装修可以取，辞职也能取，没想到他真就辞职了。"

袁野从人资专责手中接过文件，然后去找赵主任请了半天假。请假时袁野问赵主任："马德隆向你借了多少钱?"

赵主任说："他当时找我借了五千块，我多给他转了三千块。"

袁野道："马德隆走之前让我用他的公积金把欠大家的钱都还了，剩下的给次旺的家人。等我拿到钱，把他欠你的钱和剩下的一起交给你，当时次旺也给他转钱了，剩下的和欠次旺的钱你帮马德隆转交给次旺的家属吧。"

赵主任说："我还以为你现在已经变坚强了呢，你要是不想去，也只能我去了。当初是我说服次旺来咱们信通公司的，如果不是我坚持让他来，也许就不会出事。"赵主任给袁野派了辆皮卡，让他去帮马德隆取公积金。

袁野取完马德隆的公积金，按照之前凑钱的数一一还给大家，剩下的全都交给了赵主任。赵主任接过钱叹气道："我借给马德隆的钱也一块给次旺家里人吧。你们年轻人不愿去面对次旺的家人，那就我去吧。袁野，你下午替我去开一下会，青藏联网工程的塔基开挖和浇筑已经完成了一大半，咱们信通公司也得开展一些前期工作了，现在一下子少了两个人，我只能带着你和方铭去那曲了。"

袁野问赵主任："马上就要到冬季停工期了，怎么现在开始忙了起来?"

赵主任告诉袁野："冬季来了，雨季过去了，对处于冻土层地带的唐古拉山口来说，秋冬交替的时候正是冻土层的稳定期，也是最适合施工的时间段。到时候带你去看一下就明白了。"

袁野一听终于可以忙碌起来，突然间感觉自己总算找到了寄托，心中那扇经常被风吹开的门也可以暂时锁上了。

袁野下午一上班，还没到开会时间赵主任就回来了。

袁野看到赵主任惊讶道："这么快就就回来了？"

赵主任回答："唉，我想了一中午，不知道去次旺家怎么跟他的家属说，就给他女儿发短信，找他女儿要账号，想把钱转过去，可他女儿一直没回短信。"

袁野想了想其他办法，便想到了多吉，跟赵主任说："那我把钱给多吉吧，他至少是央珍的男朋友，让他给央珍也好一点。不过央珍一直都没到医院看过多吉。"

赵主任如释重负地点头表示同意，从怀里掏出一个厚厚的信封交给袁野说："我去开会了，这事儿还是交给你去办吧。当初是我坚持，次旺才肯来咱们公司的，面对他的家人我还是觉得很内疚。"

袁野答应自己去医院把钱交多吉。来到多吉的病房，看到一位二十岁出头的藏族女孩正在削苹果。多吉有些费劲地撑起身子对袁野说："大夫哥，来看我还是挺勤快的嘛。"

袁野走到多吉跟前，小声问："这谁啊？是不是央珍？"

多吉回答："你想多了，她是我表妹德吉。"说罢，跟德吉介绍道，"德吉，这位就是我之前跟你说过的我的大学同学袁野。"

德吉对着袁野笑了笑，把削好的苹果递给袁野。

袁野接过苹果，用正常说话的音量问多吉："央珍这几天来看你了吗？"

多吉有些沮丧地回答："没有。"

袁野继续问："你没给她打电话？"

多吉摇摇头。袁野从怀中掏出装着钱的信封，扔到多吉肚子上。多吉正准备喊疼，抓起来一看，里面都是钱，马上严肃地对袁野说："咱俩是啥交情？你这是什么意思？"

袁野赶忙说："不是给你的，这里有次旺之前借给马德隆的五千块，还有赵主任自己给次旺家属的八千块，其余都是马德隆给次旺家属的，马德隆欠你的钱我已经打到你卡上了。"

多吉问袁野："马德隆哪来的钱？为什么让我给啊？"

袁野回答："我找过赵主任，他说让我送给次旺的家属，还说他很愧疚，难以面对次旺的家属。我，我想你与央珍的关系，交给你转交央珍比较好。还上着班呢，早日康复！"也未与德吉打招呼，转身出了病房。袁野不顾身后病房里多吉的叫喊声，快步离去。

袁野回到办公室，赵主任刚开完会，一见袁野就问："多吉怎么说？央珍到现在都没回我短信。"

袁野回答："已经给多吉了，就算他不好意思转交央珍，还有多吉的表妹德吉呢。"

赵主任听了心中轻松了一些，说："咱们明天去那曲，厚衣服都带上，你跟方铭说一声，明早出发，就咱们仨，提前勘测一遍光缆熔接点，等明年春天线路熔接的时候心里也好有个数。"

袁野答应得很爽快。他知道，只要自己一忙碌起来，心头的一切烦恼都会随着雪域高原的风而去。

赵主任、袁野、方铭他们三人第二天一大早就出发了。出发前袁野告诉陈丹阳，可别把次旺他们出事的事在《国家电网报》给捅出去。陈丹阳说，报道啥不报道啥她知道，用不着袁野教。

世间本无路。路，都是勇者一步步走出来的。用这句话来形容每一处塔基的浇筑点，一点都不夸张。赵主任带着方铭和袁野顺着山上被踩出来的一条土路，来到那曲一处两边都是山坳的基坑前。基坑差不多有四五米深，坑内的壁上和底部都铺着一层塑料布，里面已经用钢模板搭了个方形的浇筑槽，浇筑槽内是扎得整整齐齐的钢筋。

赵主任喘着粗气，在那曲的大风中裹着军大衣，指着基坑，对同样裹着军大衣的袁野和方铭说："按照设计图纸，这里就是那曲中继站出来的第一个光缆熔接点。"

袁野看着不远处有位电建的兄弟赶着几头牦牛，驮着水泥艰难地迎着大风从山坳的另一侧向基坑走来，问赵主任："水泥都是驮上来的吗？"

赵主任回答："废话，你也不看看，这里车能上得来吗？"

方铭说："赵主任，照你这么说，这个基坑是人工挖出来的啊？"

赵主任说："肯定啊！你觉得挖掘机能上得来吗？"

袁野又问赵主任："水泥驮上来了，水到哪找啊？"

赵主任回答："八成是雪融水吧。我，我也不知道，等电建的兄弟来了你问他们，我得坐下歇会儿了。"说着，也不顾地上的灰尘，一屁股坐在了地上，大口大口地喘起气来。

电建的兄弟赶着牦牛到了基坑跟前，喘着大气问三人："你们怎么跑到我们基坑跟前来了？是监理吗？"

袁野道："我们是西藏电力信通的，勘察下 OPGW 光缆的熔接点。"

电建兄弟道："离放线还早呢，你们受这罪干吗？"

赵主任抬头道："提前看看光缆熔接点，等我们干的时候心里也有个数。"

电建兄弟被晒得皮肤黝黑，嘴唇上满是开裂的口子，抿了抿嘴说："那你们也挺辛苦的。我是咱们西藏电建的。"伸出一只满是水泥灰的粗糙大手，袁野和方铭赶忙也把手伸了过去，和他握过手后，就帮他从牦牛背上的筐里卸水泥。

袁野和方铭使尽浑身的力气，才一起把一袋 50 公斤重的水泥从牦牛背上的筐里提下来。袁野大口喘着气，两手撑在腿上，上气不接下气道："兄弟呀，还是你们辛苦。水泥驮上来了，你们到哪去找水啊？不会也要驮上来吧？"

电建的兄弟一连卸下两袋水泥，喘着气说："这附近没有水源，等我们把沙子驮上来还得再驮一台发电机上来，然后去附近找冰块，用加热器把冰融成温水。"

袁野道："干吗这么费劲啊？把汽油烧着加热不就行了。"

电建的兄弟回答："我们也想这样来啊，可是领导不让，非让我们把发电机也弄上来，用加热器融冰，说是什么要环保。为了这个我们还跟领导吵过呢。"

赵主任一只手撑地，费劲地起身，拍拍屁股上的土，说："你们领导说得对，咱们国网对环保很重视，如果油洒到草地上，好几年都长不出草来。再说，烧油融冰一旦发生泼溅，也是很危险的。”

电建的兄弟拍了拍身上的水泥灰，说：“反正租牦牛的钱都是公司出的，不用白不用。”

袁野问电建的兄弟：“这牦牛租一天得多少钱？”

电建的兄弟回答：“七八百块一天。”然后从衣服里掏水壶，拧开壶盖，摇了摇，给牦牛喝了口水后，自己才对着水壶口喝了一口。然后把水壶盖拧好，将水壶塞进衣服里，说他还要赶着牦牛下山继续驮其他的东西便走了。

袁野一直目不转睛地看着电建兄弟，被他的一言一行深深打动，心里道：“多好的工友啊！要是陈丹阳在，一定会写出好文章。我要把这，讲给大记者。”他一直目送电建兄弟和牦牛并肩地下了山坡。

赵主任说：“袁野。你又在琢磨着什么？是给陈丹阳找到素材了？”

方铭道：“我看是。”

赵主任乐着道：“嘿嘿，走吧，我们去下一个熔接点看看。”

方铭道：“后面的咱们就别看了吧，风这么大，晚上回了酒店也没法洗澡。反正环境都是一样的，山上的熔接点就爬上去熔，山坳里的就开着皮卡过去熔，要不，到时候我们也租牦牛把熔接机和工具箱驮上山吧。”

赵主任立马拉下脸，道：“要什么牦牛啊？咱们熔接机才多重啊？我告诉你，所有东西加起来还没人家一袋水泥重！你问问袁野同意不？肯定不同意！”

袁野道：“赵主任，你怎么知道我不同意？”

赵主任道：“你看你刚才的表情，又是同情电建兄弟，又是同情牦牛。袁野呀，我给你说，讲给陈丹阳，她一定能够做出好文章。”

方铭道：“主任，我也这么认为。”

袁野点点头，算是对赵主任和方铭的回答。这时候风停了，袁野问道：“那曲的风怎么说停就停，说刮就刮？”

方铭回答：“那曲的雪还说下就下，说停就停呢。一年四季咱都来过这里了吧，哪一次没见过雪啊？”

袁野继续问：“是因为这里海拔高，地理环境复杂的原因吗？”

方铭看赵主任已经向山下走去，边走边对袁野说：“应该是这个原因吧。

瞧，赵主任下山倒挺快，上山的时候可落咱俩一截呢。呃，他不会带咱们把每一个熔接点都看一遍吧？”

袁野说：“你没看赵主任下山这么快啊，他肯定是着急去下一个熔接点。”

方铭说：“小满天天给我打电话问我什么时候回去呢。”

袁野道：“她想你、你想她这很正常。”

方铭道：“那赵主任要是带着咱俩到唐古拉山口才回头，估计一两个星期才回得去。那里海拔可有五千多米啊，我还没去过海拔那么高的地方呢。”

方铭说：“晚上问问赵主任吧。”

等袁野和方铭下了山，赵主任已经在皮卡车跟前把身上的土都拍干净了。袁野看着那位电建兄弟正在不远处往牦牛身上的筐里装沙子，就问赵主任：“干吗不在这里把冰融成水再驮上去？非要把发电机也驮上去？”

赵主任说：“温水和出来的水泥硬度和强度更高，这样才能达到设计要求。上车吧。”

袁野和方铭这才开始拍身上的土，等拍干净了，两人挤进皮卡的后排，赵主任让司机开车，司机一加油门，三人继续前往下一处塔基。

这一处熔接点的塔基就在 109 国道旁边，地势平坦，皮卡可以直接开到，塔基已经浇筑完成，一台小型挖机正在塔基的四个角挖坑。

方铭问赵主任：“挖这四个坑是做什么的啊？”

赵主任回答：“这四个坑是埋防雷接地的。挖好以后，要用铜排线焊接到塔基上。铜排和接地棒连接也得焊接。雷击瞬间电流非常大，如果用螺栓连接会被熔断的。”

方铭走近刚挖好的接地坑，看到里面都是水，问赵主任：“坑里怎么还挖出水来了？”

赵主任回答：“袁野之前就问过我，为什么要秋冬交替的时候开挖浇筑塔基？这就是原因。每年 4 月至 8 月是西藏的雨季，那曲地区的冻土层化开，如果那时候开挖塔基会有很多积水，用抽水机都抽不完。秋冬交替时，冻土层才最稳定，所以咱们电建的兄弟会赶在雨季过后，冻土层还未上冻前，就开挖浇筑塔基。”

袁野说：“赵主任，你真厉害，不愧是走过的桥比我俩走过的路都多，问啥都知道。”

赵主任道：“你小子现在都知道我要怎么说了是吧，现在给你们讲了，将来你们带徒弟也能跟他们这么讲，我师傅就很喜欢对我说‘我走过的桥比你走过的路都多’。”

方铭道：“我还以为你是在书上看来的呢，原来也是师傅教的。我就说西藏哪有那么多桥让你走？”

赵主任没好气地说：“我看你们俩是条件越艰苦嘴巴越贫啊！我这都快五十的人了，在西藏干了大半辈子，看都看会了。”一本正经地，“我告诉你俩，这些都是老一辈西藏建设者总结出来的经验，书上是翻不到的。你俩作为新一代的西藏建设者，要铭记这些宝贵的经验，将来再讲给你们的徒弟，把经验传承下去。”

袁野问赵主任：“老西藏精神到底是什么？也是这样传承到现在的吗？”

赵主任回答：“老西藏精神概括起来就二十五个字，不过你说得很对，老西藏精神是一代代建设者奋斗出来传承至今的，不过你要非让我解释什么是老西藏精神，我能说明白的也只有‘特别能吃苦、特别能战斗、特别能忍耐、特别能团结、特别能奉献’而已。”

袁野和方铭对赵主任肃然起敬，听赵主任讲的时候，身子都很端正。

赵主任笑了笑：“好好学学，走吧，咱们去看下一个熔接点。”

第二天赵主任带着袁野和方铭去了安多，在安多看了几个塔基后，准备回拉萨。

皮卡准备离开安多时，方铭突然来了兴致，对赵主任说：“主任，今晚就住安多吧，下午带我们去趟唐古拉山口呗，我们想去看看全世界海拔最高的塔基是什么样的。”

赵主任道：“你们不头疼啦？你俩要是有兴趣那就去瞧瞧吧。”

出了安多，车沿着 109 国道开下去，已经没有在建的塔基了，但赵主任还是让司机继续往前开。行驶了一个半小时就到了唐古拉山口，赵主任隔窗看到了奔跑的雪狐，忙让他们看。袁野打开手机拍照时，雪狐已无影无踪。赵主任叹息道："错过机会了，没拍上，也没法给小孙女看啦。"

皮卡在唐古拉山口的青藏公路纪念碑旁停下，风吹得车身都在晃。方铭对赵主任说："在这儿照张相咱们再往前走走，晚上住在格尔木吧，那里海拔低。"

袁野说："不想小满啦？"

方铭道："想归想呗。"

赵主任嘴唇发青，瞪了方铭一眼。

方铭裹着军大衣打开车门，刚开一道缝，车门一下就被风吹得开到了最大角度。

袁野也跟着跳下车，顶着风，费了不少力气才将车门关上。

司机也是第一次开车来这里，解开安全带，也想下车看看。

赵主任说："你们看个够吧。我来这里多了。"他一直坐在副驾的位置上，只是把车窗开了一道缝。

唐古拉山口风很大，大到三人油腻的头发瞬间被吹得竖了起来。来到纪念碑下，指着"海拔5231米"那几个红字，相互拍了照，司机帮袁野和方铭拍了张合照，这才返回车上。

虽然袁野和多吉都穿着军大衣，只在唐古拉山口待了两三分钟，但，还是抵挡不住山口的寒风，被吹得从头顶凉到了脚底。

上车后方铭问赵主任："你怎么不下车拍照啊？"

赵主任只是淡淡地回答："同一个地方，拍第二张照就没意思了。如果等青藏联网工程结束时能在这里立一块'电力天路'的纪念碑，作为在西藏干了一辈子的电力人，我一定会再来这里拍一张合影。"

袁野、方铭和司机都说赵主任讲得有道理。

司机在纪念碑前掉了头，沿着109国道往安多开去。赵主任说："我说方铭呀，去格尔木就免了，还是早点儿回拉萨会会小满吧。"

袁野说："主任，此言极是。"

赵主任笑了笑："我也是过来人嘛！"提醒司机，"今晚就在安多休息。"

赶到安多县城时天还没黑透，他们吃过饭就找了家有网络的宾馆早早住下。司机这几天基本上一直都在开车，赵主任怕司休息不好，就给司机开了单间，他带着袁野和方铭住了三人间。上楼前，赵主任让袁野和方铭一起去把笔记本电脑和氧气瓶拿上楼。进房间后，赵主任第一件事儿就是打开电脑，插上网线跟家里人视频。一接通，袁野和方铭看到电脑屏幕里是赵主任的妻子正抱着一个两三岁的小女孩，小女孩正对着一个蛋糕吹蜡烛，边吹边说："爷爷生日快乐。"

袁野和方铭这才知道今天是赵主任50岁的生日。当屏幕里的小女孩吹完蜡烛，赵主任的眼里涌出了泪花，对着笔记本电脑的屏幕讲："我今天看到雪狐了，可惜没来得及拍下来，要不也可以给我的宝贝孙女看一看。"屏幕上的赵主任妻子含泪道："老赵，你都整五十啦，要保重身体呀！你说你呀，官不大，整天外边跑，让我操不尽的心。哪天你要是像次旺一样昏迷至今，我们家这个天就塌啦！"小孙女凑到奶奶脸前，看了眼奶奶，然后对着屏幕道："爷爷，我和奶奶等你回家。"

这一刻，袁野觉得鼻子在发酸，连忙拿起军大衣，走出房间，带上房门，想去给赵主任买个生日蛋糕。

袁野在空无一人的街上找着，找着……他走遍了整个县城，也没找到。这里哪有蛋糕呀！更别说有生日蛋糕了。袁野只好在一家破旧不堪的小商店里买了三小瓶白酒和一袋花生米。

袁野提着白酒和花生米回到房间时，赵主任正在卫生间里洗脸，方铭坐在电脑前跟小满视频。袁野把买回来的白酒和花生米放到房间里唯一的一张掉了不少漆的小圆桌上，小满通过视频看到袁野回来了，马上打招呼："袁野哥哥，你去买什么好吃的啦？我都看见啦。"不等袁野回答，小满回头大声喊道，"丹阳姐，袁野哥哥回来了，你不是要跟他视频吗？"

袁野看到陈丹阳小跑到屏幕跟前，面带笑容地说："刚刚方铭跟小满说你们今天在唐古拉山口看到雪狐了，真的假的，你拍到照片没？回头我写篇新闻稿，告诉读者，你们准备在有雪狐出没的地方熔接光缆。"

袁野强忍再次涌向鼻腔里的酸楚，把桌子上的塑料袋拿到摄像头前抖了抖，说："狐狸跑得比兔子快多了，我刚掏出手机要拍照，就跑得没影了。不过，我会提供你新闻素材的。回去见面再说给你。"

陈丹阳急切地道："我现在就想听。过时就成旧闻了。"

袁野说："我用手机发信息给你。把镜头给小满和方铭吧。"

陈丹阳飞给袁野一个媚眼："等你。"

小满在陈丹阳身边开心地说："谢谢丹阳姐姐和袁野哥哥。"

方铭躲到摄像头拍不到的地方，用双手揉了下眼睛才重新回到摄像头前，微笑着对小满说："我们明天就回拉萨，都好几天没吃到你做的饭了。明晚多炒几个菜啊，我想吃你做的水煮鱼。"

小满高兴地道："请你们……"

话没说完，头顶的灯突然灭了，房间里唯一的光来自笔记本电脑屏幕，视频定格在小满和陈丹阳挤在电脑前微笑的画面。

方铭道："哎，啥情况？"

袁野心底一阵揪心的痛："停电了，手机不会有信号的，信息也发不成了。"黑暗中，他摸着挂在胸前的那枚戒指，流下了眼泪。

方铭借着笔记本电脑屏幕的灯光，在桌子的抽屉里找出半截蜡烛和一盒火柴，把蜡烛点着，立在床头柜上的烟灰缸里，问袁野："她们会知道这里停电了吗？"

赵主任从洗手间走了出来，感觉出袁野在黑暗中哭泣，两手抓住袁野的肩膀："等青藏联网工程建成了，这里的夜晚就不会再停电了。"

方铭以为赵主任看到袁野买了酒和花生米被感动了，于是提起比记本电脑旁边的塑料袋说："喝酒，吃花生米。赵主任，你早说今天是你的生日，就不去唐古拉山口了，回到那曲说不定还能给你买上生日蛋糕呢！"

赵主任转过身，抹了一把眼泪，接过方铭手中的白酒和花生米说："来，喝酒，等青藏联网工程建成了，我交退休报告，也算为藏族同胞做最后一点儿贡献。"

这一夜，直到酒喝光了，花生米吃完了，烛光里的三个男人都没有再提雪狐，没提赵主任的妻子、小孙女，没提小满和陈丹阳。谁的手机铃声都没响。没有电，手机是无法收到信号的。想必陈丹阳和小满都很着急。但谁急也没用。赵主任说，睡吧。睡觉前，赵主任把氧气瓶放到了袁野和方铭的床中间，打开阀门，然后吹灭了蜡烛，最后一个躺到了床上。

袁野努力地想入睡但睡不着，见赵主任和方铭睡着了，他索性蒙着被子在手机的“备忘录”栏给陈丹阳写“新闻素材”，把电建兄弟与牦牛的故事、赵主任生日和老西藏精神的故事，还有像陈丹阳所说的袁野他们准备在有雪狐出没的地方熔接光缆的故事，提供给陈丹阳。没电，手机没信号，只能按发送键先发了，说不定什么时间陈丹阳就会收到，同时他在自己的手机上也做了保留，以防丢失。人要讲信誉，不能食言。特别是对很在乎自己的陈丹阳同学。

回拉萨的路上，袁野又给陈丹阳发去了“新闻素材”，很快，陈丹阳就回音：“谢谢你提供的‘新闻素材’，为此我昨晚一夜没睡好。”文字后面紧跟了3个跷起的大拇指和3杯热腾腾的咖啡。

袁野一路一直在想什么是老西藏精神？直到看到了灯火通明的拉萨，突然明白了，老西藏精神也许就是赵主任跟家人说的那只并不曾出现过的雪狐，但是袁野和方铭在亲爱的朋友面前都不约而同地说自己也看到了那只雪狐，这也许就是老西藏精神的精华。

2010年10月24日，青藏交直流联网工程西藏段已开挖塔基733基，占总量的75.8%，浇筑塔基共计537基，占总量的55.5%。这天，陈丹阳高兴地对袁野说，她写的3个故事《国家电网报》连续3天每天刊登一个，一大早就将今天见报的第一个故事——“赵主任生日和老西藏精神的故事”的电子版发给了袁野。袁野打开手机要看时，陈丹阳埋怨袁野不尊重她的劳动，说最起码这里面也有袁野的一份功劳。袁野说他今天一上班就作熔接光缆的方案，一直没有打开过手机，请丹阳同学谅解。陈丹阳说，以后工作忙时手机置放“振动”，免得急死人。袁野说“是”。

陈丹阳11月初要回北京休假了，走前，她去拉萨的八廓商城买了一些西藏特产带回北京给朋友，在路过邮局时，与从邮局出来的袁野对了面。

“怎么，又来邮局了？”陈丹阳给袁野一个笑脸。

“偶尔。”袁野阴沉着脸。

“没说真话。一月一次吧？”

“你跟踪我？”

“确切地说，是前几个月，看你来邮局干吗。可今天，是你碰上我的。”

“我还正想问你呢，是你每个月也在给我岳父岳母寄钱?”

“不行吗？谁叫你岳父岳母是我干儿子的姥爷姥姥呢!”

“你！大丹呀，我怎么还你的人情呀!”

“袁野呀，你的精神感动着我。你知道精神享受吗？你，愉悦了我，我高兴了，这就是你还我的人情。”

“艾灵家在农村，家里穷，父母养她不容易。好不容易艾灵能挣钱了，可，人没了。一个女婿半个儿，我不管谁管？你都知道给我儿子买奶粉，给我岳父岳母寄钱，我这个女婿……”

“你做得很对。只是你的收入并不高，家里还有爸妈和宝宝小灵熙。以后，每个月给你岳父岳母的钱我给你，你来寄。”

“大丹，你在揪我的心。”

“你乖乖的，我就不揪你的心了。”

袁野从衣兜里掏出一张纸，上面印有密密麻麻的文字，还配着几幅照片，胆怯地道：“治妇科病的。”

陈丹阳一乐：“你怎么操心起一个处女的身体状况来了？说明你心里有我。”

袁野一本正经地道：“是我亲自从一位藏族老中医那儿搞到的药方，专治你那种病。”

陈丹阳道：“想生孩子时，让医生打开那个地方，不就得了。”

袁野道：“我说大丹呀，女人，得结婚，结了婚得生孩子，这才是一个完整的女人。为什么非要用刀拉开肚皮呢？我求你试试，先吃吃这药。我去买。”

陈丹阳问：“吃了药，怎知道?”

袁野说：“结了婚，就知道了。”

陈丹阳说：“试试?”

袁野点头：“是。”

陈丹阳说：“帮人帮到底，听你的。”

袁野小声道：“都这么大年龄了，得找个男朋友了。”

陈丹阳鼻子一挑、眼睛一扬："我要你。"

袁野羞答答地道："我？我不再找媳妇了，让人操不完的心。"

陈丹阳说："我来操心。嗨，说正经的。我跟我老妈说了，等小灵熙满百天我把他接到北京来摆场宴席，到时候你向赵主任请几天假来趟北京。那天我妈会请甩我的那个渣男一家人来。"

袁野有些尴尬地说："这样不好吧？你一个大姑娘怎么能带我儿子？人家问你、问你妈这孩子是谁家的，你、你妈怎么回答？我给艾灵她妈、她爸怎么说？我又给我妈、我爸怎么说？我又……"

陈丹阳一巴掌捂住袁野的嘴："哪来的那么多'怎么怎么'？袁野同学，你要活好自己，带好你和艾灵爱情的结晶小灵熙。我配合你总可以吧？"

袁野拨开陈丹阳的手，十分谦恭地道："陈丹阳同学，我十分感谢你！真的。你的心意我领了。你是我袁野永远的朋友，我是你陈丹阳永远忠实、忠诚的朋友哥哥。这总可以吧？"

陈丹阳坚定地说："不行。没什么好商量的。到时候我妈跟我一块儿去你家接小灵熙，我妈可把我养这么大了，你不放心我，难不成还不放心我妈？刚好让你爸妈休息休息，两个老人当妈当爹的多累啊！"向袁野一笑，很快沉下脸来，一本正经地，"袁野同志，我，不会和你结婚的。放心。"

袁野知道陈丹阳是真心实意的，但自己也是实实在在、诚心诚意地不想扰乱陈丹阳的个人生活，他拗不过陈丹阳，顺着她，很不情愿地给家里打了电话，给父母亲讲了陈丹阳同学想带宝宝去北京过百天，过完百天后就让宝宝在北京待段日子。

袁野的妈妈不乐意地道："那不行！宝宝百天咱们家还要摆席呢。"

袁野没挂电话，告诉陈丹阳："我妈不同意，宝宝百天也要在家摆席。"

陈丹阳抢过袁野的电话说："阿姨，您别不同意啊，我好不容易休假了，要不这样，等你们给宝宝过完百天，我再和我妈去你家接小灵熙去北京，您和叔叔休息一段时间。"

袁野妈妈道："袁野爸爸这些天胆结石越来越严重了，最近每天都打吊针。也好，这段时间就让他住院把胆摘了，省得天天喊疼。你，你别告诉袁野啊。跟他说我同意小灵熙去北京就行。”

陈丹阳回答：“谢谢阿姨。您放心，我妈都把我养这么大了，一定能带好干外孙的。阿姨再见了！”挂了电话对袁野说，“你妈已经同意了，等你家给宝宝摆完百日席，我跟我妈去你老家接宝宝。”

袁野说：“我妈同意了你就带宝宝去北京呗，不过我可不会去北京的。”

陈丹阳一怔：“为啥？你儿子过百天，你都不打算回老家？”

袁野说：“不为啥，我家我也不回了。赵主任答应我过年让我休假，现在我就不请假回老家，也不去北京了。再说，机票又是全价。”

陈丹阳生气地道：“随便你，爱来不来，反正到时候你儿子在我手里，你不亲自来北京接，我就不给你了。你一个大老爷们，自己掂量掂量吧。”

望着袁野痛楚的脸，陈丹阳甚是心疼。

小灵熙过百天的那天，袁野没有回老家，第二天小灵熙就被陈丹阳和她妈接到了北京。陈丹阳把小灵熙带到北京后，在酒店摆了席，请亲戚朋友们吃了一顿饭，吃饭的时候陈丹阳的爷爷也在。陈丹阳说的那个渣男刘根生一家都来了，包了个很大的红包给小灵熙。刘根生来的时候还带了他的新女友。饭桌上，陈丹阳显得很开心，吃饭时一直抱着小灵熙，逗着他叫妈妈，没逗多久，小灵熙真的冲着陈丹阳叫了一声“妈妈”。

小灵熙这声妈妈叫出口，陈丹阳开心得眼泪都流了出来。陈丹阳的爷爷听了也很开心，接过小灵熙抱在怀里，越看越喜欢，笑得嘴都快合不上了。陈丹阳的妈妈在饭桌上并不是很开心，吃完饭回到家，没好气地对陈丹阳说：“吃顿饭就行了，还显摆什么？明天就给人家送回去，又不是亲生的。”

陈丹阳没有理睬妈妈，她知道袁野的父亲已经住进了医院，正准备做手术，此时如果跟妈妈对立也没用，又怕吓哭小灵熙，只好简单地收拾了一下东西，抱着小灵熙去了爷爷家。

陈丹阳的爷爷一看自己的孙女抱着小灵熙来了非常开心。陈丹阳看到爷爷非常喜欢小灵熙，就跟爷爷说了袁野在西藏的经历和自己认小灵熙当干儿子的经过，爷爷听完说：“西藏本来就艰苦，你爸爸就是在那里得的肺水肿，没来得及送回北京人就没了。既然这个小家伙都叫你妈妈了，将来喊我一声太外公我也得答应。你就带他在爷爷家住着，我看谁敢说个‘不’字。”

春节前，赵主任给袁野批了年休假，让他回去好好陪父母和儿子过个年。多吉做完手术后在医院里躺了一个多月，直到出院前一天，央珍才来医院看望了他。多吉回家后一直坐轮椅，1月初才开始拄着拐杖慢慢走路，天气好的时候，都能拄着拐杖到“等风来”客栈里坐一坐了，央珍偶尔也会陪着多吉一起来。

客栈的生意很好，淡季也会有很多舍不得离开拉萨的游客常住，给小满一种他们留在这里好像是在等某个人的感觉。1月底，方铭骑着陈丹阳的摩托带着小满去了一趟那曲，看封冻期的纳木错湖。袁野知道了直怨方铭是个神经病。小满却很开心，告诉袁野：“要不是过了安多就没有加油站了，我还要方铭带我去哥哥照片里的唐古拉山口哩。”

袁野只好感慨：“你们两个疯子还真配啊！”

小满回答：“我哥哥才是疯子呢，他利用生命最后的期限去骑行了青藏线。”

袁野想起小满哥哥写在日记里的第一句话，问小满：“你还记得你哥哥写在日记里的那句‘行走在云端，荒芜在两边’吗？”

小满回答：“当然记得啊！去了趟那曲我才明白‘行走在云端，荒芜在两边’是一种怎样的感觉。”

小满在那曲看中一处挨着109国道的独栋民房，按照之前和方铭作了一通宵的计划，打算过完年就去租下来，在那曲开一家“等风来”客栈的分店。

袁野休假回到家，才知道父亲在陈丹阳接走小灵熙后住院做了胆囊摘除手术，手术后伤口基本痊愈。袁野看到父母在这半年中苍老了不少，想让父母好好休息几天，一直都没有去接小灵熙，直到父亲的身体彻底好了起来，两位老人想自己的孙子，天天催袁野赶快把宝贝孙子接回来，袁野才在年三十的时候先回了一趟岳父岳母家，然后才去北京接小灵熙。

袁野带着复杂的心情到了艾灵从小长大的那栋湖北农村老房子前，门口已经贴好了辞旧迎新的对联，两位老人看到袁野又黑又瘦，还提了一堆东西，赶快让袁野进了家门。

袁野一进门就道：“爸妈过年好！我刚休假回来，先陪二老过个年三十，再回家过年。”

艾灵妈妈接过袁野手中提的礼品说：“你每个月寄来的一千五百块钱生活费都收到了。”

袁野说：“是一千元。”

艾灵爸爸说：“是一千五百块。先收到的是一千块，没几天，又收到五百块。”

袁野只好说：“没多少，爸爸妈妈生活好了，我和艾灵也就放心了。”他心里明白，肯定是陈丹阳以他的名字给寄的钱。

艾灵妈妈说：“以后就别寄了，留给小灵熙用吧。宝宝呢？怎么没带过来？”

袁野说：“孩子太小了，我怕自己一个人照顾不了。等孩子大一点了，我明年过年带他一起回来看姥爷姥姥。”

艾灵妈妈叹口气道：“一个男人自己带那么小的孩子确实带不了，你爸妈最近身体怎么样？带孩子累坏了吧？”

袁野说：“我爸几个月前做完胆囊摘除手术，伤口一直长不好，前几天才算彻底愈合。”

艾灵妈妈道：“怎么不跟我们说一声啊？我们去了帮帮忙也好。孩子怎么样啊？这段时间谁带呢？”

袁野说：“我和艾灵的大学同学认了灵熙做干儿子，她在帮忙带。”

晚上吃年夜饭的时候，桌上摆着留给艾灵的碗和筷，虽然脸上都带着笑容，但是目光总是不自觉地看向这副碗筷。袁野落泪了，痛心地说：“爸，妈，要是艾灵也在就好了。”

艾灵妈妈泪流满面，道：“孩子生下来就没了妈妈，怪可怜的，遇到合适的，对孩子好的，给孩子找个妈吧。”

袁野盯着桌上的那副空碗筷，隔着衣服摸了摸一直戴在胸口的那枚戒指，抹泪道：“妈，爸，算了，给孩子找个干妈就行了。”

艾灵妈妈说：“袁野，你如果认我这个妈，就听妈的。就算你这个妈、爸求你了。”

大年初一早上吃过饺子，袁野给两位老人跪着磕了三个头，拜过年，送上两个红包，就离开了。离开前，艾灵的妈妈跟袁野说："休假了就回来看看，等孩子大些了带他一起回来，再回来多住段日子。"

袁野道："爸，妈，你们放心，孩子大了我每年都会带他一起回来的。"

袁野初一下午就赶到了北京，一下飞机就给陈丹阳打电话："新春佳节快乐！我刚下飞机，你家怎么走？我爸身体好得差不多了，催着我接儿子回家过年。"

陈丹阳不开心地说："这就接走啊？现在我可舍不得了。"

袁野说："你还讲不讲理了？我可是孩子亲爹！"

陈丹阳无奈地道："知道你是亲爹。过年不要生气。你在机场等我，我去接你。过年了，北京人少了一半，畅通无阻，我二十分钟就能到机场。高兴点儿。"

袁野只能忍着。二十分钟时间里，在机场买了不少礼品。一出商店，就接到陈丹阳的电话，约好了见面地点。

陈丹阳一见袁野，首先报告小灵熙她带得很好，然后才道："提了这么多东西呀！这么客气干吗？怎么行李都不带？"

袁野回答："第一次见你妈，总不能空着手。我又不是待很久，今天晚上有票我就回去。"

陈丹阳跟孩子两个月朝夕相处下来，十分不舍，于是说："你这不是折腾小灵熙嘛。明天再走，买动车票，小灵熙这么小坐飞机不闹才怪。明天我跟你一起送他回去，刚好在你们长沙多陪他几天，初七我就该回拉萨上班去了。报社领导说，派我在青藏联网工地，就按他们的规定休假。袁野，你们西藏的年休假还真爽，一休就是两个月，休假前我就算好了假期最后一天是年三十，这样接上过年七天的假期，简直太爽了。"

袁野说："你还是送我去宾馆吧，我明天再去你家。"

陈丹阳生气道："你这人怎么还那样啊？好歹我帮你带了两个月儿子。不行！我出门可跟一大家子人说了来接你，你必须跟我回去，我爷爷家空房间多得很，今晚你就住我爷爷家。"

陈丹阳一直把车开到了干休所里的一栋两层小楼前，停好车告诉袁野：

“我要是不送你走，你连院门都别想出去。”说完就拉着袁野下了车，帮他提着东西一起进了门。

袁野一进门，大厅里有不少人，袁野第一眼看到的就是自己的儿子被一个熟悉的身影抱着，正隔着玻璃抓鱼缸里的鱼玩儿。小灵熙听到门开了，扭头看见陈丹阳回来了，马上在那人怀里挣扎哭闹起来，冲着陈丹阳喊：“妈妈，妈妈。”

袁野见到自己的儿子完全无视自己，只冲着陈丹阳叫妈妈，一阵酸意涌上心头。陈丹阳马上脱掉外套，跑到鱼缸跟前接过小灵熙，小灵熙才开心地笑了起来。

刚刚一直抱着小灵熙的人看到袁野根本不看自己，而是一直盯着陈丹阳怀里的孩子看，马上明白袁野是在吃醋，于是对着袁野喊：“喂，见到我也不知道拜个年啊。”

袁野这才注意到说话的正是当初教自己调试卫星通信车的老陈。有些失态的袁野立即脸带笑容对着大厅里的人道：“大家过年好！刚看到我儿子都长这么大了有些惊讶。感谢大家把我儿子照顾得这么好。”然后对着屋里的人端端正正地鞠了个躬。

老陈哈哈笑道：“半年多不见，你怎么又黑又瘦。瞧你那脸，和半年前没法比呀。”

袁野上前握住老陈的手说：“老陈啊，原来你就是陈丹阳的爷爷啊！”

老陈一听脸上的表情马上凝固，陈丹阳赶快抱着小灵熙到袁野跟前说：“这是我叔。我爷爷和老战友在干休所的食堂里吃团年饭呢。”

袁野挠挠头不好意思地说：“谁叫你俩当初搞得神神秘秘的，不好意思啊老陈，把你说得老了。”

老陈对袁野道：“原来丹丹没跟你说啊，我还以为你小子故意开我玩笑呢，搞得我都不知道怎么回答你了。当初丹丹告诉我这是她同学的儿子，妈妈不在了，认丹丹做了干妈，我一猜就是你。我们丹丹大学毕业的时候跟我说帮他男朋友找个工作，那个没良心的人不会是你吧？”

袁野心中如同打翻了五味瓶，不知道怎么回答是好，陈丹阳把小灵熙递给袁野，对着老陈道：“叔，你别乱说啊，不是袁野。”陈丹阳说完脸就红了。

老陈开心道：“呦，现在知道叫我叔了，怎么不叫老陈啦！”这时候小灵熙的两只小手使劲儿推袁野的胸口，边推边冲着陈丹阳喊妈妈。袁野没办法，只好不舍地把小灵熙还给陈丹阳。

陈丹阳接过小灵熙温柔地说：“宝宝乖，这是你爸爸啊，你难道忘了吗？让爸爸抱抱。”说完又把小灵熙递给袁野，可小灵熙的小手抓着陈丹阳的毛衣就是不松开。

袁野无奈地说：“算了，还是你抱着吧。”

老陈得意地说：“当初我在拉萨跟你说过的话怎样？现在你儿子都不认识你了吧，还没有跟我亲呢。要不你辞职算了，我给你在北京找份工作，北京的教育条件多好啊，将来你儿子就在北京读书。”

袁野瞬间有点动摇了，但是想到青藏联网工程还没有结束，便显得倔强地告诉老陈：“西藏有很多地方晚上只有酥油灯照明，还有我们主任老赵今年就退休了，可是活儿就在那摆着，需要有人干，祖国的边疆总得有人去建设，我是不会辞职的。陈叔，我不是唱高调。”

老陈故意地说：“建设祖国边疆也不缺你一个人。”

袁野道：“最起码我现在离不开。”

陈丹阳笑着道：“中国共产党的优秀党员！”

袁野道：“可惜我还没有入党。”

陈丹阳道：“高尚的人，优秀品质的人。可以说吧？”

袁野一笑，点头道：“这还差不多。”

老陈举起大拇指：“好青年哪！”

陈丹阳一飞眼：“哼！”小灵熙开始在陈丹阳的怀里哭闹，陈丹阳马上喊了一声，“姑，帮我冲瓶奶，八十毫升，三勺奶粉啊，宝宝应该是饿了。”

老陈说：“光顾着跟你聊天了，我给你介绍下，这位是丹丹的姑姑，那边包饺子的是我媳妇和丹丹的妈妈。我儿子在电网调度值班呢，唉，大年初一还要值班，你说得对，活儿就在那摆着，总得有人干。”

袁野这才想到应该叫叫这些人，于是礼貌地依次又是叫又是鞠躬：“陈叔好！姑姑好！陈姨好！伯母好！”叫谁谁笑着应声，满屋乐融融。

小灵熙在陈丹阳的怀里喝光奶瓶里的奶就睡着了。

这时候陈丹阳的爷爷回来了，进门第一句话就是：“老战友们见面就不舍得分开啊，吃个午饭一直吃了一下午。”

袁野望着这位年已七旬的老人，魁伟的身躯已经有了一丝佝偻，沧桑离索的白发下，依稀可见棱角分明的脸庞被岁月刻画出的道道皱痕。这让袁野顿生敬意。他怕老人耳背便抬高嗓门道：“爷爷好！”给老人鞠了个躬。

陈丹阳的爷爷高兴地道：“嗳——谁呀？这么大的声音。我耳不聋眼不花。”

老陈见袁野抢在了他的前面招呼老人，马上站了个军姿，面对老人敬了个军礼：“爸，您回来啦！这位是袁野，宝宝的爸爸。”

陈丹阳的爷爷用放射出丝丝战意的坚毅的眼神瞥了一眼袁野说：“小伙子是来给我拜年的还是接你儿子的啊？”

袁野不自觉地站直了身躯回答：“爷爷，我是来接我儿子的。”

陈丹阳的爷爷这才微笑道：“嗯，不太会说话，不过还算诚实。”

袁野的脸“唰”地红了，不知如何是好。

陈丹阳抱着宝宝摇晃着，说：“亏你还是个大学生！有文凭没水平。”

陈丹阳的爷爷说：“我就喜欢诚实人！”用力地拍了下袁野的肩膀，袁野的肩膀瞬间传来一股强大的力道，直觉生疼，但还是站得笔直。陈丹阳的爷爷继续道，“看着挺瘦，但还结实。西藏我也待过，的确很艰苦。祖国边疆就需要你这样的年轻人来建设，好好干。晚上就别急着回去了，明早让丹丹送你儿子回去吧，估计你这个儿子现在抱都不让你抱喽。”说着，从陈丹阳怀里接过正在睡觉的小灵熙，“让太外公抱抱，明天宝宝就要回爷爷奶奶家喽。”

小灵熙刚睡着就被吵醒，欲哭转笑，看到抱着自己的太外公，马上咿呀呀地说着什么，伸出小手去抓太外公的白发。

吃晚饭的时候，老陈基本不说话，袁野也只是被问一句才回答一句，只有陈丹阳和爷爷还有小灵熙三人最自在，想说什么就说什么。陈丹阳的姑姑一直在给袁野碗里夹菜，陈丹阳的妈妈除了袁野进门拜年时跟他打了招呼和袁野恭敬地叫她“伯母”时应了声，直到吃完饭都没有再跟袁野说一句话。

第二天，陈丹阳一直抱着小灵熙，陪袁野回长沙，在路上两人俨然就像一对儿带着孩子回家过年的小夫妻。

陈丹阳到了长沙，一直在袁野家住到了初五，直到小灵熙晚上跟奶奶一起睡觉也不再闹。初六一早陈丹阳从袁野家离开的时候，对小灵熙万分不舍，在机场办完登机牌，一直抱着小灵熙不愿过安检，直到飞机起飞前的广播喊了陈丹阳的名字，袁野才接过小灵熙，看着她急匆匆地进了安检口。陈丹阳进安检口的那一瞬间，袁野能从她的背影中感觉出她在哭。

袁野休完假，回到拉萨已是3月底了。一下飞机，等在机场门口的是多吉。袁野来前从电话里得知，青藏联网工程到了紧张施工阶段，陈丹阳随方铭他们去了那曲的工地。

袁野在停车场见到多吉坐在他那辆土豪金的大众途观的驾驶室里，戴着墨镜，嘴里还叼着一支烟，精神面貌比断腿之前还要好，惊讶道："多吉哥，康复了?"

多吉把嘴里的烟掐灭说："恢复个毛！拍片子裂缝还在，医生说没有一两年是长不好的。还有，以后请叫我多吉店长!"

袁野惊讶道："咋回事，两个月不见咋就成店长了？就你这腿还能开车?"

多吉道："我断的是左腿，又不是右腿。你没开过自动挡的车吗？我现在还在工伤休养期，又不用上班。小满去那曲开'等风来'客栈分店了，拉萨的'等风来'客栈就交给我打理了。"

袁野道："对哦，刹车油门都是右脚。可，你一个残疾人来接我，我怪不好意思的。谢谢啦！多吉哥哥，不对，多吉店长!"

多吉把车开出停车场说："他们都去那曲了，昨天一起去的。"

袁野没有接话。

多吉斜睨了眼袁野："陈丹阳也去了，还是当她的《国家电网报》一线常驻记者。"

袁野还是没有说话。

多吉不解道："不对呀，袁野，你怎么不说话？我告诉你，在客栈，我可亲眼看到陈丹阳天天跟你儿子视频，张口闭口都是'叫妈妈''真乖'什么的。

呃，视频时你应该在你儿子跟前呀，我怎么从来没见到你？再说，视频肯定也是你与陈丹阳接通的。”他滔滔不绝，“袁野，你，怎么解释？你，还不说话？如果，我是说如果，如果你还不说话，我就认为你心里有病，至少你们两个……袁野，我告诉你，陈丹阳可是个十分优秀的女性！再说，人家陈丹阳可是个处女，你呢，一个地地道道的后婚男子。”

“后婚两字用得不对。”袁野终于忍不住了，无奈地道，“我说多吉哥哥呀，你烦不烦？在家里，我天天在洗尿布、洗床单啊。我妈不让我儿子用尿不湿，说什么穿尿不湿的小孩长大以后会是罗圈腿。”

多吉说：“你不知道买个洗衣机啊？五毛钱的电够洗三四个小时了。”

袁野叹口气道：“我爸说洗衣机洗得不够干净！”

多吉也叹口气道：“爷爷奶奶惯孩子啊！等我有了孩子肯定只用尿不湿，不用尿布。呃，你刚说后婚两字……”

“你现在天天拄个拐，能不能找到媳妇还不一定呢。”袁野打住了多吉的话，“我的多吉店长，提孩子是不是有点早？”

多吉不服气地道：“哼，央珍现在可每天都来‘等风来’客栈，你让我转交给她的钱她一分都没要，全给小满在那曲开店了。”

袁野道：“那也不应你来当店长啊？”

多吉加重语气道：“你不知道吗，拉萨‘等风来’客栈那栋房子是我亲戚家的，我给小满免一年房租，就能成为大股东。如果有一天‘等风来’客栈开遍了西藏的所有地市，我就更牛啦！”

袁野摇摇头：“那也是小满厉害，跟你有什么关系？”

多吉道：“我说袁野呀，你还会不会聊天啊？带孩子带傻了吧，越聊越没话说！”

多吉不解地摇摇头，以示对袁野实在没办法，便打开车内的播放器，伴随着激昂的旋律，有节奏地摇头晃脑，还不时地跟着唱两句，其间还瞟了袁野两眼，回到了拉萨的“等风来”客栈。

袁野在客栈里吃了一顿央珍做的藏式家常菜后才回家。一到家马上就给赵主任打电话，告诉赵主任自己已经到拉萨了，明天就能工作。赵主任让袁野明天先去公司报到销假，然后坐火车来那曲的“等风来”客栈，大家晚上能赶回那曲都会去“等风来”客栈住。

袁野第二天下午就到了那曲的“等风来”客栈。客栈和拉萨的“等风来”客栈格局相似，装修风格也一样，唯一不同的是客栈的院子里摆了三台发电机。客栈里只有小满一个人在院子里晒床单被套，袁野见到脸蛋被晒得通红的小满说：“你怎么也成高原红了？不知道涂防晒霜啊？”

小满见到袁野非常开心，连忙把冻得通红的小手在围裙上擦干，对袁野说：“袁野哥哥，你终于回来了，我可想你了。晚上咱们吃烧烤，不过在那曲买不到木炭，只能用牛粪哦，烤出来肉串别有一番风味呢。之前来那曲装修客栈的时候带的防晒霜用完了，不过这次丹阳姐过来带了一小箱呢。”

袁野见到小满冻得通红的小手有些心疼，于是马上帮小满把剩下的床单都晾在了院子里的晾衣绳上，问小满：“怎么自己洗床单啊？在拉萨不都是换酒店用品供应商洗过的床单吗？”

小满回答：“那曲没有酒店用品供应商，只能自己洗。”

袁野继续问：“那你怎么不招个服务员帮忙啊？”

小满回答：“之前从拉萨带过来两个，待了几天不愿意做了，我只好让她俩回拉萨的客栈了。这两天还在招，不过不太好招。多吉哥哥说央珍妹妹在那曲有亲戚，这两天就能来咱们客栈上班。”

袁野又问小满：“央珍多大了啊？我之前也没问，难道比你还小？”

小满不好意思道：“嗯，我都大学毕业两年了，央珍妹妹去年6月才毕业。”

袁野听了只能在心中默默感叹：“两个老牛吃嫩草的家伙！”

下午的时候陈丹阳骑着摩托先回来了，要不是看到摩托车是陈丹阳的，袁野都不敢认。陈丹阳戴着个非常厚实的全包围头盔，黑色羽绒服里是一身加厚的连体骑行服。

陈丹阳摘下头盔，喘着气道：“我先去换衣服，全牛皮的，有点硬。”说完就上了三楼，进了最里面的那间没有挂房号的客房。

等陈丹阳换好衣服下楼，见袁野在院子里没事儿做，便道：“咱们今晚吃烧烤，你怎么还不点牛粪啊？难道等着我和小满去干吗？”

袁野说："好，我去点。呃，你怎么跑这来了？"

陈丹阳回答："我跟我们报社打了报告，想拍一套专辑照片，全程记录青藏联网工程，报社就同意了啊。"

袁野对着陈丹阳竖起了大拇指："有创意，女汉子！"

陈丹阳脖子一伸，朝袁野努努鼻子，算是对他的回答。袁野到烧烤炉前用打火机点牛粪，晒干的牛粪点着以后虽然都是一股干草燃烧的味，但是袁野看着烧烤炉里一坨坨干牛粪，胃里总觉得有些不太舒服，于是对小满说："晚上我不吃烧烤行不行？我想吃你煮的泡面。"

不等小满回答，陈丹阳对袁野瞪着眼睛说："不行！昨晚赵主任说了，今晚他请客，大家必须吃牛粪烤出来的肉串，谁都不许吃其他的。"

袁野不解地问："为啥？"

陈丹阳说："昨晚我们一起吃饭的时候，赵主任拿了一瓶玻璃瓶装的啤酒，跟我们说他只用三根手指就能把啤酒瓶盖打开，我们都不信。然后他说如果打开了我们今晚就要陪他吃牛粪烧烤，结果他很轻松地打开了。"

袁野听了笑着说："你们被赵主任套路了，这里气压这么低，用力摇一摇，有时候不用手都能把啤酒瓶盖摇开。我又没和你们一起打赌，晚上我吃泡面。"

陈丹阳生气道："就你知道得多，不行。必须和我们一起，要不你今晚就别住这儿。"

袁野无奈地摇摇头，然后又往烧烤炉里丢了两块牛粪："这牛粪哪来的啊？不会是你去捡的吧？"

小满回答："哪有那么多牛粪捡，都是找当地牧民买的，还得是熟人才能买得到。"

天快黑的时候，赵主任和方铭分别坐着两辆皮卡回来了，两辆车上各带着一名去年刚来的新员工。回来以后大家用湿毛巾掸干净身上的灰，洗过手就开始穿起了牛羊肉串，等肉串穿好以后，袁野也把烧烤炉里的牛粪都引燃了。袁野已经习惯了牛粪燃烧的味道，觉得有一股淡淡的草香。

赵主任亲自拿了两把肉串给大家烤了起来，肉香混着草香，很快就勾起了大家的食欲。这时候有辆牧马人越野车停在了客栈门口，三位身穿冲锋衣的游客进来了。第一个进门的游客带着浓重的广东腔调说："对，就系（是）介（这）里，就系（是）介（这）个味道。"转头问赵主任，"老板，烤肉多少钱一串？"

赵主任一下被问蒙了，小满马上开心地说："请问你们需要住店吗？"

那位游客回答："住吧，介（这）里介（这）么荒芜，明天看过拉木错（纳木错）再去拉萨喽。"

小满回答："十块钱一串，我们这都是纯天然无污染的牦牛肉和草原羊肉。"

那个游客马上道："牛羊肉给我们各来五十串，不要辣。我们从格尔木一路过来都没有吃到可口的东西，饿坏了，刚刚停车找吃的，闻着你介（这）个味道找到了介（这）里。"

赵主任烤的两把肉刚好还没撒辣椒粉，小满小声地说："赵老板辛苦了，咱们这一周的烤肉钱就靠你来挣了。"赵主任无奈地摇摇头，把手中的两把烤得差不多的肉串递到小满手中。

三位游客大口吃肉的时候，袁野、陈丹阳、方铭他们又在重新切肉、穿肉串。等三位游客吃饱了肚子，住进了三楼的单间关灯睡了觉，赵主任才烤好第二拨肉串。不等肉串端到桌子上，客栈里一下就黑了，小满打着手电，方铭熟练地从客栈的配电箱中扯出一根早就接好了的电源线，插在发电机上，拽了几下发电机的启动栓，发电机启动后方铭合上配电箱里的开关，客栈里的灯才重新亮了起来。

吃肉串的时候袁野问赵主任："怎么三月份就开始熔光缆啊？按计划不是要到四五月吗？"

赵主任说："为了赶在年底前能正式投运，现在搭好五公里铁塔就放五公里的线，咱们就熔一个点，我带两名新员工往拉萨换流站方向走，你和方铭往唐古拉山口方向走，熔接点之前也带你俩看过了。"

第二天开始，袁野和方铭每天都在青藏线上重复着相同的工作。每到一处熔接点，先请电建的兄弟帮忙搭起一顶防风的大帐篷，再在大帐篷里搭起一顶小帐篷，最后请电建的兄弟帮忙把发电机搬到大帐篷外，为小帐篷里的取暖器发电加热，直到小帐篷里的温度达到熔接机可以工作的最低温，两人才钻进帐篷里熔接光纤。袁野和方铭在熔接光缆之余也看到了每一座铁塔的搭建有多么不容易，工程车能开到的地方，由吊车吊着组塔用的塔片到指定位置，然后电建的兄弟们再爬到已经组好的铁塔上用螺栓上紧。工程车开不到的地方，只能用人力和牦牛把塔材驮到塔基附近，再用一节节钢管搭起一座围着塔基的钢架。钢架搭好以后，电建的兄弟拉着用滑轮固定在钢架上的钢索，把每一片塔材拖到指定位置后上紧螺栓固定。

不管每天的天气有多恶劣，工作有多累，袁野和方铭只要一回到那曲的"等风来"客栈，就感觉是回到了家中，在客栈里好好休息一晚，第二天便能够继续坚持下去。两人就这样在那曲境内的109国道附近不停地奔波着，不知不觉一直坚持到了六月中旬。其间陈丹阳用她叔叔老陈送给她的那台相机记录下一张张无言的照片，每一张照片里都能看到青藏联网工程中最艰难的那些细节。

七月初，方铭填了休假审批单。赵主任听方铭说要带小满回内地领结婚证，送上一段祝福的话语后，便在休假审批单上签了字。方铭休假后，各中继站内的通信设备开始了安装和联调工作，袁野每天跟着赵主任泡在海拔四千米以上的各个通信中继站的机房里，一忙起来，连吃饭都忘记了。陈丹阳在一年的援藏工作结束后，就回了北京，她在青藏联网工程中拍下的照片，不但不断刊登在《国家电网报》上，还汇集在记录工程的专辑里。

十二月初，青藏联网工程投入试运行，袁野只是很平静地对着一直戴在胸口的那枚戒指说了句："那曲的夜晚，以后应该不会再有黑暗的时刻了。"

在这一年多的时间里，青藏联网工程西藏境内的每一个光缆熔接点和每一处通信中继站都留下了赵主任、袁野和方铭的身影。在那里，他们遇到了很多皮肤被晒得很黑却一直坚持在施工现场的普通人，有些背着氧气瓶在变电站内施工，有些戴着接了好几段的氧气管在铁塔上工作，每个人口中说出的都是平常的话语，没有多余的激情，因为那些激情全都淡化在了高原恶劣的环境中。109国道附近的每一座铁塔下，一定都有皮肤被晒得很黑，行动缓慢，却又铁骨铮铮的身影出现过，这些身影在那里笑过，也哭过。每一次遇见这些身影，都会让袁野脑海中的老西藏精神的轮廓变得更加清晰一些。

十二月底，赵主任向公司提交了退休报告。袁野和方铭准备在赵主任报告批下来的那一天给他摆一桌欢送宴席，两人思来想去还是决定在拉萨的“等风来”客栈里给做一桌饭菜。

赵主任退休报告批下来当天，袁野和方铭就买了一大堆菜提到客栈，交给小满和央珍，小满做汉式家常菜，央珍做藏式家常菜，袁野、方铭和已经丢掉拐杖的多吉在旁边帮忙。

方铭正在切牛肉的时候，接了一个电话，挂了电话对多吉和袁野说：“你们猜猜是谁的电话？”

正在洗菜的袁野把菜扔进水中，一脸期待地问方铭：“是陈丹阳吧？”

方铭摇头道：“我看你现在满脑子想的都是陈丹阳。我告诉你，不是她。”

袁野一听不是陈丹阳，心中一阵失望，继续在盆子里洗菜。

多吉边削土豆边说：“你就别卖关子了，谁打的电话啊，别那么啰唆。”

方铭边切牛肉边说：“牛长闳，济南的那个修理铺的老板，他晚上七八点到拉萨。”

多吉说：“他怎么现在这个季节来啊？晚上让他来咱们客栈呗，吃住都给他包了。”

方铭回答：“他现在不太忙，刚好火车票比较好买。我这就给他打电话，让他下了火车自己打车直接过来。”

晚上吃饭的时候，赵主任看到满满一桌子菜，藏式家常菜和汉式家常菜各占一半，笑呵呵地说：“在拉萨这么久都没见到过一家藏汉结合的餐馆，你们这个很有创意啊！嗨，光开客栈可惜了，干脆再开家藏汉结合的餐厅吧，到时候我和你们一起投资。”

赵主任刚准备动筷子，客栈的服务员在门口喊道：“方老板，门口有个叫牛长闳的找你。”

赵主任放下手中的筷子惊讶道：“牛长闳？我有个战友也叫这个名字，他离开西藏以后就没有再联系到他了。我们那个年代只有电报，打电话一般得跑到邮局去。”

方铭道：“看年龄你俩差不多，刚好我们晚上也准备请他吃饭的，你的欢送宴我们叫他一起吃，你不介意吧？”

赵主任有点怅然地回答："不介意。"

方铭转身出了房间，赵主任这才问几人是怎么认识这个牛长闳的。

袁野回答："当初我们在济南培训时，在他店里买过摩托车。"赵主任点点头，心中泛起一阵期待，他的那位战友就是山东兵。

当牛长闳跟着方铭进了房间，赵主任站起身来，盯着站在门口的牛长闳看了半天。牛长闳也是一愣，盯着赵主任看了半天，终于问了赵主任一句："你在汽车连当过通信兵吗？"

赵主任一下流出了眼泪，绕过一桌子菜，一把将牛长闳抱在怀里，哭着说："我是赵建华啊！"

牛长闳从赵主任口中听到了"赵建华"三个字后，用力抱住赵主任放声大哭道："三十年了啊！我还以为再也见不到你了呢。"

等赵主任和牛长闳的情绪稳定下来后，牛长闳才告诉他们："当初我在济南跟你们讲的那个故事里就有赵建华，他当时就是我们车队里的通信兵。我和赵建华是共同经历过生死的兄弟，只是我退伍后就回了老家，他退伍后继续留在了西藏。"

大家开始动筷子时，一桌菜已经快凉了。这顿饭，赵主任一直在和牛长闳讲过去的事情。牛长闳说："当了两年兵，跟着连长种了两年树，一棵都没有种活，也不知道这么多年过去了，有没有人在那曲种活过一棵树。"

赵主任一阵心痛，想到次旺在那曲种活了一棵树，不由得长哭一声后，对牛长闳道："央珍的父亲就种活了一棵。"

央珍听了说："我爸爸经常给别人说他在那曲种活了一棵树，不过到现在我都没见过。"

牛长闳一听激动地道："咱们连长肺水肿，没能坚持到机场，我一直在车上陪着他，他讲的最后一句话就是'没能在那曲种活一棵树，我对不起我父亲，如果今后那曲有活下来的树，请告诉我父亲'。送连长的遗物回家的时候，我把连长最后说的话告诉了他父亲，他父亲听完这句话哭着对我说，'如果将来那曲有活下来的树，一定要告诉我，不然我儿子死不瞑目。'这些年我一直都和连长的父亲有联系，我一定要把这个消息告诉连长的父亲。"

牛长闵立马掏出手机打了一个电话，挂了电话后激动地道："连长的父亲明天就过来，要亲自去看看那棵树！"

赵主任听了高兴地道："明天我亲自带你和连长的父亲去看那棵树。我退休以后可能再也没有机会去那曲了，就算跟那曲道个别吧。"

央珍马上问："能不能带我一起去？我也一直没见过那棵树。"

多吉说："我陪你去，小时候不懂事，差点把那棵树掰断了，因为这个我才怕你爸爸的。"

小满说："我也想去看看，如果当初我哥哥看到那棵树，应该就不会在日记里写下那句'行走在云端，荒芜在两边'了。"

多吉说："干脆大家一起去吧，我开一辆车先带大家一起去那曲，赵主任和牛老板去接人怎么样？"

赵主任回答："没问题。我退休了，我的那辆国产帝豪也该退休了，就让它最后再带我去一趟那曲吧。"

隔天一早，多吉就开着车带着央珍、袁野、方铭、小满一起出发去了那曲，赵主任带着牛长闵去机场接连长的父亲。

多吉一车人一路到了那曲，在"等风来"客栈稍作休息，准备等赵主任的车到了一起去查龙电站。等了好久，多吉才接到赵主任的电话。赵主任告诉多吉："我们刚从客栈前经过，我开慢点儿，你慢慢在后面跟着，别超我的车啊，车上有袁野最想见的人，到时候给袁野一个大惊喜。"

等多吉开着车快到查龙电站的那棵树跟前时，袁野看到陈丹阳和她爷爷已经站在了那棵树跟前，不等多吉车停稳，袁野打开车门冲了下去，一路跑到了陈丹阳跟前，喘着粗气说："怎么是你们啊！"陈丹阳把头转向了一边，并没有理袁野。

陈丹阳的爷爷虽然年近七十，但在那曲面色依然红润，见到喘着粗气的袁野笑呵呵地说："跑这么点路就喘得这么厉害，他们的连长就是我儿子，当初他在那曲跑起来可比你强多了。"

袁野努力地调整着呼吸回答："丹阳早就知道那曲有一棵树啊，您怎么才过来看这棵树？"

陈丹阳的爷爷回答："丹丹可是我的宝贝孙女，她一出生就没见过爸爸，我不想让她伤心，便不让家里人讲她爸爸的事儿，只跟她讲她爸爸是个英雄，所以她并不知道她爸爸的遗愿。"

袁野看见陈丹阳两眼泪水，想过去抱抱她，但是想到挂在胸口的那枚戒指，还是忍住了。陈丹阳的爷爷看出袁野在犹豫要不要抱自己的孙女，便拍了一把袁野的肩膀，把袁野推到了陈丹阳面前，袁野还是傻傻地站在那里，陈丹阳的爷爷只好伸手摸摸这棵只有碗口粗、树干上刷满了厚厚的白灰的白杨树说："年轻人的事，我这个老头子就不管了，当初我告诉我那个傻儿子一定要在那曲种活一棵树，其实是想让他扎根边疆继承我那一代人的老西藏精神。不过也好，在我老去之前，终于在那曲见到一棵活着的树了，希望它根深叶茂，来年能继续开枝散叶。"

陈丹阳的爷爷说这句话的时候，方铭搂着小满，多吉牵着央珍来到了这棵树前。央珍从陈丹阳爷爷的口中听到了老西藏精神，摸摸这棵树问："我爸爸种活的这棵树是老西藏精神吗？"

陈丹阳的爷爷听了摇摇头："它只是一棵树，这棵树象征着你爸爸的老西藏精神，你爸爸能够种活这棵树说明他已经拥有了特别能吃苦、特别能战斗、特别能忍耐、特别能团结、特别能奉献的精神。"

央珍听了好像明白了什么是老西藏精神，沉默了半天的赵主任拍拍牛长闵的肩膀说："咱俩其实都是连长种下的树，只是我在这里扎下了根，而你被风吹到了其他地方，风再起时又把你给吹了回来。"

陈丹阳的爷爷听了哈哈笑道："听见你这么说我就放心了，我想我儿子也能安心了。对了，我问问你啊，小赵，在西藏干到退休，后悔吗？"

赵主任上前摸摸这棵树，看着光秃秃的树枝说："虽然现在要告别这片荒芜的土地了，但是我没有一丝悔意。"指了指袁野和方铭继续道，"他俩不就是我种下的树吗，就看将来风再起时他俩扎下的根够不够深了！"

小满越听越糊涂，只好问方铭："那我要把'等风来'客栈，开遍了整个西藏，是不是老西藏精神啊？"

方铭看着小满，深情地回答："是新西藏精神。"

陈丹阳的爷爷爽朗笑道："是老西藏精神的继承发扬光大——新西藏精神！"

大家一起笑了起来。

一阵风抚过这棵扎根在生命禁区的白杨树，光秃秃的树枝随风晃动着……

北京某医院的病房里，央珍的母亲打开病房的窗户，一阵风扑向病床，触动了次旺那一年多都不曾自主动过的手指。

陈丹阳像艾灵的影子紧随袁野，这使袁野更加感伤。多好的同学呀！"她是北京人。我，我是西藏人。"他不想让这么好的女人替代艾灵。他不能拖累她。

回到拉萨的那天晚上，袁野敲开陈丹阳的房门，递给她一个小包，郑重地但又有气无声地说道："陈丹阳同学，这是我从西藏那位老中医那里弄到的藏药，你试试。"

"药？"

"治好那不算病的病。"

"你……"陈丹阳一头扑在袁野的怀里，"其实有小灵熙就挺好的。"

"不。"袁野想推开陈丹阳，陈丹阳反倒将袁野抱得更紧，"你应该做一个真正的女人。"

"你是嫌弃我不会生孩子？"

"你在北京过得好些，我的心才能安放下来。"袁野轻轻地拍了下陈丹阳的背，"丹阳，我的好妹妹，我的好同学。听话。"

陈丹阳把头放在袁野的肩膀上，渴求的目光穿过满目泪水，定睛在袁野的脸上："组织上已经批准我在《国家电网报》西藏记者站工作了。"

袁野含泪道："丹阳，还是在北京吧。吃苦是我们男人的事。"

陈丹阳目不转睛地看着袁野，她心疼眼前这个男人，用她时常按下相机快门的右手食指为他轻轻地抹着泪水……

风再起时，路还很长。

行走在云端，荒芜在两边。

华灯初上，布达拉宫更加金碧辉煌。